HISTOIRE
DE
GIL BLAS
DE SANTILLANE.
Par M. LE SAGE.

TOME TROISIE'ME.

EDITION NOUVELLE.

A PARIS,

Chez la veuve PIERRE RIBOU, Quay des
Auguſtins, à l'Image S. Loüis.

M. DCC. XXIV.

Avec Appobation & Privilege du Roy.

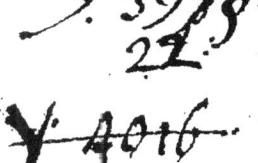

AVERTISSEMENT.

ON a marqué dant ce troisiéme Tome une époque qui ne s'accorde pas avec l'Histoire de Don Pompeyo de Castro qu'on lit dans le premier Volume. Il paroît là que Philippe II. n'a pas encore fait la Conquête du Portugal, & l'on voit ici tout d'un coup ce Royaume sous la domination de Philippe III. sans que Gil Blas en soit beaucoup plus vieux. C'est une faute de Chronologie dont l'Auteur s'est apperçû trop tard, mais qu'il promet de corriger dans la suite, avec quantité d'autres, si l'on fait une nouvelle édition de son Ouvrage,

TABLE
DES CHAPITRES

Contenus dans ce troisiéme Volume.

LIVRE SEPTIE'ME.

TABLE

LIVRE HUITIÈME.

DES CHAPITRES.

TABLE DES MATIERES.

LIVRE NEUVIEME.

HISTOIRE
DE
GIL BLAS
DE SANTILLANE,
LIVRE SEPTIE'ME.

CHAPITRE PREMIER.

Des Amours de Gil Blas & de la Dame
Lorença Séphora.

J'ALLAI donc à Xelva porter au bon Samuel - Simon les trois mille ducats que nous lui avions volez. J'avoüerai franchement que je fus tenté sur la route de m'approprier cét argent,

pour commencer mon Intendance sous
d'heureux auspices. Je pouvois faire ce
coup impunément, je n'avois qu'à voyager cinq ou six jours, & m'en retourner ensuite comme si je me fusse aquit-
té de ma commission. Dom Alphonse
& son Pere n'auroient pas soupçonné
ma fidelité. Je ne succombai pourtant
point à la tentation, je puis même dire
que je la surmontai en Garçon d'honneur.
Ce qui n'étoit pas peu loüable dans un
jeune homme qui avoit frequenté de
grands fripons. Bien des personnes qui
ne voyent que d'honnêtes gens, ne sont
pas si scrupuleuses ; celles surtout à qui
l'on a confié des dépôts qu'elles peuvent retenir sans interesser leur réputation, pourroient en dire des nouvelles.

Aprés avoir fait la restitution au Marchand, qui ne s'y étoit nullement attendu, je revins au Château de Léyva ; le
Comte de Polan n'y étoit plus, il avoit
repris le chemin de Tolede avec Julie &
Don Fernand. Je trouvai mon nouveau Maître plus épris que jamais de sa
Seraphine, sa Seraphine enchantée de
lui, & Don Cesar charmé de les posseder tous deux. Je m'attachai à gagner l'amitié de ce tendre Pere, & j'y

réüffis. Je devins l'Intendant de la Maifon ; c'étoit moi qui reglois tout ; je recevois l'argent des Fermiers ; je faifois la dépenfe, & j'avois fur les Valets un empire defpotique : Mais contre l'ordinaire de mes pareils, je n'abufois point de mon pouvoir. Je ne chaffois pas les Domeftiques qui me déplaifoient ; ni n'exigeois pas des autres qu'ils me fuffent entierement dévouez ; s'il s'adreffoient directement à Don Cefar ou à fon fils pour leur demander des graces, bien loin de les traverfer, je parlois en leur faveur. D'ailleurs, les marques d'affection que mes deux Maîtres me donnoient à toute heure, m'infpiroient un zele pur pour leur fervice. Je n'avois en vûë que leur interrêt. Aucun tour de paffe-paffe dans mon adminiftration. J'étois un Intendant comme on n'en voit point.

Pendant que je m'applaudiffois du bonheur de ma condition, l'Amour, comme s'il eût été jaloux de ce que la fortune faifoit pour moi, voulut auffi que j'euffe quelques graces à lui rendre : il fit naître dans le cœur de la Dame Lorença Séphora, premiere femme de Seraphine, une inclination violente pour Monfieur l'Intendant. Ma conquête, pour dire les

choſes en fidelle Hiſtorien, friſoit la
cinquantaine. Cependant un air de fraî-
cheur, un viſage agréable & deux beaux
yeux dont elle ſçavoit habilement ſe
ſervir, pouvoient la faire encore paſſer
pour une eſpece de bonne fortune. Je lui
aurois ſouhaité ſeulement un teint plus
vermeil ; car elle étoit fort paſſe. Ce que
je ne manquai pas d'attribuer à l'auſterité
du Célibat.

La Dame m'agaça long-temps par des
régards où ſon amour étoit peint ; mais
au lieu de répondre à ſes œillades, je
fis d'abord ſemblant de ne pas m'apper-
cevoir de ſon deſſein : Par là je luy pa-
rûs un Galand tout neuf ; ce qui ne luy
déplut point. S'imaginant donc ne devoir pas s'en tenir au langage des yeux
avec un jeune homme qu'elle croyoit
moins éclairé qu'il ne l'étoit, dés le premier entretien que nous eûmes enſemble, elle me déclara ſes ſentimens en termes formels, afin que je n'en ignoraſſe.
Elle s'y prit en femme qui avoit de l'é-
cole : Elle feignit d'être déconcertée en me
parlant & aprés m'avoir dit à bon compte tout ce qu'elle vouloit me dire, elle
ſe cacha le viſage, pour me faire croire
qu'elle avoit honte de me laiſſer voir ſa

foibleſſe. Il fallut bien me rendre ; & quoyque la vanité me déterminât plus que le
ſentiment , je me montrai fort ſenſible
à ſes bontez. J'affectai même d'être preſ-
ſant , & je fis ſi bien le paſſionné , que
je m'attirai des reproches. Lorença me
reprit , mais avec tant de douceur , qu'en
me recommandant d'avoir de la retenüe,
elle ne paroiſſoit pas fâchée que j'en euſſe
manqué. J'aurois pouſſé les choſes encore plus loin , ſi l'objet aimé n'eût pas
craint de me donner mauvaiſe opinion de
ſa vertu , en m'accordant une victoire trop
facile. Ainſi nous nous ſéparames juſqu'à
une nouvelle entrevûë, Sephora perſuadée
que ſa fauſſe reſiſtance la faiſoit paſſer
pour une Veſtale dans mon eſprit , & moi,
plein de la douce eſperance de mettre
bientôt cette avanture à fin.

Mes affaires étoient dans cette diſpoſition , lors qu'un Laquais de Don Ceſar
m'apprit une nouvelle qui modera ma
joye. Ce garçon étoit un de ces Domeſtiques curieux qui s'appliquent à découvrir ce qui ſe paſſe dans une maiſon. Comme il me faiſoit aſſiduëment ſa cour , &
qu'il me regaloit de quelque nouveauté
tous les jours, il me vint dire un matin
qu'il avoit fait une plaiſante découverte ;

qu'il vouloit m'en faire part, à condition que je garderois le secret ; attendu que cela regardoit la Dame Lorença Séphora , dont il craignoit, disoit-il , de s'attirer le ressentiment. J'avois trop d'envie d'apprendre ce qu'il avoit à me dire, pour ne luy pas promettre d'être discret ; mais sans paroître y prendre le moindre intérêt , je luy demandai, le plus froidement qu'il me fut possible , ce que c'étoit que la découverte dont il me faisoit fête. Lorença , me dit-il , fait sécretement entrer tous les soirs dans son appartement le Chirurgien du Village , qui est un jeune homme des mieux bâtis , & le drôle y demeure assez long-temps. Je veux croire , ajoûta-t-il d'un air malin, que cela peut fort bien être innocent; mais vous conviendrez qu'un garçon qui se glisse mysterieusement dans la chambre d'une fille, dispose à mal juger d'elle.

Quoyque ce rapport me fit autant de peine que si j'eusse été veritablement amoureux, je me gardai bien de le faire connoître , je me contraignis jusqu'à rire de cette nouvelle qui me perçoit l'ame. Mais je me dédommageai de cette contrainte dés que je me vis sans témoins. Je pestai , je jurai , je rêvai au parti que

je prendrois. Tantôt méprifant Lorença,
je me propofois de l'abandonner, fans
daigner feulement m'éclaircir avec la
coquette, & tantôt m'imaginant qu'il y
alloit de mon honneur de donner la chaf-
fe au Chirurgien, je formois le deffein
de l'appeller en duel. Cette derniere
refolution prévalut. Je me mis en em-
bufcade fur le foir, & je vis effectivement mon homme entrer d'un air myf-
terieux dans l'appartement de ma Duegne. Il falloit cela pour entretenir ma fureur. Je fortis du Château & m'allai pof-
ter fur le chemin par où le Galand devoit s'en retourner. Je l'attendois de pied
ferme & chaque moment irritoit l'envie
que j'avois de me battre : Enfin, mon
ennemi parut, je fis quelques pas en Ma-
tamore pour l'aller joindre ; mais, je ne
fçais comment diable cela fe fit, je me
fentis tout à coup faifir, comme un hé-
ros d'Homere, d'un mouvement de crainte qui m'arrêta. Je demeurai auffi troublé
que Pâris, quand il fe prefenta pour
combattre Ménélas. Je me mis à confiderer mon homme, qui me fembla fort
& vigoureux ; & je trouvai fon épée d'une
longueur exceffive. Tout cela faifoit fur
moy fon effet. Neanmoins, par point

d'honneur ou autrement , quoyque je
visse le peril avec des yeux qui le grof-
sissoient encore , & malgré la nature qui
s'opiniatroit à m'en détourner , j'eus l'af-
furance de m'avancer vers le Chirurgien
& de mettre flamberge au vent.

Mon action le surprit. Qu'y a-t-il
donc , Seigneur Gil Blas , s'écria t-il ?
pourquoy ces demonstrations ? vous voulez rire apparament. Non , Monsieur le
Barbier , lui répondis-je , non. Rien n'est
plus serieux. Je veux sçavoir si vous
êtes aussi brave que galant. N'esperez pas
que je vous laisse posseder tranquillement les bonnes graces de la Dame que
vous venez de voir au Château. Par
Saint Cosme ! reprit le Chirurgien en
faisant un éclat de rire , voici une plai-
sante avanture ! vive Dieu les apparences
sont bien trompeuses ! A ces mots , m'i-
maginant qu'il n'avoit pas plus d'envie
que moi de se battre , j'en devins plus
insolent. A d'autres , interrompis-je mon
ami , à d'autres. Ne pensez pas que je me
paye d'une simple négative. Je vois bien ,
repliqua-t-il , que je serai obligé de parler pour prévenir le malheur qui arriveroit à vous ou à moy. Je vais donc
vous reveler un sécret , quoyque les hom-

nes de nôtre profession ne puissent pas
être trop discrets. Si la Dame Lorença
me fait entrer à la sourdine dans son appartement, c'est pour câcher aux Domestiques la connoissance de son mal.
Elle à au dos un cancer invetéré que je
vais panser tous les soirs. Voilà le sujet
de ces visites qui vous alarment. Ayez
desormais l'esprit en repos sur elles. Mais
poursuivit-il, si vous n'êtes pas satisfait
de cét éclaircissement, & que vous vouliez que nous en venions absolument aux
mains, vous n'avez qu'à parler. Je ne
suis pas homme à refuser de vous prêter
le collet. En disant ces paroles, il tira sa
longue rapiere qui me fit fremir & se
mit en garde. C'est assez, lui dis-je en
renguainant mon épée ; je ne suis pas un
brutal à n'écouter aucune raison ; aprés
ce que vous venez de m'apprendre, vous
n'êtes plus mon ennemi. Embrassons-nous.
A ce discours, qui lui fit assez connoître
que je n'étois pas si méchant que je l'a-
vois paru d'abord, il remit en riant sa
flamberge, me tendit les bras, & ensuite
nous nous séparames les meilleurs amis
du monde.

Depuis ce moment là, Séphora ne s'offrit
plus que dés-agréablement à ma pensée.

J'éludai toutes les occasions qu'elle me
donna de l'entretenir en particulier. Ce
que je fis avec tant de soin & d'affecta-
tion, qu'elle s'en apperçût. Etonnée d'un
si grand changement, elle en voulut sçavoir la cause ; & trouvant enfin le moyen
de me parler à l'écart : Monsieur l'Intendant, me dit-elle, aprenez-moy, de
grace, pourquoy vous fuyez jusqu'à mes
regards ? il est vrai que j'ai fait les a-
vances, mais vous y avez répondu. Rap-
pellez-vous, s'il vous plaît, la conversation particuliere que nous avons eûe ensemble. Vous y étiez tout de feu ; vous
êtes à présent tout de glace. Qu'est-ce
que cela signifie ? la quéstion n'é-
toit pas peu delicate pour un homme
naturel. Aussi je fus fort embarassé. Je
ne me souviens plus de la réponse que
je fis à la Dame ; je me souviens seulement qu'elle luy déplût, on ne peut pas
davantage. Séphora, quoyqu'à son air
doux & modeste on l'eût prise pour un
Agneau, étoit un Tigre quand la colere
la dominoit. Je croyois me dit-elle, en me
lançant un regard plein de dépit & de
rage, je croyois faire beaucoup d'honneur à un petit homme comme vous en
lui découvrant des sentimens que de no-

bles Cavaliers feroient gloire d'exciter. Je
suis bien punie de m'être indignement
abaissée jusqu'à un malheureux avantu-
rier.

Elle n'en demeura pas là. J'en aurois
été quitte à trop bon marché. Sa langue
cedant à sa fureur, me donna cent épithe-
tes qui encherissoient les unes sur les autres. J'aurois dû les recevoir de sang froid
& faire reflexion qu'en dédaignant le
triomphe d'une vertu que j'avois tentée,
je commettois un crime que les femmes ne
pardonnent point. Mais j'étois trop vif
pour souffrir des injures dont un homme
sensé n'auroit fait que rire à ma place, &
la patience m'échapa. Madame lui dis-je,
ne méprisons personne. Si ces nobles Cavaliers dont vous parlez vous avoient vû
le dos, je suis seur qu'ils borneroient là
leur curiosité. Je n'eus pas sitôt lancé ce
trait, que la furieuse Duegne m'appliqua
le plus rude soufflet qu'ait jamais donné
femme outragée. Je n'en attendis pas un
second & j'évitai par une prompte fuite
une gresle de coups qui seroient tombez
sur moi.

Je rendois graces au ciel de me voir
hors de ce mauvais pas, & je m'imaginois
n'avoir plus rien à craindre, puisque la

Dame s'étoit vengée. Il me sembloit que pour son honneur elle devoit taire l'avanture : effectivement, quinze jours s'écoulerent sans que j'en entendisse parler. Je commençois moi-même à l'oublier, quand j'apris que Séphora étoit malade. Je fûs assez bon pour m'affliger de cette nouvelle. J'eus pitié de la Dame. Je pensai que ne pouvant vaincre un amour si mal payé, cette malheureuse amante y avoit succombé. Je me reprefentois avec douleur que j'étois cause de sa maladie, & je plaignois du moins la Duegne, si je ne pouvois l'aimer. Que je jugeois mal d'elle? sa tendresse changée en haine, ne songeoit alors qu'à me nuire.

Un matin que j'étois avec Don Alphonse, je trouvai ce jeune Cavalier triste & rêveur. Je lui demandai respectueusement ce qu'il avoit. Je suis chagrin, me dit-il, de voir Seraphine foible, injuste, ingrate. Cela vous étonne, ajoûta t-il en remarquant que je l'écoutois avec surprise. Cependant, rien n'est plus veritable. J'ignore quel sujet vous avez pû donner à la Dame Lorença de vous haïr, mais je puis vous assurer que vous lui êtes devenu odieux à un point que si vous ne sortez au plus vîte de ce château, sa mort, dit-elle, est cer-

taine. Vous ne devez pas douter que Seraphine , à qui vous êtes cher , ne se soit
d'abord revoltée contre une haine qu'elle
ne peut servir sans injustice & sans ingratitude. Mais , enfin , c'est une femme. Elle
aime tendrement Sephora qui l'a élevée.
C'est pour elle une mere que cette Gou-
vernante, dont elle croiroit avoir le trepas
à se reprocher, si elle n'avoit la foiblesse
de la satisfaire. Pour moi, quelque amour
qui m'attache à Seraphine , je n'aurai jamais la lâche complaisance d'adherer à ses
sentimens là dessus. Périssent toutes les
Duegnes d'Espagne, avant que je consente
à l'éloignement d'un garçon que je regarde plutôt comme un frere que comme un
domestique.

Lorsque Don Alphonse eut ainsi parlé,
je lui dis : Seigneur, je suis né pour être
le joüet de la fortune. J'avois compté
qu'elle cesseroit de me persecuter chez
vous , où tout me promettoit des jours
heureux & tranquilles. Il faut pourtant
me resoudre à m'en bannir , quelque agrément que j'y trouve. Non, non s'écria le
genereux fils de Don Cesar. Laissez-moi
faire entendre raison à Seraphine. Il ne
sera pas dit que vous aurez été sacrifié
aux caprices d'une Duegne , pour qui

d'ailleurs on n'a que trop de consideration. Vous ne ferez, lui repliquai-je, Seigneur, qu'aigrir Seraphine en resistant à
ses volontez. J'aime mieux me retirer,
que de m'exposer par un plus long sejour
ici à mettre la division entre deux époux
si parfaits. Ce seroit un malheur dont je
ne me consolerois de ma vie.

Don Alphonse me deffendit de prendre
ce parti, & je le vis si ferme dans le dessein de me soutenir, qu'indubitablement
Lorença en auroit eu le démenti, si j'eusse voulu tenir bon. Il y avoit des momens
où piqué contre la Duegne, j'étois tenté
de ne la point menager ; mais quand je venois à considerer qu'en revelant sa honte,
ce seroit poignarder une pauvre créature
dont je causois tout le malheur , & que
deux maux sans remedes conduisoient vi-
siblement au tombeau, je ne me sentois
plus que de la compassion pour elle. Je jugeai, puisque j'étois un mortel si dange-
reux, que je devois en conscience retablir
par ma retraite la tranquilité dans le château. Ce que j'executai dès le lendemain
avant le jour ; sans dire adieu à mes deux
maîtres, de peur qu'ils ne s'opposassent à
mon départ par amitié pour moi. Je me
contentai de laisser dans ma chambre un

écrit qui contenoit un compte exact que
je leur rendois de mon administration.

CHAPITRE II.

Ce que devint Gil Blas après sa sortie du
Château de Leyva ; & des heureuses sui-
tes qu'eut le mauvais succés de ses
amours.

J'Etois monté sur un bon cheval qui
m'appartenoit, & je portois dans ma valise deux cens pistoles dont la meilleure
partie me venoit des Bandits tuez & des
3000 ducats volez à Samuel Simon ; car
Don Alphonse, sans me faire rendre ce que
j'avois touché, avoit restitué cette somme
entiere de ses propres deniers. Ainsi regardant mes effets comme un bien devenu
legitime, j'en jouïssois sans scrupule. Je
possedois donc un fonds qui ne me permettoit pas de m'embarasser de l'avenir,
outre la confiance qu'on a toûjours en son
merite, à l'âge que j'avois. D'ailleurs, Tolede m'offroit un asile agréable. Je ne doutois point que le Comte de Polan ne se fît
un plaisir de bien recevoir un de ses li-
berateurs & de lui donner un logement

dans fa maifon. Mais j'envifageois ce Seigneur, comme mon pis aller , & je refolus avant que d'avoir recours à lui, de
dépenfer une partie de mon argent à voyager dans les Royaumes de Murcie & de
Grenade, que j'avois particulierement envie de voir. Dans ce deffein , je pris le chemin d'Almanfa, d'où pourfuivant ma route , j'allai de ville en ville jufqu'à celle de
Grenade , fans qu'il m'arrrivât aucune
mauvaife avanture. Il fembloit que la
Fortune fatisfaite de tant de tours qu'elle
m'avoit jouez, voulût enfin me laiffer en
repos. Mais elle m'en préparoit bien d'autres , comme on le verra dans la fuite.

Une des premieres perfonnes que je
rencontrai dans les ruës de Grenade, fut
le Seigneur Don Fernand de Leyva , Gendre, ainfi que Don Alphonfe, du Comte de
Polan. Nous fumes également furpris l'un
& l'autre de nous trouver là. Comment
donc , Gil Blas , s'écria-t-il, vous dans
cette ville ! qui vous amene ici ? Seigneur ,
lui dis-je , fi vous êtes étonné de me voir
en ce pays ci, vous le ferez bien davantage , quand vous fçaurez pourquoi j'ai
quitté le fervice du Seigneur Don Cefar
& de fon fils. Alors je lui contai tout ce
qui s'étoit paffé entre Séphora & moi,
                                    fans

ſans lui rien deguiſer ; il en rit de bon
cœur : puis reprenant ſon ſerieux : mon
ami, me dit-il, je vous offre ma média-
tion dans cette affaire. Je vais écrire à ma
Belle ſœur … Non non, Seigneur interrompis-je, ne lui écrivez point, je vous
prie. Je ne ſuis pas ſorti du château de
Leyva, pour y retourner. Faites, s'il vous
plaiſt, un autre uſage de la bonté que
vous avez pour moi. Si quelqu'un de vos
amis a beſoin d'un Secretaire ou d'un Intendant, je vous conjure de lui parler en
ma faveur. J'oſe vous aſſurer qu'il ne vous
reprochera pas de lui avoir donné un mauvais ſujet. Trés volontiers, repondit-t-il, je
ferai ce que vous ſouhaitez. Je ſuis venu
à Grenade pour voir une vieille tante malade, j'y ſerai encore trois ſemaines, après
quoi je partirai pour me rendre à mon
Château de Lorqui, où j'ai laiſſé Julie.
Je demeure dans cette maiſon, pourſuivit-il, en me montrant un Hôtel qui étoit
à cent pas de nous. Venez me trouver dans
quelques jours. Je vous aurai peût-être déja
deterré un poſte convenable.

Effectivement dés la première fois que
nous nous revimes, il me dit : Monſieur
l'Archevêque de Grenade, mon parent
& mon ami, voudroit avoir un jeune

B

homme qui eût de la litterature & une bonne main pour mettre au net ses écrits ; car c'est un grand Auteur. Il a composé je ne sçais combien d'homelies, & il en fait encore tous les jours qu'il prononce avec applaudissement. Comme je vous crois son fait, je vous ay proposé, & il m'a promis de vous prendre. Allez vous presenter à luy de ma part. Vous jugerez par la reception qu'il vous fera si je luy ay parlé de vous avantageusement.

La condition me sembla telle que je la pouvois desirer. Ainsi m'étant préparé de mon mieux à paroître devant le Prelat, je me rendis un matin à l'Archevêché. Si j'imitois les faiseurs de Romans, je ferois une pompeuse description du Palais Episcopal de Grenade. Je m'étendrois sur la structure du bastiment. Je vanterois la richesse des meubles. Je parlerois des Statuës & des Tableaux qui y étoient. Je ne ferois pas grace au Lecteur de la moindre des histoires qu'ils representoient ; mais je me contenterai de dire qu'il égaloit en magnificence le Palais de nos Rois.

Je trouvai dans les appartemens un Peuple d'Ecclesiastiques , & de Gens d'épée, dont la plûpart étoient des Officiers de Monseigneur ; ses Aumoniers, ses Gentils hommes , ses Ecuyers ou ses valets de chambre. Les Laïques avoient presque tous des habits superbes. On les auroit plutôt pris pour des Seigneurs que pour des Domestiques. Ils étoient fiers & faisoient les hommes de consequence. Je ne pus m'empêcher de rire en les considerant & de m'en moquer en moi même. Parbleu , disois-je , ces gens-ci sont bien-heureux de porter le joug de la servitude sans le sentir ; car enfin s'ils le sentoient , il me semble qu'ils auroient des manieres moins orgueilleuses. Je m'adressai à un grave & gros personnage qui se tenoit à la porte du cabinet de l'Archevêque , pour l'ouvrir & la fermer quand il le falloit. Je lui demandai civilement s'il n'y avoit pas moyen de parler à Monseigneur. Attendez , me dit-il d'un air sec , sa Grandeur va sortir pour aller entendre la Messe : Elle vous donnera en passant un moment d'audiance. Je ne repondis pas un mot. Je m'armai de patience : & je m'avisai de vouloir lier conversation avec quelques uns des Officiers, mais ils commencerent à m'examiner depuis les pieds jusqu'à la teste , sans daig

gner me dire une syllabe. Après quoi,
ils se regarderent les uns les autres en
souriant avec orgueil de la liberté que j'a-
vois prise de me mêler à leur entretien.

Je demeurai, je l'avoüe, tout deconcer-
té de me voir traiter ainsi par des valets.
Je n'étois pas encore bien remis de ma con-
fusion, quand la porte du cabinet s'ouvrit.
L'Archevêque parut. Il se fit aussi tôt un
profond silence parmi ses Officiers, qui
quitterent tout à coup leur maintien insolent pour en prendre un respectueux devant leur maître. Ce Prélat étoit dans
sa soixante neuviéme année, fait à peu
près comme mon oncle le Chanoine Gil
Perez, c'est à dire gros & court. Il avoit
pardessus le marché les jambes fort tour-
nées en dedans, & il étoit si chauve,
qu'il ne lui restoit qu'un toupet de cheveux par derriere. Ce qui l'obligeoit d'em-
boîter sa teste dans un bonnet de laine
fine à longues oreilles. Malgré tout cela,
je lui trouvois l'air d'un homme de qualité, sans doute parceque je sçavois qu'il
en étoit un. Nous autres personnes du
commun nous regardons les grands Seigneurs avec une prevention qui leur prête
souvent un air de grandeur que la nature
leur a refusé.

L'Archevêque s'avança vers moi d'a-
bord, & me demanda, d'un ton de voix
plein de douceur, ce que je souhaitois. Je
lui dis que j'étois le jeune homme dont le
Seigneur Don Fernand de Leyva lui avoit
parlé. Il ne me donna pas le temps de
lui en dire davantage. Ah, c'est vous s'é-
cria-t il, c'est vous dont il m'a fait un si
bel éloge : je vous retiens à mon service.
Vous êtes une bonne acquisition pour moi.
Vous n'avez qu'à demeurer ici. A ces mots,
il s'appuya sur deux Ecuyers & sortit après
avoir écouté des Ecclesiastiques qui
avoient quelque chose à lui communi-
quer. A peine fut-il hors de la chambre
où nous étions, que les mêmes Officiers
qui avoient dédaigné ma conversation, la
recherchérent. Les voilà qui m'environ-
nent, qui me gracieusent & me temoi-
gnent de la joye de me voir devenir com-
mensal de l'Archevêché. Ils avoient entendu les paroles que leur Maître m'avoit
dites, & ils mouroient d'envie de savoir
sur quel pied j'allois être auprès de lui ;
mais j'eus la malice de ne pas contenter
leur curiosité, pour me venger de leurs
mépris.

Monseigneur ne tarda guerre à revenir.
Il me fit entrer dans son cabinet pou

m'entretenir en particulier. Je jugeai bien
qu'il avoit dessein de tâter mon esprit.
Je me tins sur mes gardes & me prépa-
rai à mesurer tous mes mots. Il m'inter-
rogea d'abord sur les humanitez. Je ne
répondis point mal à ses questions. Il vit
que je connoissois assez les Auteurs Grecs
& Latins. Il me mit ensuite sur la Dia-
lectique. C'est où je l'attendois. Il me
trouva là dessus ferré à glace. Vôtre éducation, me dit il, avec quelque sorte de
surprise, n'a point été negligée. Voyons
presentement vôtre écriture. J'en tirai
de ma poche une feuille que j'avois apor-
tée exprés. Mon Prélat n'en fut pas mal
satisfait. Je suis content de vôtre main,
s'écria-t-il & plus encore de vôtre esprit.
Je remercîrai mon Neveu Don Fernand
de m'avoir donné un si joli Garçon. C'est
un vrai present qu'il m'a fait.

Nous fumes interrompus par l'arrivée
de quelques Seigneurs Grenadins qui
venoient diner avec l'Archevêque. Je les
laissai ensemble & me retirai parmi les
Officiers qui me prodiguerent alors les
honnêtetez. J'allai manger avec eux quand
il en fut temps & s'ils m'observerent pendant le repas, je les examinai bien aussi.
Quelle sagesse il y avoit dans l'exterieur

des Ecclefiaftiques. Ils me parurent tous
de faints perfonnages ; tant le lieu où j'é-
tois tenoit mon efprit en refpect. Il ne
me vint pas feulement en penfée que c'é-
toit peut-être de la fauffe monoye ; comme fi l'on n'en pouvoit pas voir chez les
Princes de l'Eglife.

J'étois affis auprès d'un vieux valet de
chambre, nommé Melchior de la Ronda.
Il prenoit foin de me fervir de bons morceaux. L'attention qu'il avoit pour moi
m'en donna pour lui ; & ma politeffe le
charma. Seigneur Cavalier, me dit-il tout
bas, après le diné : Je voudrois bien avoir
une converfation particuliere avec vous.
En même temps, il me mena dans un endroit du Palais où perfonne ne pouvoit
nous entendre. Et là, il me tint ce difcours : mon fils, dés le premier inftant
que je vous ai vû, je me fuis fenti pour
vous de l'inclination. Je veux vous en
donner une marque certaine en vous faifant une confidence qui vous fera d'une
grande utilité. Vous êtes ici dans une
Maifon où les vrais & les faux Devots
vivent pefle mefle. Il vous faudroit un
temps infini pour connoître le terrein.
Je vais vous épargner une fi longue & fi
défagreable étude, en vous découvrant

les caracteres des uns & des autres. Après cela , vous pourrez facilement vous conduire.

Je commencerai , poursuivit-il , par Monseigneur. C'est un Prelat fort pieux, qui s'occupe sans cesse à édifier le peuple, à le porter à la vertu par des sermons pleins d'une morale excellente , qu'il compose lui même. Il a depuis vingt années quitté la Cour pour s'abandonner entierement au zele qu'il a pour son troupeau. C'est un sçavant personnage , un grand Orateur. Il met tout son plaisir à prêcher , & ses Auditeurs sont ravis de l'entendre. Peut être y a t-il un peu de vanité dans son fait ; mais outre que ce n'est point aux hommes à pénetrer les cœurs , il me sieroit mal d'éplucher les défauts d'une personne dont je mange le pain. S'il m'étoit permis de reprendre quelque chose dans mon Maître. Je blâmerois sa sévérité. Au lieu d'avoir de l'indulgence pour les foibles Ecclesiastiques , il les punit avec trop de rigueur. Il persecute surtout sans misericorde ceux qui comptant sur leur innocence , entreprennent de se justifier juridiquement au mépris de son autorité. Je lui trouve encore un autre défaut, qui lui est commun avec bien des
per-

personnes de qualité: Quoi qu'il aime ses Domestiques, il ne fait aucune attention à leurs services ; & il les laissera vieillir sans songer à leur procurer quelque établissement. Si quelquefois il leur fait des gratifications, ils ne les doivent qu'à la bonté de quelqu'un qui aura parlé pour eux. Il ne s'aviseroit jamais de lui-même de leur faire le moindre bien.

Voilà ce que le vieux valet de chambre me dit de son maître. Il me dit après cela ce qu'il pensoit des Ecclesiastiques avec qui nous avions diné. Il m'en fit des portraits qui ne s'accordoient guere avec leur maintien. Il ne me les donna pas, à la verité, pour de malhonnêtes gens, mais seulement pour d'assez mauvais Prêtres. Il en excepta pourtant quelques uns, dont il vanta fort la vertu. Je ne fus plus embarassé de ma contenance avec ces Messieurs. Dès le soir même, en soupant je me parai comme eux d'un dehors sage. Cela ne coûte rien. Il ne faut pas s'étonner s'il y a tant d'hipocrites.

Tome III. C

CHAPITRE. III.

Gil Blas devient le favori de l'Arche-vêque de Grenade & le canal de ses graces.

J'Avois été dans l'après-dinée chercher mes hardes & mon cheval à l'hôtelerie où j'étois logé; après quoi, j'étois revenu souper à l'Archevêché où l'on m'avoit préparé une chambre fort propre & un lit de duvet. Le jour suivant, Monseigneur me fit appeller de bon matin. C'étoit pour me donner une homelie à transcrire. Mais il me recommanda de la copier avec toute l'exactitude possible. Je n'y manquai pas. Je n'oubliai ni accent, ni point, ni virgule. Aussi la joye qu'il en témoigna fut mêlée de surprise. Pere éternel, s'écria-t-il avec transport, lorsqu'il eut parcouru des yeux tous les feüillets de ma copie! vit-on jamais rien de si correct? Vous êtes trop bon Copiste, pour n'être pas Grammairien. Parlez moi confidemment, mon ami. N'avez-vous rien trouvé en écrivant qui vous ait choqué? Quelque negligence dans le stile,

ou quelque terme impropre? Oh, Monfeigneur, lui repondis-je d'un air modefte,
je ne fuis point affez éclairé pour faire
des obfervations critiques. Et quand je le
ferois, je fuis perfuadé que les ouvrages
de Vôtre Grandeur échapperoient à ma
cenfure. Le Prélat fourit de ma reponfe.
Il ne repliqua point ; mais il me laiffa voir
au travers de toute fa pieté qu'il n'étoit
pas auteur impunément.

J'achevai de gagner fes bonnes graces
par cette flaterie. Je lui devins plus cher
de jour en jour, & j'apris, enfin, de Don
Fernand, qui le venoit voir très fouvent,
que j'en étois aimé de maniere que je pouvois compter ma fortune faite. Cela me fut
confirmé peu de temps après par mon
Maître même ; & voici à quelle occafion :
un foir il repeta devant moi avec enthou-
fiafme dans fon cabinet une homelie qu'il
devoit prononcer le lendemain dans la
Cathedrale. Il ne fe contenta pas de me
demander ce que j'en penfois en general,
il m'obligea de lui dire quels endroits
m'avoient le plus frappé. J'eus le bonheur
de lui citer ceux qu'il eftimoit davantage ;
fes morceaux favoris. Par là, je paffai
dans fon efprit pour un homme qui avoit
une connoiffance délicate des vrayes beau-

C ij

tez d'un ouvrage : Voilà , s'écria-t-il , ce qu'on appelle avoir du gout & du fentiment. Va, mon ami, tu n'as pas, je t'affure, l'oreille Béotienne. En un mot, il fut fi content de moi, qu'il me dit avec vivacité : fois , Gil Blas', fois deformais fans inquietude fur ton fort. Je me charge de t'en faire un des plus agréables. Je t'aime , & pour te le prouver , je te fais mon Confident.

Je n'eus pas fitôt entendu ces paroles, que je tombai aux pieds de fa Grandeur tout penetré de reconnoiffance. J'embraffai de bon cœur fes jambes cagneufes, & je me regardai comme un homme qui étoit en train de s'enrichir. Oui , mon enfant , reprit l'Archevêque, dont mon action avoit interrompu le difcours , je veux te rendre dépofitaire de mes plus fecretes penfées. Ecoute avec attention ce que je vais te dire. Je me plais à prêcher. Le Seigneur benit mes homelies. Elles touchent les pécheurs , les font rentrer en eux-mêmes & recourir à la penitence. J'ai la fatisfaction de voir un avare éffrayé des images que je prefente à fa cupidité , ouvrir fes tréfors & les rependre d'une prodigue main : d'arracher un voluptueux aux plaifirs : de remplir d'am-

bitieux les hermitages, & d'affermir dans
fon devoir une Epoufe ébranlée par un
Amant féducteur. Ces converfions, qui font
frequentes, devroient toutes feules m'exciter au travail. Neanmoins, je t'avoüerai
ma foibleffe : je me propofe encore un autre prix : un prix que la délicateffe de ma
vertu me reproche inutilement : c'eft l'eftime que le monde a pour les écrits fins
& limez. L'honneur de paffer pour un parfait orateur à des charmes pour moi. On
trouve mes ouvrages également forts & délicats : Mais je voudrois bien éviter le
défaut des bons Auteurs qui écrivent
trop long temps, & me fauver avec toute ma réputation.

Ainfi, mon cher Gil Blas, continua le
Prélat, j'exige une chofe de ton zele :
quand tu t'apercevras que ma plume fen-
tira la vieilleffe ; lors que tu me verras
baiffer, ne manque pas de m'en avertir.
Je ne me fie point à moi la deffus. Mon
amour propre pourroit me féduire. Cette remarque demande un efprit definte-
reffé. Je fais choix du tien, que je connois bon. Je m'en raporterai à ton jugement. Graces au ciel, lui dis-je, Monfeigneur, vous êtes encore fort éloigné
de ce temps là. Deplus, un efprit de la

trempe de celui de vôtre Grandeur se con-
servera beaucoup mieux qu'un autre , ou
pour parler plus juste vous serez toûjours
le même. Je vous regarde comme un autre
Cardinal Ximenés dont le genie superieur
au lieu de s'affoiblir par les années , sembloit en recevoir de nouvelles forces.
Point de flaterie, interrompit-il , mon ami.
Je sçais que je puis tomber tout d'un coup.
A mon âge , on commence à sentir les infirmitez , & les infirmitez du corps alte-
rent l'esprit. Je te le repete , Gil Blas ; dés
que tu jugeras que ma tête s'affoiblira ,
donne-m'en aussi-tôt avis. Ne crains pas
d'être franc & sincere. Je recevrai cet
avertissement comme une marque d'affection pour moi. D'ailleurs, il y va de ton
interest : si par malheur pour toi il me revenoit qu'on dît dans la ville que mes
discours n'ont plus leur force ordinaire,
& que je devrois me reposer , je te le déclare tout net , tu perdrois avec mon amitié la fortune que je t'ai promise. Tel seroit
le fruit de ta sotte discretion.

Le Patron cessa de parler en cet endroit
pour entendre ma réponse , qui fut une
promesse de faire ce qu'il soûhaitoit. Depuis ce moment là , il n'eut plus rien de
caché pour moi. Je devins son favori.

Tous les Domestiques, excepté Melchior
de la Ronda, ne s'en aperçeurent pas sans
envie. C'étoit une chose à voir que la maniere dont les Gentilshommes & les Ecuyers
vivoient alors avec le confident de Monseigneur. Ils n'avoient pas honte de faire
des bassesses pour capter ma bienveillance. Je ne pouvois croire qu'ils fussent Espagnols. Je ne laissai pas de leur rendre
service sans être la duppe de leurs poli-
tesses interessées. Monsieur l'Archevêque
à ma priere s'employa pour eux. Il fit donner à l'un une Compagnie & le mit en état
de faire figure dans les troupes. Il envoya
un autre au Mexique remplir un emploi
considerable qu'il lui fit avoir, & j'obtins pour mon ami Melchior une bonne
gratification. J'éprouvai par là que si
le Prélat ne prévenoit pas, du moins, il
refusoit rarement ce qu'on lui demandoit.

Mais ce que je fis pour un Prêtre, me
paroist meriter un détail. Un jour, certain Licencié, appellé Loüis Garcias, homme jeune encore & de très-bonne mine,
me fut présenté par nôtre Maître d'Hôtel,
qui me dit: Seigneur Gil Blas, vous voyez
un de mes meilleurs amis dans cet honnête Ecclesiastique. Il a été Aumonier chez

des Religieuſes. La mediſance n'a point épargné ſa vertu. On l'a noirci dans l'eſprit de Monſeigneur, qui l'a interdit, & qui par malheur eſt ſi prévenu contre lui, qu'il ne veut écouter aucune ſollicitation en ſa faveur. Nous avons inutilement employé les premieres perſonnes de Grenade pour le faire rehabiliter. Nôtre Maître eſt inflexible.

Meſſieurs, leur dis-je, voilà une affaire bien gâtée. Il vaudroit mieux qu'on n'eût point ſollicité pour le Seigneur Licencié. On lui a rendu un mauvais office en voulant le ſervir. Je connois Monſeigneur. Les prieres & les recommandations ne font qu'aggraver dans ſon eſprit la faute d'un Eccleſiaſtique. Il n'y a pas long-tems que je le lui aï oüi dire à lui-même : plus, diſoit il, un Prêtre, qui eſt tombé dans l'irregularité, engage de perſonnes à me parler pour lui, plus il augmente le ſcandale & plus j'ai de ſeverité. Cela eſt facheux, reprit le Maître d'Hôtel ; & mon ami ſeroit bien embaraſſé, s'il n'avoit pas une bonne main. Heureuſement, il écrit à ravir & il ſe tire d'intrigue par ce talent. Je fus curieux de voir ſi l'écriture qu'on me vantoit valoit mieux que la mienne. Le Licencié qui en avoit ſur lui, m'en

montra une page , que j'admirai. Il fembloit que ce fût une exemple de Maître-
Ecrivain. En confiderant une fi belle écriture , il me vint une idée. Je priai Garcias de me laiffer ce papier , en lui difant
que j'en pourrois faire quelque chofe qui
lui feroit utile : Que je ne m'expliquois
pas dans ce moment, mais que le lendemain , je lui en dirois davantage. Le Licencié, à qui le Maître-d'Hôtel avoit aparemment fait l'éloge de mon genie , fe retira auffi content que s'il eut déja été remis
dans fes fonctions.

J'avois veritablement envie qu'il le fût ;
& dés le jour même j'y travaillai de la maniere que je vais le dire : J'étois feul avec
l'Archevêque. Je lui fis voir l'écriture de
Garcias. Mon Patron en parut charmé.
Alors profitant de l'occafion: Monfeigneur
lui dis-je; puifque vous ne voulez pas faire
imprimer vos homelies , je fouhaiterois du
moins qu'elles fuffent écrites comme cela.
Je fuis fatisfait de ton écriture , me répondit le Prélat, mais je t'avoüe que je ne
ferois pas faché d'avoir de cette main là
une copie de mes ouvrages. Vôtre Grandeur , lui répliquais-je, n'a qu'à parler.
L'homme qui peint fi bien , eft un Licencié de ma connoiffance. Il fera d'autant

plus ravi de vous faire ce plaiſir, qu'il
pourra par ce moyen intereſſer vôtre bonté à le tirer de la triſte ſituation où il a
le malheur de ſe trouver préſentement.

Le Prélat ne manqua pas de demander
comment ſe nommoit ce Licencié. Il s'appelle, lui dis-je, Loüis Garcias. Il eſt au
deſeſpoir de s'être attiré vôtre diſgrace.
Ce Garcias, interrompit-il, a, ſi je ne me
trompe, été Aumonier dans un Convent
de filles. Il a encouru les cenſures Eccle-
ſiaſtiques. Je me ſouviens encore des mémoires qui m'ont été donnez contre lui.
Ses mœurs ne ſont pas fort bonnes. Monſeigneur, interrompis-je, à mon tour, je
n'entreprendrai point de le juſtifier; mais
je ſçais qu'il a des ennemis. Il prétend
que les Auteurs des mémoires que vous
avez vûs ſe ſont plus attachez à lui rendre de mauvais offices, qu'à dire la verité.
Cela peut être, repartit l'Archevêque. Il
y a dans le monde des eſprits bien dange-
reux. D'ailleurs, je veux que ſa conduite
n'ait pas toûjours été irreprochable; il peut
s'en être repenti, & enfin à tout peché
miſericorde. Amene-moi ce Licencié; je
leve l'interdiction.

C'eſt ainſi que les hommes les plus ſé-
veres rabattent de leur ſéverité, quand

leur plus cher intereſt s'y oppoſe. L'Archevêque accorda ſans peine au vain plaiſir d'avoir ſes œuvres bien écrites ce qu'il
avoit refuſé aux plus puiſſantes ſollicita-
tions. Je portai promptement cette nouvelle au Maître-d'Hôtel qui la fit ſçavoir
à ſon ami Garcias. Ce Licencié, dés le
jour ſuivant, vint me faire des remercimens proportionez à la grace obtenüe. Je
le préſentai à mon Maître, qui ſe contenta de lui faire une legere reprimande, &
lui donna des homelies à mettre au net.
Garcias s'en acquitta ſi bien, qu'il fut re-
tabli dans ſon miniſtere. Il obtint même
la Cure de Gabie, gros bourg aux environs de Grenade.

CHAPITRE IV.

L'Archevêque tombe en apoplexie. De
l'embaras où ſe trouve Gil Blas, &
de quelle façon il en ſort.

TAndis que je rendois ainſi ſervice aux
uns & aux autres, D. Fernand de Leyva ſe diſpoſoit à quitter Grenade. J'allai
voir ce Seigneur avant ſon départ, pour le
remercier de nouveau de l'excellent poſte

qu'il m'avoit procuré. Je lui en parus ſi
ſatisfait, qu'il me dit : mon cher Gil Blas,
je ſuis ravi que vous ſoyez content de mon
oncle l'Archevêque. J'en ſuis charmé, lui
repondis-je. Il a pour moi des bontez
que je ne puis aſſez reconnoître. Il ne
m'en falloit pas moins pour me conſoler
de n'être plus auprès du Seigneur Don
Ceſar & de ſon fils. Je ſuis perſuadé,
reprit il, qu'ils ſont auſſi tous deux mortifiez de vous avoir perdu. Mais vous
n'êtes pas peut-être ſéparez pour jamais.
La Fortune pourra quelque jour vous raſſembler. Je n'entendis pas ces paroles ſans
m'attendrir. J'en ſoûpirai, & je ſentis dans
ce moment - là que j'aimois tant Don
Alphonſe, que j'aurois volontiers abandonné l'Archevêque & les belles eſperances qu'il m'avoit données, pour m'en retourner au Château de Leyva, ſi l'on eut
levé l'obſtacle qui m'en avoit éloigné. Don
Fernand s'aperçeut des mouvemens qui
m'agitoient, & m'en ſçeut ſi bon gré,
qu'il m'embraſſa en me diſant que toute
ſa famille prendroit toûjours part à ma
deſtinée.

Deux mois après que ce Cavalier fut
parti : dans le temps de ma plus grande
faveur, nous eumes une chaude alarm:

au Palais Epiſcopal: L'Archevêque tomba en Apoplexie. On le ſecourut ſi promptement, & on lui donna de ſi bons remedes, que quelques jours aprés, il n'y paroiſſoit plus. Mais ſon eſprit en reçût une rude atteinte. Je le remarquai bien dès le premier diſcours qu'il compoſa. Je ne trouvai pas toutefois la difference qu'il y avoit de celui-là aux autres aſſez ſenſible, pour conclure que l'Orateur commençoit à baiſſer. J'attendis encore une Homelie pour mieux ſçavoir à quoi m'en tenir. Oh pour celle-là, elle fut déciſive. Tantôt le bon Prélat ſe rebattoit, tantôt il s'élevoit trop haut ou deſcendoit trop bas; C'étoit un diſcours diffus, une Rhétorique de Regent uſé, une Capucinade.

Je ne fus pas le ſeul qui y prit garde. La pluſpart des Auditeurs, quand il la prononça, comme s'ils euſſent été auſſi gagez pour l'examiner, ſe diſoient tout bas les uns aux autres: voilà un Sermon qui ſent l'Apoplexie. Allons, Monſieur l'arbitre des homelies, me dis-je alors à moi-même, préparez-vous à faire vôtre office. Vous voyez que Monſeigneur tombe. Vous devez l'en avertir, non ſeulement comme dépoſitaire de ſes penſées, mais encore de peur que quelqu'un de ſes Amis ne fût aſ-

fez franc pour vous prévenir. En ce cas
là, vous fçavez ce qu'il en arriveroit; vous
feriez biffé de fon teftament, où il y a
fans doute pour vous un meilleur legs
que la Bibliotheque du Licencié Sedillo.

Après ces reflexions, j'en faifois d'autres toutes contraires : l'avertiffement
dont il s'agiffoit, me paroiffoit délicat à
donner. Je jugeo s qu'un Auteur entêté
de fes ouvrages pourroit le recevoir mal ;
mais rejettant cette penfée, je me reprefentois qu'il étoit impoffible qu'il le prît
en mauvaife part, après l'avoir exigé de
moi d'une maniere fi preffante. Ajoutons à
cela que je comptois bien de lui parler
avec adreffe, & de lui faire avaler la pi-
lule tout doucement. Enfin, trouvant que
je rifquois davantage à garder le filence,
qu'à le rompre, je me déterminai à parler.

Je n'étois plus embaraffé que d'une
chofe : je ne fçavois dequelle façon enta-
mer la parole. Heureufement l'Orateur
lui-même me tira de cet embaras, en me
demandant ce qu'on difoit de lui dans le
monde, & fi l'on étoit fatisfait de fon dernier difcours. Je repondis qu'on admiroit
toûjours fes homelies ; mais qu'il me fembloit que la derniere n'avoit pas fi bien
que les autres affecté l'auditoire. Com-

ment donc, mon ami, repliqua-t il avec étonnement, auroit-elle trouvé quelque Aristarque * ? Non, Monseigneur, lui repartis-je, non. Ce ne sont pas des ouvrages tels que les vôtres que l'on ose critiquer. Il n'y a personne qui n'en soit charmé. Neanmoins puisque vous m'avez recommandé d'être franc & sincere, je prendrai la liberté de vous dire que vôtre dernier discours ne me paroît pas tout à fait de la force des précedens. Ne pensez vous pas cela comme moi ?

Ces paroles firent pâlir mon Maître, qui me dit avec un souris forcé : Monsieur Gil Blas, cette piéce n'est donc pas de vôtre goût ? Je ne dis pas cela, Monseigneur, interompis-je tout déconcerté. Je la trouve excellente, quoiqu'un peu audessous de vos autres ouvrages. Je vous entends, repliqua-t-il. Je vous paroîs baisser, n'est-ce pas ? Tranchez le mot. Vous croyez qu'il est temps que je songe à la retraite. Je n'aurois pas été assez hardi, lui dis je, pour vous parler si librement, si Vôtre Grandeur ne me l'eût ordonné. Je ne fais donc que lui obéir, & je la supplie très-humblement de ne

* *Grand Critique du temps de Pto'omée Philadelphe.*

me point ſçavoir mauvais gré de ma har-
dieſſe. A Dieu ne plaiſe , interrompit-il
avec précipitation, à Dieu ne plaiſe que
je vous la reproche. Il faudroit que je
fuſſe bien injuſte. Je ne trouve point du-
tout mauvais que vous me diſiez votre
ſentiment. C'eſt vôtre ſentiment ſeul
que je trouve mauvais. J'ai été furieuſe-
ment la duppe de vôtre intelligence bor-
née.

Quoyque démonté , je voulus chercher
quelque modification pour rajuſter les
choſes ; mais le moyen d'appaiſer un Auteur irrité , & de plus un Auteur accou-
tumé à s'entendre loüer. N'en parlons
plus , dit-il , mon Enfant. Vous êtes encore trop jeune pour demêler le vrai du
faux. Aprenez que je n'ai jamais compoſé de meilleure homelie , que celle qui
n'a pas vôtre approbation. Mon eſprit ,
grace au Ciel , n'a rien encore perdu de
ſa vigueur. Deſormais , je choiſirai mieux
mes Confidens. J'en veux de plus capables que vous de décider. Allez , pourſuivit il en me pouſſant par les épaules
hors de ſon Cabinet, allez dire à mon
Tréſorier qu'il vous compte cent ducats ;
Et que le Ciel vous conduiſe avec cette
ſomme. Adieu , Monſieur Gil Blas ; Je
                                    vous

vous souhaite toutes fortes de profperi-
tez avec un peu plus de goût.

CHAPITRE V.

Du parti que prit Gil Blas aprés que l' Ar-
chevêque lui eut donné fon congé. Par
quel hazard il rencontra le Licencié qui
lui avoit tant d'obligation ; & quelles
marques de reconnoiffance il en reçût.

JE fortis du cabinet en maudiffant le
caprice ou pour mieux dire la foibleffe
de l'Archevêque, & plus en colere contre
lui, qu'affligé d'avoir perdu fes bonnes
graces. Je doutai même quelque temps fi
j'irois toucher mes cent ducats, mais
aprés y avoir bien reflechi, je ne fus pas
affez fot pour n'en rien faire. Je jugeai
que cet argent ne m'ôteroit pas le droit
de donner un ridicule à mon Prélat. A
quoi je me promettois bien de ne pas
manquer, toutes les fois qu'on mettroit
devant moi fes homelies fur le tapis.

J'allai donc demander cent ducats au
Treforier, fans lui dire un feul mot de ce
qui venoit de fe paffer entre fon Maître
& moi. Je cherchai enfuite Melchior de
D

la Ronda, pour lui dire un éternel adieu.
Il m'aimoit trop pour n'être pas senfible
à mon malheur. Pendant que je lui en faifois le recit, je remarquois que la douleur s'imprimoit fur fon vifage. Malgré
tout le refpect qu'il devoit à l'Archevêque, il ne put s'empêcher de le blâmer.
Mais comme dans la colere où j'étois je
jurai que le Prélat me le payeroit & que
je rejoüirois toute la ville à fes dépens,
le fage Melchior me dit : croyez-moi,
mon cher Gil Blas, devorez plûtôt vôtre
chagrin. Les hommes du commun doivent toûjours refpecter les Perfonnes de
qualité, quelque fujet qu'ils ayent de s'en
plaindre. Je conviens qu'il y a de fort
plats Seigneurs, qui ne meritent guere
qu'on ait de la confidération pour eux ;
mais ils peuvent nuire, il faut les craindre.

Je remerciai le vieux valet de chambre du bon confeil qu'il me donnoit, &
je lui promis d'en profiter. Après cela, il
me dit : Si vous allez à Madrid, voyez-y
Jofeph Navarro mon Neveu. Il eft Chef
d'Office chez le Seigneur D. Baltazar
de Zuniga, & j'ofe vous dire que c'eft un
Garçon digne de votre amitié. Il eft franc,
vif, officieux, prévenant ; Je fouhaite que

vous faffiez connoiffance enfemble. Je
lui répondis que je ne manquerois pas
d'aller voir ce Jofeph Navarro, fitôt que
je ferois à Madrid où je comptois bien
de retourner. Enfuite, je fortis du Palais
Epifcopal pour n'y remettre jamais le
pied. Si j'euffe encore eu mon cheval,
je ferois peut-être parti fur le champ pour
Tolede; mais je l'avois vendu dans le
temps de ma faveur, croyant que je n'en
aurois plus befoin. Je pris le parti de loüer
une chambre garnie, faifant mon plan
de demeurer encore un mois à Grenade
& de me rendre après cela auprès du
Comte de Polan.

Comme l'heure du diné aprochoit, ie
demandai à mon hôteffe s'il n'y avoit
pas quelque Auberge dans le voifinage.
Elle me repondit qu'il y en avoit une
excellente à deux pas de fa maifon, que
l'on y étoit bien fervi, & qu'il y alloit
quantité d'honnêtes gens. Je me la fis en-
feigner & j'y fus bientôt. J'entrai dans
une grande falle qui reffembloit affez à
un refectoire. Dix à douze hommes affis
à une longue table couverte d'une nap-
pe mal-propre, s'y entretenoient en man-
geant chacun fa petite portion. L'on m'apporta la mienne, qui dans un autre temps

fans doute m'auroit fait regreter la table que je venois de perdre. Mais j'étois
alors fi piqué contre l'Archevêque, que
la frugalité de mon Auberge me paroiffoit
préferable à la bonne chere qu'on faifoit
chez lui. Je blamois l'abondance des mets
dans les repas, & raifonnant en Docteur
de Valladolid : malheur, difois je, à ceux
qui frequentent ces tables pernicieufes où
il faut fans ceffe eftre en garde contre
fa fenfualité, de peur de trop charger
fon eftomac. Pour peu que l'on mange,
ne mange-t-on pas toûjours affez ? Je
loüois dans ma mauvaife humeur des
Aphorifmes que j'avois jufqu'alors fort
négligez.

Dans le temps que j'expediois mon ordinaire, fans craindre de paffer les bornes de la temperance, le Licencié Loüis
Garcias, devenu Curé de Gabie de la maniere que je l'ai dit cy-devant, arriva
dans la falle. Du moment qu'il m'apperçût, il vint me faluer d'un air empreffé,
ou plûtôt en faifant toutes les demon-
ftrations d'un homme qui fent une joye
exceffive. Il me ferra entre fes bras, &
je fus obligé d'effuyer un très-long compliment fur le fervice que je lui avois
rendu. Il me fatiguoit à force de fe mon-

trer reconnoiſſant. il ſe plaça près de moi
en me diſant : oh vive-Dieu , mon cher
Patron , puiſque ma bonne fortune veut
que je vous rencontre , nous ne nous ſé-
parerons pas ſans boire. Mais comme il
n'y a pas de bon vin dans cette Auberge , je vous menerai , s'il vous plaiſt ,
après nôtre petit dîné , dans un endroit
où je vous regalerai d'une bouteille de Lucene des plus ſecs & d'un muſcat de Foncarral exquis. Il faut que nous faſſions
cette débauche. Que n'ai-je le bonheur
de vous poſſeder quelques jours ſeulement dans mon Presbytere de Gabie.
Vous y ſeriez reçû comme un genereux
Mécéne à qui je dois la vie aiſée & tranquille que j'y mene.

Pendant qu'il me tenoit ce diſcours,
on lui apporta ſa portion. Il ſe mit à manger , ſans pourtant ceſſer de me dire par
intervalles quelque choſe de flateur. Je
ſaiſis ce temps-là pour parler à mon tour.
Et comme il n'oublia pas de me demander des nouvelles de ſon ami le Maître-
d'Hôtel , je ne lui fis point un myſtere de
ma ſortie de l'Archevêché. Je lui contai
même juſqu'aux moindres circonſtances
de ma diſgrace , qu'il écouta fort attentivement. Après tout ce qu'il venoit de

me dire, qui ne se seroit pas attendu à l'entendre, pénétré d'une douleur reconnoissante, déclamer contre l'Archevêque; mais c'est à quoi il ne pensoit nullement. Il devint froid & rêveur, acheva de dîner sans me dire une parole, puis se levant de table brusquement, il me salua d'un air glacé, & disparut. L'ingrat ne me voyant plus en état de lui être utile, s'épargnoit jusqu'à la peine de me cacher ses sentimens. Je ne fis que rire de son ingratitude; & le regardant avec tout le mépris qu'il méritoit, je lui criai d'un ton assez haut pour en être entendu : hola ho, sage Aumonier de Religieuses, allez faire rafraîchir ce delicieux vin de Lucene dont vous m'avez fait fête.

CHAPITRE VI.

Gil Blas va voir joüer les Comediens de Grenade. De l'étonnement où le jetta la vûë d'une Actrice, & de ce qu'il en arriva.

GArcias n'étoit pas hors de la Salle, qu'il y entra deux Cavaliers fort proprement vêtus, qui vinrent s'asseoir

auprès de moi. Ils commencerent à s'entretenir des Commediens de la Troupe
de Grenade & d'une Comedie nouvelle
qu'on joüoit alors. Cette piece, suivant
leurs discours, faisoit grand bruit dans
la ville. Il me prit envie de l'aller voir
representer dès ce jour là. Je n'avois
point été à la Comedie, depuis que j'e-
tois à Grenade. Comme j'avois presque
toûjours demeuré à l'Archevêché, où ce
spectacle étoit frappé d'Anatheme, je n'a-
vois eu garde de me donner ce plaisir-là.
Les homelies avoient fait tout mon amu-
sement.

Je me rendis donc dans la salle des
Comediens, lorsqu'il en fut temps, &
j'y trouvai une nombreuse assemblée.
J'entendis faire autour de moi des disser-
tations sur la piece, avant qu'elle com-
mençât, & je remarquai que tout le monde se mêloit d'en juger. L'un se décla-
roit pour, l'autre, contre. A-t-on jamais
vû un ouvrage mieux écrit, disoit-on à
ma droite ? Le pitoyable stile, s'écrioit-
on à ma gauche ! Enverité s'il y a bien de
mauvais Auteurs, il faut convenir qu'il y
a encore plus de mauvais Critiques. Et
quand je pense aux dégouts que les Poëtes Dramatiques ont à essuyer, je m'é-

tonne qu'il y en ait d'affez hardis pour
braver l'ignorance de la multitude & la
cenfure dangereufe des Demi-favans qui
qui corrompent quelquefois le jugement
du Public.

Enfin, Le *Graciofo* fe prefenta pour
ouvrir la Scene. Dès qu'il parut, il excita un battement de mains general. Ce
qui me fit connoître que c'étoit un de ces
Acteurs gâtez à qui le Parterre pardonne
tout. Effectivement ce Comedien ne difoit pas un mot, ne faifoit pas un gefte,
fans s'attirer des applaudiffemens. On lui
marquoit trop le plaifir que l'on prenoit
à le voir. Auffi en abufoit-il. Je m'a-
perçûs qu'il s'oublioit quelquefois fur
la fcene & mettoit à une trop forte
épreuve la prévention où l'on étoit en fa
faveur. Si on l'eut fiflé, aulieu de crier
miracle, on lui auroit fouvent rendu juftice.

On battit auffi des mains à la vûë de
quelques autres Acteurs & particulierement d'une Actrice qui faifoit un rolle
de fuivante. Je m'attachai à la confiderer, & il n'y a point de termes qui puif-
fent exprimer quelle fut ma furprife,
quand je reconnus en elle Laure, ma
chere Laure, que je croyois encore à
Madrid

Madrid auprés d'Arſenie, Je ne pouvois douter que ce ne fût elle. Sa taille, ſes traits, le ſon de ſa voix, tout m'aſſuroit que je ne me trompois point. Cependant, comme ſi je me fuſſe défié du raport de mes yeux & de mes oreilles, je demandai ſon nom à un Cavalier, qui étoit à côté de moi. Hé de quel païs venez-vous, me dit-il? Vous êtes aparemment un nouveau débarqué, puiſque vous ne connoiſſez pas la belle Eſtelle.

La reſſemblance étoit trop parfaite pour prendre le change. Je compris bien que Laure en changeant d'état, avoit auſſi changé de nom. Et curieux de ſçavoir ſes affaires, car le Public n'ignore guéré celles des Perſonnes de Théatre, je m'informai du même homme ſi cette Eſtelle avoit quelque amant d'importance. Il me répondit que depuis deux mois il y avoit à Grenade un grand Seigneur Portugais, nommé le Marquis de Marialva, qui faiſoit beaucoup de dépenſe pour elle. Il m'en auroit dit davantage, ſi je n'euſſe pas craint de le fatiguer de mes queſtions. J'étois plus occupé de la nouvelle que ce Cavalier venoit de m'apprendre, que de la Comedie; & qui m'eût demandé le ſujet de la piéce, quand je ſortis, m'auroit

Tome III. E

fort embaraffé. Je ne faifois que rêver à
Laure , à Eftelle , & je me promettois
bien d'aller chez cette Actrice le jour
fuivant. Je n'étois pas fans inquiétude fur
la reception qu'elle me feroit. J'avois lieu
de penfer que ma vûe ne lui feroit pas
grand plaifir dans la fituation brillante où
étoient fes affaires. Je jugeois même
qu'une fi bonne Comedienne pour fe venger d'un homme , dont certainement elle
avoit fujet d'être mécontente , pourroit
bien ne pas faire femblant de le connoître. Tout cela ne me rebuta point. Après
un leger repas , car on n'en faifoit pas
d'autres dans mon Auberge , je me retirai dans ma chambre très impatient d'être
au landemain.

Je dormis peu cette nuit , & je me levai
à la pointe du jour. Mais comme il me fembla que la Maîtreffe d'un grand Seigneur
ne devoit pas être vifible de fi bon matin,
je paffai trois ou quatre heures à me parer , à me faire razer , poudrer & parfu-
mer. Je voulois me préfenter devant elle
dans un état qui ne lui donnât pas lieu
de rougir en me revoyant. Je fortis fur les
dix heures , & me rendis chez elle , après
avoir été demander fa demeure à l'Hôtel
des Comediens. Elle logeoit dans une

grande maiſon où elle occupoit le premier
apartement. Je dis à une femme de chambre qui vint m'ouvrir la porte, qu'un jeune homme ſouhaitoit de parler à la Dame
Eſtelle. La femme de chambre rentra pour
m'annoncer, & j'entendis auſſi-tôt ſa Maîtreſſe qui lui dit d'un ton de voix fort
élevé : Qui eſt-il ce jeune homme ? Que
me veut-il ? Qu'on le faſſe entrer.

Je jugeai par là que j'avois mal pris
mon tems. Que ſon amant Portugais étoit
à ſa toilette ; & qu'elle ne parloit ſi haut
que pour lui perſuader qu'elle n'étoit pas
fille à recevoir des meſſages ſuſpects. Ce
que je penſois étoit véritable. Le Marquis
de Marialva paſſoit avec elle preſque toutes les matinées. Je m'attendois à un mauvais compliment, lorſque cette originale
Actrice me voyant paroître, accourut à
moi les bras ouverts, en s'écriant : Ah
mon frere, eſt-ce vous que je vois ? A
ces mots, elle m'embraſſa à pluſieurs re-
priſes. Puis ſe tournant vers le Portugais :
Seigneur, lui dit-elle, pardonnez ſi en
vôtre préſence je cede à la force du ſang.
Après trois ans d'abſence, je ne puis revoir un frere que j'aime tendrement, ſans
lui donner des marques de mon amitié.
Hé bien, mon cher Gil Blas, continua-

t-elle en m'apostrophant de nouveau, dites-moi des nouvelles de la famille. Dans
quel état l'avez vous laissée ?

Ce discours m'embarassa d'abord ; mais
j'y démêlai bien-tôt les intentions de
Laure, & secondant son artifice, je lui
répondis d'un air accommodé à la scène
que nous allions joüer tous deux : Graces
au Ciel, ma Sœur, nos parens sont en
bonne santé. Je ne doute pas, reprit-elle,
que vous ne soyez étonné de me voir Comedienne à Grenade. Mais ne me condam-
nez pas sans m'entendre. Il y a trois années, comme vous sçavez, que mon Pere
crut m'établir avantageusement en me
donnant au Capitaine Don Antonio Coel-
lo, qui m'amena des Asturies à Madrid;
où il avoit pris naissance. Six mois après
que nous y fûmes arrivez, il eut une affaire d'honneur, qu'il s'attira par son humeur violente. Il tua un Cavalier qui s'é-
toit avisé de faire quelque attention à moi.
Le Cavalier apartenoit à des personnes
de qualité qui avoient beaucoup de crédit. Mon mari qui n'en avoit guéres, se
sauva en Catalogne avec tout ce qui se
trouva au logis de pierreries & d'argent
comptant. Il s'embarque à Barcelone,
passe en Italie, se met au service des Ve-

nitiens, & perd enfin la vie dans la Morée en combatant contre les Turcs. Pendant ce tems-là, une terre que nous avions pour tout bien, fut confisquée, & je devins une Doüairiere des plus minces. A quoi me résoudre dans une si fâcheuse extrémité ? Il n'y avoit pas moyen de m'en retourner dans les Asturies. Qu'y aurois-je fait ? Je n'aurois reçû de ma famille que des condoleances pour toute consolation. D'un autre côté, j'avois été trop bien élevée pour être capable de me laisser tomber dans le libertinage. A quoi donc me déterminer ? Je me suis fait Comedienne pour conserver ma réputation.

Il me prit une si forte envie de rire, lors que j'entendis Laure finir ainsi son Roman, que je n'eus pas peu de peine à m'en empêcher. J'en vins pourtant à bout ; & même je lui dis d'un air grave : Ma sœur, j'aprouve vôtre conduite, & je suis bien-aise de vous retrouver à Grenade si honnêtement établie.

Le marquis de Marialva qui n'avoit pas perdu un mot de tous ces discours, prit au pied de la lettre ce qu'il plut à la veuve de Don Antonio de débiter. Il se mêla même à l'entretien. Il me demanda si j'avois quelque emploi à Grenade ou ailleurs. Je doutai un moment si je mentirois ; mais ne jugeant pas cela nécessaire, je dis la vérité. Je contai de point en point comment j'étois entré à l'Archevêché ; & de quelle façon j'en étois sorti. Ce qui divertit infiniment le Seigneur Portugais. Il est vrai que malgré la promesse faite à Melchior, je m'égayai un peu aux dépens de l'Archevêque. Ce qu'il y a de plaisant, c'est que Laure qui s'imaginoit que je composois une fable à son exemple, faisoit des éclats de rire qu'elle n'auroit pas faits, si elle eût sçû que je ne mentois point.

Après avoir achevé mon récit, que je finis par la chambre que j'avois loüée, on vint avertir qu'on avoit servi. Je voulus aussi tôt me retirer pour aller dîner à mon auberge. Mais Laure m'arrêta. Quel est votre dessein, mon frere, me dit-elle ? Vous dînerez avec moi. Je ne souffrirai pas même que vous soyez plus long-tems dans une chambre garnie. Je prétens que vous mangiez dans ma maison, & que vous y logiez. Faites aporter vos hardes ce soir. Il y a ici un lit pour vous.

Le Seigneur Portugais, à qui peut être cette hospitalité ne faisoit pas plaisir, prit alors la parole, & dit à Laure : Non Estelle ; vous n'êtes pas logée assez commo-

dément pour recevoir quelqu'un chez
vous. Votre frere, ajouta-t-il, me paroît
un joli garçon ; & l'avantage qu'il a de
vous toucher de fi près, m'interesse pour
lui. Je veux le prendre à mon service. Ce
fera celui de mes Secretaires que je ché-
rirai le plus. J'en ferai mon homme de
confiance. Qu'il ne manque pas de venir
dés cette nuit coucher chez moi J'ordon-
nerai qu'on lui prépare un logement. Je
lui donne quatre cens ducats d'apointe-
mens ; & fi dans la fuite, j'ai fujet, comme je l'espere, d'être content de lui, je
le mettrai en état de fe confoler d'avoir
été trop fincere avec fon Archevêque.

Les remercimens que je fis là-deffus au
Marquis, furent fuivis de ceux de Laure qui enchérirent fur les miens. Ne parlons plus de cela, interrompit-il ; c'est
une affaire finie. En difant cela, il falua
fa Princeffe de Théatre, & fortit. Elle
me fit auffi-tôt paffer dans un cabinet où
fe voyant feule avec moi : J'étoufferois,
s'écria-t-elle, fi je réfiftois plus long tems
à l'envie que j'ai de rire. Alors elle fe ren-
verfa dans un fauteüil, & fe tenant les
côtez, elle s'abandonna, comme une folle, à des ris immoderez. Il me fut impoffible de ne pas fuivre fon exemple ; &

E iiij

quand nous nous en fûmes bien donné ;
Avoüe, Gil Blas, me dit elle, que nous
venons de joüer une plaiſante Comédie.
Mais je ne m'attendois pas au dénoüement.
J'avois deſſein ſeulement de te ménager
dans ma maiſon une table & un logement ;
& c'eſt pour te les offrir avec bienſéance,
que je t'ai fait paſſer pour mon frere.
Je ſuis ravie que le hazard t'ait préſenté
un ſi bon poſte. Le Marquis de Marialva eſt un Seigneur génereux qui fera plus
encore pour toi qu'il n'a promis de faire.
Une autre que moi, pourſuivit-elle, n'auroit peut être pas reçû ſi gracieuſement un
homme qui quitte ſes amis ſans leur dire
adieu. Mais je ſuis de ces bonnes pâtes de
filles qui revoyent toûjours avec plaiſir un
fripon qu'elles ont aimé.

Je demeurai d'accord de bonne foi de
mon impoliteſſe, & je lui en demandai
pardon. Après quoi elle me conduiſit dans
une Salle à manger très-propre. Nous
nous mîmes à table ; & comme nous avions
pour témoins une femme de chambre &
un laquais, nous nous traitâmes de frere
& de ſœur. Lorſque nous eûmes dîné,
nous repaſsâmes dans le même cabinet où
nous nous étions entretenus. Là, mon incomparable Laure ſe livrant à toute ſa

gayeté naturelle, me demanda compte de tout ce qui m'étoit arrivé depuis notre séparation. Je lui en fis un fidéle raport; & quand j'eus satisfait sa curiosité, elle contenta la mienne en me faisant le récit de son Histoire dans ces termes.

CHAPITRE VII.

Histoire de Laure.

JE vais te conter, le plus succinctement qu'il me sera possible, par quel hazard j'ai embrassé la profession comique.

Après que tu m'eus si honnêtement quittée, il arriva de grands évenemens. Arsenie ma maîtresse, plus fatiguée que dégoûtée du monde, abjura le Théatre, & m'emmena avec elle à une belle terre qu'elle venoit d'acheter auprès de Zamora en monnoyes étrangeres. Nous eûmes bientôt fait des connoissances dans cette Ville-là. Nous y allions assez souvent. Nous y passions un jour ou deux. Nous venions ensuite nous renfermer dans notre Château.

Dans un de ces petits voyages, Don Felix Maldonado, fils unique du Corre-

gidor, me vit par hazard, & je lui plus.
Il chercha l'occasion de me parler sans
témoins, & pour ne te rien celer, je
contribuai un peu à la lui faire trouver. Le
Cavalier n'avoit pas vingt ans. Il étoit
beau comme l'Amour même, fait à peindre, & plus seduisant encore par ses manieres galantes, & genereuses, que par
sa figure. Il m'offrit de si bonne grace &
avec tant d'instances un gros brillant qu'il
avoit au doigt, que je ne pus me défendre de l'accepter. Je ne me sentois pas
d'aise d'avoir un Galand si aimable. Mais
quelle imprudence aux Grisettes de s'attacher aux enfans de famille dont les Peres ont de l'autorité ! Le Corregidor le
plus sévere de ses pareils, averti de notre
intelligence, se hâta d'en prévenir les suites. Il me fit enlever par une troupe d'Alguasils qui me menerent, malgré mes cris,
à l'Hôpital de la pitié.

Là, sans autre forme de procès, la Supérieure me fit ôter ma bague & mes
habits, & revêtir d'une longue robe de
Serge grise, ceinte par le milieu d'une
large courroye de cuir noir, d'où pen-
doit un rosaire à gros grains qui me des-
cendoit jusqu'aux talons. On me conduisit
après cela dans une Salle, où je trouvai

un vieux Moine, de je ne fçais quel ordre, qui fe mit à me prêcher la péniten-
ce, à peu près comme la Dame Leonar-
de t'exhorta dans le fouterrain à la patience. Il me dit que j'avois bien de l'obligation aux perfonnes qui me faifoient enfermer : qu'elles m'avoient rendu un grand
fervice en me tirant des filets du Démon.
J'avoüerai franchement mon ingratitude ;
bien loin de me fentir redevable à ceux
qui m'avoient fait ce plaifir-là , je les
shargeois d'imprécations.

Je paffai huit jours à me défoler. Mais
le neuviéme , car je comptois jufqu'aux
minutes , mon fort parut vouloir changer de face. En traverfant une petite cour,
je rencontrai l'Oeconome de la Maifon.
Perfonnage à qui tout étoit foumis. La
Supérieure même lui obéïffoit. Il ne rendoit compte de fon Oeconomat qu'au
Corregidor , de qui feul il dépendoit, &
qui avoit une entiere confiance en lui. Il
fe nommoit Pedro Zendono ; & le Bourg
de Salfedon en Bifcaye l'avoit vû naître.
Réprefente-toi un grand homme pâle &
décharné; une figure à fervir de modéle
pour peindre le bon Larron. A peine pa-
roiffoit-il regarder les fœurs. Tu n'as jamais vû de face fi hypocrite, quoique tu

ayes demeuré à l'Archevêché.

Je rencontrai donc, poursuivit-elle, le Seigneur Zendono, qui m'arrêta en me disant : Consolez-vous, ma fille. Je suis touché de vos malheurs. Il n'en dit pas davantage, & il continua son chemin, me laissant faire les commentaires qu'il me plairoit sur un texte si laconique. Comme je le croyois un homme de bien, je m'imaginai bonnement qu'il s'étoit donné la peine d'examiner pourquoi j'avois été enfermée ; & que ne me trouvant pas assez coupable pour mériter d'être traitée avec tant d'indignité, il vouloit me servir auprés du Corregidor. Je ne connoissois pas le Biscayen. Il avoit bien d'autres intentions. Il rouloit dans son esprit un projet de voyage dont il me fit confidence quelques jours aprés : Ma chere Laure, me dit-il, je suis si sensible à vos peines, que j'ai résolu de les finir. Je n'ignore pas que c'est vouloir me perdre ; mais je ne suis plus à moi. Je prétens dés demain vous tirer de votre prison, & vous conduire moi-même à Madrid. Je veux tout sacrifier au plaisir d'être vôtre Libérateur.

Je pensai m'évanoüir de joye à ces paroles de Zendono, qui jugeant par mes

remercimens que je ne demandois pas
mieux que de me fauver, eut l'audace le
jour fuivant de m'enlever devant tout
monde ainfi que je vais le rapporter. Il dit à la Superieure qu'il avoit ordre de me mener au Corregidor , qui
étoit à une maifon de Plaifance à deux
lieües de la Ville , & il me fit effrontément monter avec lui dans une chaife de
pofte tirée par deux bonnes mules qu'il
avoit achetées exprés. Nous n'avions pour
tous Domeftiques qu'un valet qui conduifoit la chaife , & qui étoit entiérement
dévoüé à l'Oeconome. Nous commençâmes à rouler, non du côté de Madrid ,
comme je me l'imaginois , mais vers les
frontieres de Portugal , où nous arrivâmes en moins de tems qu'il n'en falloit au
Corregidor de Zamora pour apprendre
nôtre fuite , & mettre fes Lévriers fur nos
traces.

Avant que d'entrer dans Bragance, le
Bifcayen me fit prendre un habit de Cavalier, dont il avoit eu la précaution de
fe pourvoir, & me comptant embarquée
avec lui , il me dit dans l'Hôtellerie où
nous allâmes loger : Belle Laure , ne me
fçachez pas mauvais gré de vous avoir
amenée en Portugal. Le Corregidor de

Zamora nous fera chercher dans nôtre
patrie, comme deux criminels à qui l'Efpagne ne doit point accorder d'afile. Mais,
ajoûta t-il, nous pouvons nous mettre à
couvert de fon reffentiment dans ce
Royaume étranger, quoiqu'il foit maintenant foumis à la Domination Efpagno-
le. Nous y ferons du moins plus en fure-
té que dans nôtre pays. Suivez un homme qui vous adore. Allons nous établir à
Coïmbre. Là, je me ferai efpion du Saint
Office, & à l'ombre de ce Tribunal redoutable, nous verrons couler nos jours
dans de tranquilles plaifirs.

Une propofition fi vive me fit connoître
que j'avois affaire à un Chevalier qui n'aimoit pas à fervir de conducteur aux In-
fantes pour la gloire de la Chevalerie. Je
compris qu'il comptoit beaucoup fur ma
reconnoiffance, & plus encore fur ma
mifere. Cependant quoique ces deux chofes me parlaffent en fa faveur, je rejettai
fiérement ce qu'il me propofoit. Il eft vrai
que de mon côté j'avois deux fortes rai-
fons pour me montrer fi réfervée : je ne
me fentois point de goût pour lui, & je
ne le croyois pas riche. Mais lorfque revenant à la charge, il s'offrit à m'époufer au préalable, & qu'il me fit voir réel-

lement que fon Œconomat l'avoit mis en
fonds pour long-tems, je ne le céle pas,
je commençai à l'écouter. Je fus éblouïe
de l'or & des pierreries qu'il étala devant
moi ; & j'éprouvai que l'interêt fçait faire
des Métamorphofes auffi bien que l'A-
mour. Mon Bifcayen devint peu à peu un
autre homme à mes yeux. Son grand
corps fec prit la forme d'une taille fine ; fon teint pâle me parut d'un beau
blanc ; je donnai un nom favorable jufqu'à fon air hypocrite. Alors j'acceptai
fans répugnance fa main devant le Ciel
qu'il prit à témoin de nôtre engagement.
Aprés cela, il n'eut plus de contradiction
à effuyer de ma part. Nous nous remîmes
à voyager ; & Coïmbre vit bien tôt dans
fes murs un nouveau ménage.

Mon mari m'acheta des habits de femme affez propres, & me fit préfent de
plufieurs diamans, parmi lefquels je reconnus celui de Don Felix Maldonado.
Il ne m'en fallut pas davantage pour deviner d'où venoient toutes les pierres
précieufes que j'avois vûës, & pour être
perfuadée que je n'avois pas époufé un ri-
gide obfervateur du feptiéme article du
Décalogue. Mais me confiderant comme
la caufe premiere de fes tours de mains,

je les lui pardonnois. Une femme excuse
jusqu'aux mauvaises actions que sa beauté
fait commettre. Sans cela, qu'il m'eut paru un méchant homme !

Je fus assez contente de lui pendant
deux ou trois mois. Il avoit toujours des
manieres galantes, & sembloit m'aimer
tendrement. Néanmoins les marques d'a-
mitié qu'il me donnoit, n'étoient que de
fausses apparences. Le fourbe me trom-
poit. Un matin, à mon retour de la Messe, je ne trouvai plus au logis que les
murailles. Les meubles, & jusques à mes
hardes, tout avoit été emporté. Zendono & son fidéle valet avoient si bien pris
leurs mesures, qu'en moins d'une heure
le dépoüillement entier de la maison avoit
été fait & parfait. De maniere qu'avec le
seul habit dont j'étois vêtuë, & la bague
de Don Felix qu'heureusement j'avois au
doigt, je me vis comme une autre Aria-
ne abandonnée par un ingrat. Mais je t'assure que je ne m'amusai point à faire des
Elegies sur mon infortune. Je bénis plûtôt le Ciel de m'avoir délivrée d'un scélerat qui ne pouvoit manquer de tomber
tôt ou tard entre les mains de la Justice.
Je regardai le tems que nous avions passé ensemble, comme un tems perdu que
                                                    je

je ne tarderois gueres à réparer. Si j'eusse
voulu demeurer en Portugal, & m'attacher à quelque femme de condition, j'en
aurois trouvé de reste. mais soit que j'ai-
masse mon pays, soit que je fusse entraî-
née par la force de mon étoile qui m'y
préparoit une meilleure fortune, je ne
songeai plus qu'à revoir l'Espagne. Je m'a-
dressai à un Joyaillier qui me compta la
valeur de mon brillant en especes d'or,
& je partis avec une vieille Dame Espagnole qui alloit à Seville dans une chaise
roulante.

Cette Dame, qui s'appelloit Dorothée, revenoit de voir une de ses Paren-
tes établie à Coïmbre, & s'en retournoit
à Seville où elle faisoit sa résidence. Il se
trouva tant de sympathie entre elle & moi,
que nous nous attachâmes l'une à l'autre
dés la premiere journée; & nôtre liaison
se fortifia si bien sur la route, que la
Dame ne voulut point, à nôtre arrivée,
que je logeasse ailleurs que dans sa maison. Je n'eus pas sujet de me repentir d'a-
voir fait une pareille connoissance. Je n'ai
jamais vû de femme d'un meilleur caractere. On jugeoit encore à ses traits & à la
vivacité de ses yeux, qu'elle devoit dans
sa jeunesse avoir fait racler bien des guit-

F

tares. Aussi elle étoit veuve de plusieurs maris de noble race, & vivoit honorablement de ses douaires.

Entre autres excellentes qualitez, elle avoit celle d'être très compatissante aux malheurs des filles Quand je lui fis confidence des miens, elle entra si chaudement dans mes interêts, qu'elle donna mille malédictions à Zendono. Les chiens d'hommes, dit-elle, d'un ton à faire juger qu'elle avoit rencontré en son chemin quelque Oeconome ! Les misérables ! Il y a comme cela dans le monde des fripons qui se font un jeu de tromper les femmes. Ce qui me console, ma chere enfant, continua-t-elle, c'est que suivant vôtre récit, vous n'êtes nullement liée au parjure Biscayen. Si vôvre mariage avec lui est assez bon pour vous servir d'excuse, en récompense, il est assez mauvais pour vous permettre d'en contracter un meilleur, quand vous en trouverez l'occasion.

Je sortois tous les jours avec Dorothée pour aller à l'Eglise, ou bien en visite d'amies ; c'étoit le moyen d'avoir bien-tôt quelque avanture. Je m'attirai les regards de plusieurs Cavaliers. Il y en eut qui voulurent sonder le gué. Ils firent parler à ma vieille hôtesse ; mais les uns n'avoient pas de quoi fournir aux frais d'un établiffement, & les autres n'avoient pas encore pris la robe virile. Ce qui fuffifoit pour m'ôter toute envie de les écouter. Un jour, il nous vint en fantaifie à Dorothée & à moi d'aller voir joüer les Comédiens de Seville. Ils avoient affiché qu'ils répresenteroient *La famofa Comedia : El Embaxador de Si-mifmo.* Compofée par Lope de Vega Carpio.

Parmi les Actrices qui parurent fur la Scéne, je démêlai une de mes anciennes amies. Je reconnus Phénice, cette groffe réjoüie que tu as vû femme de chambre de Florimonde, & avec qui tu as quelquefois foupé chez Arfenie. Je fçavois bien que Phénice étoit hors de Madrid depuis plus de deux ans; mais j'ignorois qu'elle fût Comedienne. J'avois une impatience de l'embraffer qui me fit trouver la Piéce fort longue. C'étoit peut-être auffi la faute de ceux qui la répréfentoient, & qui ne joüoient pas affez bien ou affez mal pour m'amufer. Car pour moi qui fuis une Rieufe, je t'avoüerai qu'un Acteur parfaitement ridicule ne me divertit pas moins qu'un excellent.

Enfin, le moment que j'attendois étant arrivé, c'est-à-dire la fin *de la famofa*

F ij

Comedia, nous allâmes, ma veûve & moi derriere le Théatre, où nous apperçûmes Phénice qui faiſoit la toute aimable, & écoutoit en minaudant le doux ramage d'un jeune Oiſeau, qui s'étoit aparemment laiſſé prendre à la glu de ſa déclamation. Si-tôt qu'elle m'eût remarquée, elle le quitta d'un air gracieux, vint à moi les bras ouverts, & me fit toutes les amitiez imaginables. Nous nous témoignâmes mutuellement la joye que nous avions de nous revoir ; mais le tems & le lieu ne nous permettant pas de nous répandre en longs diſcours, nous remîmes au lendemain à nous entretenir chez elle plus amplement.

Le plaiſir de parler eſt une des plus vives paſſions des femmes. Je ne pus fermer l'œil de toute la nuit, tant j'avois d'envie d'être aux priſes avec Phénice, & de lui faire queſtions ſur queſtions. Dieu ſçait ſi je fus pareſſeuſe à me lever pour me rendre où elle m'avoit enſeigné qu'elle demeuroit. Elle étoit logée avec toute la Troupe dans un grand Hôtel garni. Une ſervante que je rencontrai en entrant, & que je priai de me conduire à l'apartement de Phénice, me fit monter à un Corridor, le long duquel régnoient dix à douxe petites chambres ſéparées ſeu'e-

ment par des cloisons de fapin , & occu-
pées par la bande joyeufe. Ma conduc-
trice frappa à une porte , que Phénice, à
qui la langue demangeoit autant qu'à
moi , vint ouvrir. A peine nous donnâ-
mes-nous le tems de nous affeoir pour ca-
queter. Nous voilà en train d'en décou-
dre. Nous avions à nous interroger fur
tant de chofes , que les demandes & les
réponfes fe fuccédoient avec une volubi-
lité furprenante.

Aprés avoir raconté nos avantures de
part & d'autre , & nous être inftruites de
l'état préfent de nos affaires , Phénice me
demanda quel parti je voulois prendre. Je
lui répondis que j'avois réfolu , en attendant mieux , de me placer auprés de quelque fille de qualité. Fy donc , s'écria ,
mon amie , tu n'y penfes pas. Eft-il poffible,
ma mignone , que tu ne fois pas encore dégoûtée de la fervitude ? N'es-tu pas laffe
de te voir foumife aux volontez des autres ? De refpecter leurs caprices ? De
t'entendre gronder ? En un mot d'être ef-
clave ? Que n'embraffes-tu , à mon exemple la vie comique ? Rien n'eft plus convenable aux perfonnes d'efprit qui man-
quent de bien & de naiffance. C'eft un
état qui tient un milieu entre la Nobleffe

& la Bourgeoisie ; une condition libre &
affranchie des bienséances les plus in-
commodes de la société. Nos revenus
nous sont payez en especes par le Public
qui en possede le fonds. Nous vivons
toûjours dans la joye , & dépensons nôtre
argent comme nous le gagnons.

Le Théatre , poursuivit-elle , est favorable surtout aux femmes. Dans le tems
que je demeurois chez Florimonde , j'en
rougis quand j'y pense , j'étois réduite à
écouter les Gagistes de la Troupe du
Prince ; pas un honnête homme ne faisoit
attention à ma figure. D'où vient cela ?
C'est que je n'étois point en vûë. Le plus
beau tableau qui n'est pas dans son jour ,
ne frappe point. Mais depuis que je suis
sur mon piedestal , c'est-à-dire sur la
Scéne , quel changement ! Je vois à mes
trousses la plus brillante jeunesse des Villes
par où nous passons. Une Comedienne a
donc beaucoup d'agrément dans son métier. Si elle est sage , je veux dire que si
elle ne favorise qu'un Amant à la fois , cela lui fait tout l'honneur du monde. On
loüe sa retenuë ; & lorsqu'elle change de
Galand , on la regarde comme une véritable veuve qui se remarie. Encore voit-
on celle-ci avec mépris , quand elle con-

vole en troisiéme noces. On diroit qu'elle
blesse la délicatesse des hommes ; au lieu
que l'autre semble devenir plus précieuse, à mesure qu'elle grossit le nombre de
ses favoris. Après cent galanteries, c'est
un ragoût de Seigneur.

A qui dites-vous cela, interrompis-je
en cet endroit ? Pensez-vous que j'ignore
ces avantages ? Je me les suis souvent ré-
presentez, & ils ne flattent que trop une
fille de mon caractere. Je me sens même
de l'inclination pour la Comedie ; mais
cela ne suffit pas. Il faut du talent, &
je n'en ai point. J'ai quelquefois voulu réciter des tirades de Piéces devant
Arsenie. Elle n'a pas été contente de moi.
Cela m'a dégoûtée du métier. Tu n'es pas
difficile à rebuter, reprit Phénice. Ne
sçais-tu pas que ces grandes Actrices-là
sont ordinairement jalouses ? Elles crai-
gnent, malgré toute leur vanité, qu'il
ne vienne des sujets qui les effacent. Enfin, je ne m'en rapporterois pas là-dessus
à Arsenie. Elle n'a pas été sincere. Je te
dirai moi, sans flaterie, que tu es née
pour le Théatre. Tu as du naturel : l'action libre & pleine de grace : le son de
la voix doux : une bonne poitrine ; & avec
cela un minois ! Ah friponne, que tu char-

meras de Cavaliers, si tu te fais Comedienne.

Elle me tint encore d'autres discours
séduisans, & me fit déclamer quelques
vers, seulement pour me faire juger moi-
même de la belle disposition que j'avois
à débiter du comique. Lorsqu'elle m'eut
entenduë, ce fut bien une autre chose.
Elle me donna de grands applaudissemens,
& me mit au dessus de toutes les Actrices de Madrid. Aprés cela, je n'aurois
pas été excusable de douter de mon mérite. Arsenie demeura atteinte & convain-
cuë de jalousie & de mauvaise foi. Il me
fallut convenir que j'étois un sujet tout
admirable. Deux Comediens qui arriverent dans le moment, & devant qui Phénice m'obligea de répeter les vers que j'a-
vois déja récitez, tombèrent dans une es-
pece d'extase, d'où ils ne sortirent que
pour me combler de loüanges. Sérieuse-
ment, quand ils se feroient défié tous trois
à qui me loüëroit davantage, ils n'auroient
pas employé d'expressions plus hyperbo-
liques. Ma modestie ne fut point à l'épreuve de tant d'éloges. Je commençai à croire
que je valois quelque chose, & voilà
mon esprit tourné du côté de la Comedie.

Oh ça, ma chere, dis-je, à Phenice,
c'en

c'en eft fait. Je veux fuivre ton confeil, & entrer dans ta troupe, fi elle l'a pour agréable. A ces paroles, mon amie tranfportée de joye m'embraffa, & fes deux Camarades ne me parurent pas moins ravis qu'elle de me voir dans ces fentimens. Nous convînmes que le jour fuivant je me rendrois au Theatre dans la matinée, & ferois voir à la troupe affemblée le même échantillon que je venois de montrer de mon talent. Si j'avois fait concevoir une avantageufe opinion de moi chez Phenice, tous les Comediens en jugerent encore plus favorablement, lorfque j'eus dit en leur préfence une vingtaine de vers feulement. Ils me reçûrent volontiers dans leur Compagnie. Après quoi, je ne fus plus occupée que de mon début. Pour le rendre plus brillant, j'employai tout ce qui me reftoit d'argent de ma bague, & fi je n'en eus pas affez pour me mettre fuperbement, du moins je trouvai l'art de fuppléer à la magnificence par un goût tour galant.

Je parus, enfin, fur la fcene pour la premiere fois. Quels battemens de mains ! quels éloges ! Il y a de la moderation, mon ami, à te dire fimplement que je ravis les fpectateurs. Il faudroit avoir été témoin du bruit que je fis à Seville pour y ajoûter foi. Je devins l'entretien de toute la ville, qui pendant trois semaines entieres vint en foule à la Comedie; desorte que la Trouppe rappella par cette nouveauté le Public qui commençoit à l'abandonner. Je débutai donc d'une maniere qui charma tout le monde. Or, débuter ainsi, c'étoit comme si j'eusse fait afficher que j'étois à donner au plus offrant & dernier encherisseur. Vingt Cavaliers de toute sorte d'âges, s'offrirent à l'envi à prendre soin de moi. Si j'eusse suivi mon inclination, j'aurois choisi le plus jeune & le plus joli; mais nous ne devons, nous autres, consulter que l'interest & l'ambition lorsqu'il s'agit de nous établir. C'est une regle de Théatre. C'est pourquoi Don Ambrosio de Nisana, homme déja vieux & mal fait, mais riche, genereux & l'un des plus puissans Seigneurs d'Andalousie, eut la préference. Il est vrai que je la lui fis bien acheter. Il me loüa une belle maison, la meubla trés magnifiquement, me donna un bon Cuisinier, deux Laquais, une Femme de chambre & mille ducats par mois à dépenser. Il faut ajoûter à cela de riches habits avec une assés grande quantité de pierreries.

Quel changement dans ma fortune !
Mon esprit ne put le soûtenir. Je me
parus tout à coup à moi-même une autre
personne. Je ne m'étonne plus s'il y a
des filles qui oublient en peu de temps le
neant & la misere d'où un caprice de
Seigneur les a tirées. Je t'en fais un aveu
sincere : Les applaudissemens du Public,
les discours flateurs qne j'entendois de
toutes parts, & la passion de Don Ambrosio m'inspirerent une vanité qui alla jusqu'à l'extravagance. Je regardai mon talent comme un titre de noblesse. Je pris
les airs d'une femme de qualité. Et devenant aussi avare de regards agaçans, que
j'en avois jusqu'alors été prodigue ; je resolus de n'arrêter ma vûë que sur des
Ducs, des Comtes ou des Marquis.

Le Seigneur de Nisana venoit souper chez moi tous les soirs avec quel-
ques-uns de ses amis. De mon côté, j'a-
vois soin d'assembler les plus amusantes
de nos Comediennes, & nous passions
une bonne partie de la nuit à rire & à
boire. Je m'accommodois fort d'une vie si
agréable ; mais elle ne dura que six mois.
Les Seigneurs sont sujets à changer. Sans
cela, ils seroient trop aimables. Don
Ambrosio me quitta pour une jeune

Coquette Grenadine qui venoit d'arriver à Seville avec des graces & le talent
de les mettre à profit. Je n'en fus pourtant affligée que vingt quatre heures,
Je choisis pour remplir sa place un Cavalier de vingt-deux ans , Don Loüis
d'Alcacer , à qui peu d'Espagnols pouvoient être comparez pour la bonne
mine.

Tu me demanderas sans doute , & tu
auras raison, pourquoi je pris pour amant
un si jeune Seigneur, moi qui en connoissois les consequences. Mais outre
que Don Loüis n'avoit plus ni pere ni
mere & qu'il joüissoit déja de son bien ,
je te dirai que ces consequences ne sont
à craindre que pour les filles d'une condition servile, ou pour de malheureuses
avanturieres. Les femmes de nôtre profession sont des personnes tîtrées. Nous
ne sommes point responsables des effets
que produisent nos charmes. Tant pis
pour les familles dont nous plumons les
heritiers.

Nous nous attachâmes si fortement
l'un à l'autre , d'Alcacer & moi, que
jamais aucun amour n'a, je crois, égalé
celui dont nous nous laissames enflammer
tous deux. Nous nous aimions avec tant

de fureur , qu'il fembloit qu'on eût jetté un fort fur nous. Ceux qui fçavoient nôtre intelligence , nous croyoient les plus heureux amans du monde ; & nous en étions peut être les plus malheureux. Si Don Loüis avoit une figure toute aimable , il étoit en même temps fi jaloux , qu'il me défoloit à chaque inftant par d'injuftes foupçons. Il ne me fervoit de rien pour m'accommoder à fa foibleffe , de me contraindre jufqu'à n'ofer envifager un homme , fa défiance ingenieufe à me trouver des crimes , rendoit ma contrainte inutile. Nos plus tendres entretiens étoient toûjours mêlez de querelles. Il n'y eut pas moyen d'y refifter. La patience nous échappa de part & d'autre , & nous rompimes à l'amiable. Croiras-tu bien que le dernier jour de nôtre commerce en fut le plus charmant pour nous. Tous deux également fatiguez des maux que nous avions foufferts , nous ne fîmes éclater que de la joye dans nos adieux. Nous étions comme deux miferables Captifs qui recouvrent leur liberté après un rude efclavage.

Depuis cette avanture , je fuis bien en garde contre l'Amour. Je ne veux plus d'attachement qui trouble mon repos.

G iij

Il ne nous fied point à nous de foupirer comme les autres. Nous ne devons pas fentir en particulier une paffion dont nous faifons voir en public le ridicule.

Je donnois pendant ce temps là de l'occupation à la Renommée. Elle répandoit par tout que j'étois une Actrice inimitable. Sur la foi de cette Déeffe, les Comediens de Grenade m'écrivirent pour me propofer d'entrer dans leur Troupe. Et pour me faire connoître que la propofition n'étoit pas à rejetter, ils m'envoyoient un état de leurs frais journaliers & de leurs abonnemens, par lequel il me parut que c'étoit un parti avantageux pour moi. Auffi, je l'acceptai ; quoyque dans le fonds, je fuffe fachée de quitter Phenice & & Dorothée que j'aimois autant qu'une femme eft capable d'en aimer d'autres. Je laiffai la premiere à Seville occupée à fondre la vaiffelle d'un petit Marchand Orfévre qui vouloit par vanité avoir une Comedienne pour Maîtreffe. J'ay oublié de te dire qu'en m'attachant au Theatre, je changeai par fantaifie le nom de Laure en celui d'Eftelle ; & & c'eft fous ce dernier nom que je partis pour venir à Grenade.

Je n'y commençai pas moins heureusement qu'à Seville, & je me vis bien-tôt environnée de soupirans. Mais n'en voulant favoriser aucun qu'à bonnes enseignes, je gardai avec eux une retenuë qui leur jetta de la poudre aux yeux. Neanmoins de peur d'être la duppe d'une conduite qui ne menoit à rien & qui ne m'étoit pas naturelle, j'allois me déterminer à écouter un jeune Oydor de race Bourgeoise qui fait le Seigneur en vertu de sa charge, d'une bonne table & d'un équipage, quand je vis pour la premiere fois le Marquis de Marialva. Ce Seigneur Portugais qui voyage en Espagne par curiosité, passant par Grenade, s'y arrêta. Il vint à la Comedie. Je ne joüois point ce jour là. Il regarda fort attentivement les Actrices qui s'offrirent à ses yeux. Il en trouva une à son gré. Il fit connoissance avec elle dés le lendemain, & il étoit prest à conclure le marché, lorsque je parus sur le Théatre. Ma vûë & mes minauderies firent tout à coup tourner la giroüette. Mon Portugais ne s'attacha plus qu'à moi. Il faut dire la verité, comme je n'ignorois pas que ma camarade eût plu à ce Seigneur, je n'épargnai rien pour le lui souffler, &

j'eus le bonheur d'en venir à bout. Je
fçais bien qu'elle m'en veut du mal ;
mais je n'y fçaurois que faire. Elle de-
vroit fonger que c'eſt une chofe ſi naturelle aux femmes , que les meilleures
Amies ne s'en font pas le moindre fcrupule.

CHAPITRE VIII.

*De l'accüeil que les Comediens de Grenade
firent à Gil Blas ; & d'une nouvelle
reconnoiſſance qui ſe fit dans les foyers
de la Comedie.*

Dans le moment que Laure achevoit
de raconter ſon hiſtoire , il arriva
une vieille Comedienne de ſes voiſines
qui venoit la prendre en paſſant pour
aller à la Comedie. Cette vénérable he-
roine de Théatre eut été propre à joüer
le perſonnage de la Déeſſe Cotys. Ma
fœur ne manqua pas de préſenter ſon
frere à cette figure furannée , & la-
deſſus grands complimens de part &
d'autre.

Je les laiſſai toutes deux en diſant à la
veuve de l'Oeconome que je la rejo'n-
drois au Théatre , auſſi-tôt que j'aurois

fait porter mes hardes chez le Marquis
de Marialva dont elle m'enseigna la demeure. J'allai d'abord à la chambre que
j'avois loüée, d'où après avoir satisfait mon
Hôtesse, je me rendis avec un homme
chargé de ma valise à un grand Hôtel
garni où mon nouveau Maître étoit logé.
Je rencontrai à la porte son Intendant,
qui me demanda si je n'étois point le frere de la Dame Estelle. Je répondis qu'oüi.
Soyez donc le bien venu, reprit-il, Seigneur Cavalier. Le Marquis de Marialva
dont j'ai l'honneur d'être Intendant,
m'a ordonné de vous bien recevoir. On
vous a préparé une chambre. Je vais,
s'il vous plaît, vous y conduire pour vous
en apprendre le chemin. Il me fit monter
tout au haut de la maison, & entrer dans
une chambre si petite, qu'un lit assez
étroit, une armoire & deux chaises la
remplissoient. C'étoit là mon apartement.
Vous ne serez pas ici fort au large, me
dit mon Conducteur. Mais en recompense, je vous promets qu'à Lisbonne vous serez superbement logé. J'enfermai ma valise
dans l'armoire dont j'emportai la clef,
& je demandai à quelle heure on soupoit.
Il me fut répondu à cela, que le Seigneur
Portugais ne faisoit pas d'ordinaire chez

lui, & qu'il donnoit à chaque Domeftique une certaine fomme par mois pour
fe nourrir. Je fis encore d'autres queftions, & j'appris que les gens du Marquis étoient d'heureux faineans. Après
un entretien affez court, je quittai l'Intendant pour aller retrouver Laure, en
m'occupant agréablement du préfage que
je concevois de ma nouvelle condition.

Sitôt que j'arrivai à la porte de la Comedie, & que je me dis frere d'Eftelle,
tout me fut ouvert. Vous euffiez vû les
Gardes s'empreffer à me faire un paffa-
ge, comme fi j'euffe été un des plus
confiderables Seigneurs de Grenade.
Tous les Gagiftes, Receveurs de marques & de contremarques que je rencontrai fur mon chemin, me firent de profon-
des reverences. Mais ce que je voudrois
pouvoir bien peindre au Lecteur, c'eft
la reception ferieufe que l'on me fit co-
miquement dans les foyers où je trouvai
la troupe toute habillée & prête à commencer. Les Comediens & les Comediennes à qui Laure me prefenta, vinrent fondre fur moi. Les hommes m'ac-
cablerent d'embraffades, & les femmes à
leur tour appliquant leurs vifages enlu-
minez fur le mien, le couvrirent de rou-

ge & de blanc. Aucun ne voulant être le
dernier à me faire son compliment, ils
se mirent tous ensemble à parler. Je ne
pouvois suffire à leur répondre. Mais
ma sœur vint à mon secours, & sa
langue exercée ne me laissa en reste avec
personne.

Je n'en fus pas quitte pour les accolades des Acteurs & des Actrices. Il me
fallut essuyer les civilitez du Décorateur,
des Violons, du Souffleur, du Moûcheur
& Sous moucheur de chandelles : Enfin,
de tous les valets du Théatre qui sur le
bruit de mon arrivée accoururent pour
me considerer. Il sembloit que tous ces
Gens là fussent des Enfans trouvez qui
n'avoient jamais vû de frere.

Cependant, on commença la Piéce.
Alors quelques Gentils-Hommes qui
étoient dans les foyers, coururent se placer pour l'entendre ; Et moi, en Enfant
de la balle, je continüai de m'entretenir avec ceux des Acteurs qui n'étoient
pas sur la Scene. Il y en avoit un parmi
ces derniers qu'on appella devant moi
Melchior. Ce nom me frappa. Je consi-
derai avec attention le Personnage qui
le portoit, & il me sembla que je l'a-
vois vû quelque part. Je me le remis,

enfin & le reconnus pour Melchior Zapata, ce pauvre Comedien de Campagne, qui comme je l'ai dit dans le premier volume de mon Hiftoire, trempoit des croutes de pain dans une fontaine.

Je le pris auffi-tôt en particulier, & je lui dis : Je fuis bien trompé, fi vous n'êtes pas ce Seigneur Melchior avec qui j'ai eu l'honneur de déjeuner un jour au bord d'une claire fontaine, entre Valladolid & Segovie. J'étois avec un Garçon barbier. Nous portions quelques provifions que nous joignimes aux vôtres, & nous fimes tous trois un petit repas qui fut affaifonné de mille agréables difcours. Zapata fe mit à rêver quelques momens, enfuite il me répondit : Vous me parlez d'une chofe que j'ai peu de peine à me rappeller. Je revenois alors de débuter à Madrid, & je retournois à Zamora. Je me fouviens même que j'étois fort mal dans mes affaires. Je m'en fouviens bien auffi lui repliquais-je ; à telles enfeignes que vous portiez un pourpoint doublé d'affiches de Comedie. Je n'ai pas oublié non plus que vous vous plaigniez dans ce temps-là d'avoir une femme trop fage. Oh je ne men plains plus apréfent, dit avec précipitation Zapata. Vive Dieu, la Comere s"eſt bien corrigée de cela ! Auſſi en ais-je le pourpoint mieux doublé.

J'allois le feliciter ſur ce que ſa femme éroit devenuë raiſonnable ; lorſqu'il fut obligé de me quitter pour paroîtie ſur la ſcene. Curieux de connoître ſa femme, je m'approchai d'un Comedien pour le prier de me la montrer. Ce qu'il fit en me diſant : vous la voyez ; c'eſt Narciſſa ; la plus jolie de nos Dames après vôtre ſœur. Je jugeai que cette Actrice devoit être celle en faveur de qui le Marquis de Marialva s'étoit déclaré avant que d'avoir vû ſon Eſtelle ; & ma conjecture ne fut que trop vraye. A la fin de la piece, je conduiſis Laure à ſon domicile, où j'apperçûs en arrivant pluſieurs Cuiſiniers qui préparoient un grand répas. Tu peux ſoûper ici, me dit-elle. Je n'en ferai rien, lui répondis-je. Le Marquis ſera peut-être bien aiſe d'être ſeul avec vous. Oh que, non, reprit elle ; il va venir avec deux de ſes amis & un de nos Meſſieurs. Il ne tiendra qu'à toi de faire le ſixiéme. Tu ſçais bien que chez les Comediennes les Secretaires ont le privilége de manger avec leurs Maîtres. Il eſt vrai, lui dis-je ; mais ce ſeroit de trop bonne

heure me mettre fur le pied de ces Secretaires favoris. Il faut auparavant que je
faffe quelque commiffion de Confident
pour mériter ce droit honorifique. En parlant ainfi , je fortis de chez Laure &
gagnai mon Auberge où je comptois d'aller tous les jours , puifque mon Maître n'avoit point de ménage.

CHAPITRE IX.

Avec quel homme extraordinaire , il
foupa ce foir là , & de ce qui fe paffa
entre eux.

JE remarquai dans la falle une efpece
de vieux Moine , vêtu de bure grife,
qui foupoit tout feul dans un coin. J'allai
par curiofité m'affeoir vis-à-vis de lui ; je le
faluai fort civilement ; & il ne fe montra
pas moins poli que moi. On m'apporta
ma pitance que je commençai à expedier
avec beaucoup d'appetit. Pendant que
je mangeois fans dire mot , je regardois
fouvent le Perfonnage dont je trouvois
toûjours les yeux attachez fur moi. Fati-
gué de fon attention opiniârre à me regarder , je lui adreffai ainfi la parole ;

Pere, nous ferions-nous vûs par hazard ailleurs qu'ici ? Vous m'obfervez comme un homme qui ne vous feroit pas entierement inconnu.

Il me répondit gravement : fi j'arrête fur vous mes regards, ce n'eft que pour admirer la prodigieufe varieté d'avantures qui font marquées dans les traits de vôtre vifage. A ce que je vois, lui dis-je d'un air railleur, vôtre Reverence donne dans la Metopofcopie. Je pourrois me vanter de la poffeder, répondit le Moine, & d'avoir fait des prédictions que la fuite n'a pas démentie. Je ne fçais pas moins la Chiromance, & j'ofe dire que mes oracles font infaillibles, quand j'ai confronté l'infpection de la main avec celle du vifage.

Quoyque ce Vieillard eut toute l'apparence d'un homme fage, je le trouvai fi fou, que je ne pûs m'empêcher de lui rire au nez. Au lieu de s'offenfer de mon impoliteffe, il en fourit, & continua de parler dans ces termes, après avoir promené fa vûë dans la falle & s'être affuré que perfonne ne nous écoutoit : Je ne m'étonne pas de vous voir fi prévenu contre deux fciences qui paffent aujourd'huy pour frivoles ; l'étude longue &

penible qu'elles demandent décou*age
tous les fçavans, qui y renoncent, & qui
les décrient de dépit de n'avoir pû les
acquerir. Pour moi, je ne me fuis point
rebuté de l'obfcurité qui les enveloppe,
non plus que des difficultez qui fe fuc-
cedent fans ceffe dans la recherche des
fecrets chymiques & dans l'Art merveilleux de tranfmuer les métaux en or.

Mais je ne penfe pas, pourfuivit-il en
fe reprenant, que je parle à un jeune
Cavalier à qui mes difcours doivent en
effet paroître des rêveries. Un échantillon de mon fçavoir-faire vous difpofera
mieux que tout ce que je pourrois dire, à
juger de moi plus favorablement. A ces
mots, il tira de fa poche une phiole remplie d'une liqueur vermeille. Enfuite, il
me dit : voici un Elixir que j'ai com-
pofé ce matin des fucs de certaines plan-
tes diftilez à l'alambic ; car j'ay employé
prefque toute ma vie, comme Démocrite
à trouver les propriétez des fimples &
des mineraux. Vous allez éprouver fa
vertu. Le vin que nous bûvons à nôtre
foupé eft très mauvais. Il va devenir excellent. En même temps, il mit deux
gouttes de fon élixir dans ma bouteille,
qui rendirent mon vin plus délicieux que
les

les meilleurs qui fe boivent en Efpagne.

Le merveilleux frappe l'imagination, &
quand une fois elle eft gagnée, on ne
fe fert plus de fon jugement. Charmé
d'un fi beau fecret, & perfuadé qu'il falloit être un peu plus que diable pour
l'avoir trouvé, je m'écriai plein d'admiration : ô mon Pere, pardonnez moi, de grace, fi je vous ai pris d'abord pour un vieux
fou. Je vous rends juftice préfentement.
Je n'ai pas befoin d'en voir davantage,
pour être affuré que vous feriez, fi vous
vouliez, tout à l'heure un lingot d'or
d'une barre de fer. Que je ferois heureux
fi je poffedois cette admirable fcience.
Le Ciel vous préferve de l'avoir jamais,
interrompit le Vieillard en pouffant un
profond foupir ? vous ne fçavez pas, mon
fils, que vous fouhaitez une chofe funefte.
Au lieu de me porter envie, plaignez-moi
plûtot de m'être donné tant de peine pour
me rendre malheureux. Je fuis toûjours
dans l'inquietude. Je crains d'être découvert & qu'une prifon perpetuelle ne
devienne le falaire de tous mes travaux.
Dans cette aprehenfion, je mene une
vie errante, deguifé tantôt en Prêtre ou
en Moine, & tantôt en Cavalier ou en
Payfan. Eft-ce donc un avantage de fçavoir

H

faire de l'or à ce prix là ? Et les richeſſes
ne ſont-elles pas un vrai ſupplice pour les
perſonnes qui n'en joüiſſent pas tranquillement.

Ce diſcours me paroît fort ſenſé,
dis-je alors au Philoſophe. Rien n'eſt
tel que de vivre en repos. Vous me dé-
goûtez de la Pierre philoſophale. Je
me contenterai d'apprendre de vous ce
qui doit m'arriver, Très-volontiers ,
me répondit-il , mon enfant. J'ai déja
fait des obſervations ſur vos traits.
Voyons à preſent vôtre main. Je la lui
préſentai avec une confiance qui ne me
fera guere d'honneur dans l'eſprit de
quelques Lecteurs. Il l'éxamina fort attentivement & dit enſuite avec enthou-
ſiaſme : ah que de paſſages de la douleur
à la joye , & de la joye à la douleur !
Quelle ſucceſſion biſarre de diſgraces,
& de proſperitez ! mais vous avez déja
éprouvé une grande partie de ces alter-
natives de fortune. Il ne vous reſte plus
guere de malheurs à eſſuyer , & un Sei-
neur vous fera une agréable deſtinée qui
ne ſera point ſujette au changement.

Après m'avoir aſſuré que je pouvois
compter ſur cette prédiction , il me dit
adieu & ſortit de l'auberge , où il me

laiſſa fort occupé des choſes que je venois d'entendre. Je ne doutois point que
le Marquis de Marialva ne fût le Seigneur en queſtion : & par conſequent rien
ne me paroiſſoit plus poſſible que l'ac-
compliſſement de l'oracle. Mais quand
je n'y aurois pas vû la moindre aparence,
cela ne m'eût point empêché de donner
au faux Moine une entiere créance , tant
il s'étoit acquis par ſon élixir d'autorité
ſur mon eſprit. De mon côté , pour avancer le bonheur qui m'étoit prédit, je ré-
ſolus de m'attacher au Marquis plus que
je n'avois fait à aucun de mes Maîtres.
Ayant pris cette reſolution , je me retirai
à nôtre hôtel avec une gayeté que je ne
puis exprimer. Jamais femme n'eſt ſortie
ſi contente de chez une Devinereſſe.

CHAPITRE X.

De la Commiſſion que le Marquis de
Marialva donna à Gil Blas ; & Com-
ment ce fidelle Secretaire s'en acquitta.

LE Marquis n'étoit pas encore revenu
de chez ſa Comedienne , & je trouvai dans ſon apartement ſes valets de
H ij

chambre qui joüoient à la prime en attendant ſon retour. Je fis connoiſſance
avec eux & nous nous amuſames à rire
juſqu'à deux heures après minuit que nôtre Maître arriva. Il fut un peu ſurpris de
me voir, & me dit d'un air de bonté qui
me fit juger qu'il revenoit très ſatisfait
de ſa ſoirée : Comment donc, Gil Blas,
vous n'êtes pas encore coûché ? Je répondis que j'avois voulu ſçavoir auparavaut
s'il n'avoit rien à m'ordonner. J'aurai
peut-être, reprit-il une commiſſion à vous
donner demain matin ; mais il ſera temps
alors de vous apprendre mes volontez.
Allez vous repoſer. Et déſormais ſouve-
nez vous que je vous diſpenſe de m'attendre le ſoir. Je n'ai beſoin que de mes valets de chambre.

Après cet avertiſſement, qui dans le
fond me faiſoit plaiſir, puiſqu'il m'épargnoit une ſujetion que j'aurois quelque
fois deſagreablement ſentie ; je laiſſai le
Marquis dans ſon apartement, & me
retirai à mon galetas. Je me mis au lit.
Mais ne pouvant dormir, je m'aviſai de
ſuivre le conſeil que nous donne Pyta-
gore de rappeler le ſoir ce que nous avons
fait dans la journée pour nous applaudir
de nos bonnes actions & nous blaïner de
nos mauvaiſes.

Je ne me fentois pas la confcience
affez nette, pour être content de moi.
Je me reprochai d'avoir appuyé l'impoftu-
re de Laure. J'avois beau me dire pour
m'excufer, que je n'avois pû honnêtement
donner un démenti à une fille qui n'a-
voit eu en vûë que de me faire plaifir,
& qu'en quelque façon je m'étois trouvé dans la neceffité de me rendre complice de la fupercherie. Peu fatisfait de
cette excufe, je répondois que je ne devois donc pas pouffer les chofes plus
loin ; & qu'il falloit que je fuffe bien
effronté pour vouloir demeurer auprès
d'un Seigneur dont je payois fi mal la
confiance. Enfin après un fevere examen,
je tombai d'accord avec moi-même que
fi je n'étois pas un fripon, il ne s'en fal-
loir guere,

De là paffant aux confequences, je me
reprefentai que je joüois gros jeu, en
trompant un homme de condition, qui
pour mes pêchez peut-être ne tarderoit
guere à découvrir la fourberie. Une fi
judicieufe réflexion jetta quelque terreur
dans mon efprit : mais des idées de plaifir & d'intereft l'eurent bien-tôt diffipée.
D'ailleurs la Prophetie de l'homme à
l'Elixir auroit fuffi pour me raffurer.

Je me livrai donc à des images toutes
agréables. Je me mis à faire des regles
d'Aritmetique, à compter en moi-même
la somme que feroient mes gages au
bout de dix années de service. J'ajoûtois
à cela les gratifications que je recevrois
de mon Maître, & les mesurant à son
humeur liberale ou plûtôt à mes desirs,
j'avois une intemperence d'imagination,
si l'on peut parler ainsi, qui ne donnôit
point de bornes à ma fortune. Tant de
bien peu à peu m'assoupit, & je m'endormis
en bâtissant des châteaux en Espagne.

Je me levai le lendemain sur les huit
heures pour aller recevoir les ordres de
mon Patron ; mais comme j'ouvrois ma
porte pour sortir, je fus tout étonné de
le voir paroître devant moi en robe de
chambre & en bonnet de nuit. Il étoit
tout seul. Gil Blas, me dit-il, hier au
soir en quittant vôtre sœur, je lui promis de passer chez elle ce matin ; mais
une affaire de consequence ne me per-
met pas de lui tenir parole. Allez lui
témoigner de ma part que je suis bien
mortifié de ce contre-temps ; & assurez-
la que je soûperai encore aujourd'hui avec
elle. Ce n'est pas tout, ajoûta-t-il, en me
mettant entre les mains une bourse avec

une petite boite de chagrin enrichie de
pierreries, portez-lui mon portrait, &
gardez cette bourſe où il y a cinquante
piſtoles que je vous donne pour marque de
l'amitié que j'ai déja pour vous. Je pris d'u.
ne main le portrait, & de l'autre, la bourſe
que je méritois ſi peu. Je courus ſur le champ
chez Laure, en diſant dans l'excès de la
joye qui me tranſportoit : bon ; la prédiction s'accomplit à veüe d'œil. Quel bonheur d'être frere d'une fille belle & galante. C'eſt dommage qu'il n'y ait pas
autant d'honneur à cela que de profit &
d'agrément.

Laure contre l'ordinaire des perſonnes de ſa profeſſion, avoit coûtume de
ſe lever matin. Je la ſurpris à ſa toilette où en attendant ſon Portugais elle
joignoit à ſa beauté naturelle tous les
charmes auxiliaires que l'art des Coquettes pouvoit lui prêter. Aimable Eſtelle,
lui dis-je en entrant, l'aimant des Etrangers, je puis à l'heure qu'il eſt manger
avec mon Maitre, puiſqu'il m'a honoré
d'une commiſſion qui me donne cette pré-
rogative & dont je viens m'acquitter.
Il n'aura pas le plaiſir de vous entretenir ce matin, comme il ſe l'étoit propoſé. Mais pour vous en conſoler, il

ſoupera ce ſoir avec vous ; & il vous envoye ſon portrait qui me paroiſt avoir
quelque choſe encore de plus conſolant.

Je lui remis auſſi tôt la boite, qui par
le vif éclat des brillans dont elle étoit
garnie , lui réjoüit infiniment la veüe.
Elle l'ouvrit , & l'ayant fermée , aprés
avoir conſideré la peinture par maniere
d'acquit , elle revint aux pierreries. Elle
en vanta la beauté , & me dit en ſoûriant : voilà des Copies que les femmes
de Théatre aiment mieux que les Originaux.

Je lui apris enſuite, que le généreux
Portugais en me chargeant du portrait,
m'avoit gratifié d'une bourſe de cinquante piſtoles Je t'en fais mon compliment,
me dit-elle. Ce Seigneur commence par
où même il eſt rare que les autres finiſ-
ſent. C'eſt à vous , mon adorable , lui
répondis-je , que je dois ce preſent ;
le Marquis ne me la fait qu'à cauſe de
la fraternité. Je voudrois, repliqua-t'elle,
qu'il t'en fit de ſemblables chaque jour.
Je ne puis te dire juſqu'à quel point tu
m'es cher. Dès le premier inſtant que
je t'ai vû, je me ſuis attachée à toi par
un lien ſi fort , que le temps n'a pû le
rompre. Lors que je te perdis à Madrid,
                                         je

je ne defefperaî pas de te retrouver; & hier
en te revoyant je te receus comme un
homme qui revenoit à moi neceffairement.
En un mot, mon ami, le Ciel nous a
deftinez l'un pour l'autre. Tu feras mon
mari ; mais il faut nous enrichir auparavant. Je veux avoir encore trois ou quatre galanteries pour te mettre à ton aife.

Je la remerciai poliment de la peine
qu'elle vouloit bien prendre pour moi.
Et nous nous engageames infenfiblement
dans un entretien qui dura jufqu'à midi.
Alors je me retirai pour aller rendre compte à mon Maître de la maniere dont on
avoit reçeu fon prefent. Quoy que Laure
ne m'eut point donné d'inftructions là-
deffus, je ne laiffai pas de compofer en
chemin un beau compliment que je me
propofois de faire de fa part ; mais ce fut
autant de bien perdu. Car lorfque j'arrivai à l'Hôtel, on me dit que le Marquis venoit de fortir ; & il étoit décidé
que je ne le reverrois plus ; ainfi qu'on
le peut lire dans le chapitre fuivant

CHAPITRE. XI.

De la nouvelle que Gil-Blas aprit, & qui fut un coup de foudre pour lui.

JE me rendis à mon Auberge où rencontrant deux hommes d'une agréable converfation, je dinai & demeurai à table avec eux jufqu'à l'heure de la Comedie. Nous nous féparames. Ils allérent à leurs affaires & moi, je pris le chemin du Theatre. Il faut remarquer en paffant que j'avois tout fujet d'être de belle humeur : la joye avoit regné dans l'entretien que je venois d'avoir avec ces Cavaliers : la face de ma fortune étoit des plus riantes ; & pourtant je me laiffois aller à la triftefse, fans fçavoir pourquoi. Sans pouvoir m'en deffendre. Je preffentois fans doute le malheur qui me menaçoit.

Comme j'entrois dans les foyers, Melchior Zapata vint à moi, & me dit tout bas de le fuivre. Il me mena dans un endroit particulier de l'Hôtel, & me tint ce difcours : Seigneur Cavalier, je me fais un devoir de vous donner un

avis très-important. Vous fçavez que le
Marquis de Marialva s'étoit d'abord fenti
du goust pour Narciffa mon Epoufe. Il
avoit même déja pris jour pour venir
manger de mon alloyau, lors que l'ar-
tificieufe Eftelle trouva moyen de rompre la partie & d'attirer chez elle ce
Seigneur Portugais. Vous jugez bien
qu'une Comédienne ne perd pas une fi
bonne proye fans dépit. Ma femme a
cela fur le cœur, & il n'y a rien qu'elle
ne fût capable de faire pour fe venger.
Elle en a une belle occafion Hier, fi vous
vousen fouvenez, tous nos Gagiftes accoururent pour vous voir. Le Sous-moucheur
de chandelles dit à quelques perfonnes de
la Troupe qu'il vous reconnoiffoit &
que vous n'étiez rien moins que le frere
d'Eftelle.

Ce bruit, ajouta Melchior, eft venu
aujourd'hui aux oreilles de Narciffa, qui
n'a pas manqué d'en interroger l'Auteur ;
& ce Gagifte le lui a confirmé. Il vous
a, dit il, connu valet d'Arfenie dans le
temps qu'Eftelle fous le nom de Laure
la fervoit à Madrid. Mon Epoufe charmée de cette découverte, en fera part
au Marquis de Marialva, qui doit venir
ce foir à la Comedie. Reglez-vous là-

I ij

deſſus. Si vous n'êtes pas effectivement frere d'Eſtelle, je vous conſeille en ami & à cauſe de nôtre ancienne connoiſſance, de pourvoir à vôtre ſeureté. Narciſſa, qui ne demande qu'une Victime, m'a permis de vous avertir de prévenir par une prompte fuite quelque ſiniſtre accident.

Il y auroit eu du ſuperflu à m'en dire davantage. Je rendis graces de cèt avertiſſement à l'Hiſtrion, qui vit bien à mon air effrayé que je n'étois pas homme à donner un dementi au Sous-moucheur de chandelles. Je ne me ſentois nullement d'humeur à porter juſques-là l'effronterie. Je ne fus pas même tenté d'aller dire adieu à Laure, de peur qu'elle ne voulût m'engager à payer d'audace. Je conçevois bien qu'elle étoit aſſez bonne Comedienne pour ſe tirer d'un ſi mauvais pas ; mais je ne voyois qu'un châtiment infaillible pour moi ; & je n'étois pas aſſez amoureux pour le braver. Je ne ſongeai qu'à me ſauver avec mes Dieux Penates, je veux dire, avec mes hardes. Je diſparus de l'Hôtel en un clin d'œil ; & je fis en moins de rien enlever & tranſporter ma valiſe chez un Muletier qui devoit le jour ſuivant partir à

trois heures du matin pour **Tolede**. J'aurois souhaité d'être déjà chez le Comte
de Polan, dont la maison me paroissoit le
seul azile qui fût seur pour moi. Mais je
n'y étois pas encore, & je ne pouvois
sans inquietude penser au temps qui me
restoit à passer dans une ville où j'apré-
hendois qu'on ne me cherchât dès la nuit
même.

Je ne laissai pas d'aller souper à mon
Auberge, quoyque je fusse aussi troublé qu'un Débiteur qui sçait qu'il y a des
Alguasils à ses trousses. Ce que je man-
geai ce soir-là, ne fit pas, je crois, un
excellent Chyle dans mon estomac. Miserable joüet de la crainte, j'examinois
toutes les personnes qui entroient dans la
Salle ; & quand par malheur il y venoit
des gens de mauvaise mine, ce qui n'est
pas rare dans ces endroits-là, je frisson-
nois de peur. Après avoir soupé dans de
continuelles alarmes, je me levai de table, & m'en retournai chez mon Muletier, où je me jettai sur de la paille fraî-
che jusqu'à l'heure du départ.

Ma patience fut bien exercée pendant
ce temps là. Mille desagréables pensées
vinrent m'assaillir. Si quelquefois je m'as-
soupissois, je voyois le Marquis furieux

I iij

qui meurtriffoit de coups le beau vifage
de Laure, & brifoit tout chez elle. Ou
bien je l'entendois ordonner à fes Domeftiques de me faire mourir fous le bâton.
Je me réveillois là deffus en furfaut ; &
le réveil qui eft ordinairement fi doux
après un fonge affreux, me devenoit plus
cruel encore que mon fonge.

Heureufement le Muletier me tira d'u-
ne fi grande peine, en venant m'avertir
que fes mules étoient prêtes. Je fus auffi-tôt fur pied, & graces au Ciel, je partis radicalement gueri de Laure & de la
Chiromancie. A mefure que nous nous
éloignions de Grenade, mon efprit repre-
noit fa tranquilité. Je commençai à m'entretenir avec le Muletier. Je ris de quelques plaifantes hiftoires qu'il me raconta,
& je perdis infenfiblement toute ma
frayeur. Je dormis d'un fommeil paifi-
ble à Ubeda, où nous allames coûcher
la premiere journée, & la quatríemè,
nous arrivâmes à Tolede. Mon premier
foin fut de m'informer de la demeure du
Comte de Polan, & je m'y rendis bien
perfuadé qu'il ne fouffriroit pas que je
fuffe logé ailleurs que chez lui. Mais je
comptois fans mon hôte. Je ne trouvai
au logis que le Concierge, qui me dit que

son Maître étoit parti la veille pour le Château de Leyva ; d'où on lui avoit mandé que Seraphine étoit dangereuse-ment malade.

Je ne m'étois point attendu à l'absen-ce du Comte. Elle diminua la joye que j'avois d'être à Toledo & fut cause que je pris un autre dessein. Me voyant si près de Madrid, je resolus d'y aller. Je fis réflexion que je pourrois me pousser à la Cour, où un génie superieur, à ce que j'avois oüi dire, n'étoit pas absolu-ment nécessaire pour s'avancer. Dès le landemain, je me servis de la commodi-té d'un cheval de retour, pour me rendre à cette Capitale de l'Espagne. La fortu-ne m'y conduisoit pour me faire joüer de plus grands rolles que ceux qu'elle m'y avoit déja fait faire.

CHAPITRE XII.

Gil-Blas va loger dans un Hôtel garni.
Il y fait connoissance avec le Capitaine
Chinchilla. Quel homme c'étoit que cet
Officier, & quelle affaire l'avoit amené
à Madrid.

D'Abord que je fus à Madrid, j'établis mon domicile dans un Hôtel garni, où demeuroit entre autres Personnes un vieux Capitaine, qui des extrémitez de la Castille nouvelle étoit venu solliciter à la Cour une pension, qu'il croyoit n'avoir que trop méritée. Il s'appelloit Don Annibal de Chinchilla. Ce ne fut pas sans étonnement que je le vis pour la première fois. C'étoit un homme de soixante ans, d'une taille gigantesque, & d'une maigreur extraordinaire. Il portoit une épaisse moustache qui s'élevoit en serpentant des deux côtez jusqu'aux temples. Outre qu'il lui manquoit un bras & une jambe, il avoit la place d'un œil couverte d'une large emplâtre de Taffetas verd, & son visage en plusieurs endroits paroissoit balafré. A cela près,

il étoit fait comme un autre. De plus, il
ne manquoit pas d'efprit & moins encore
re de gravité. Il pouffoit la morale jufqu'au fcrupule, & fe piquoit fur tout
d'être délicat fur le point d'honneur.

Aprés avoir eu avec lui deux ou trois
converfations, il m'honora de fa confiance. Je fçeus bien-tôt toutes fes affaires.
Il me conta dans quelles occafions il avoit
laiffé un œil à Naples, un bras en Lom-
bardie & une jambe dans les Païs-bas.
Ce que j'admirai dans les relations de
batailles & de fieges qu'il me fit, c'eft
qu'il ne lui échappa aucun trait de fanfa-
ron, pas un mot à fa loüange ; quoyque
je lui euffe volontiers pardonné de vanter
la moitié qui lui reftoit de lui-même
pour fe dédommager de la perte de l'autre. Les Officiers qui reviennent de la
guerre fains & faufs ne font pas tous fi
modeftes.

Mais il me dit que ce qui lui tenoit le
plus au cœur, c'étoit d'avoir diffipé des
biens confidérables dans fes Campagnes.
De forte qu'il n'avoit plus que cent ducats de rente ; ce qui fuffifoit à peine
pour entretenir fa mouftache, payer fon
logement & faire écrire fes placets. Car
enfin, Seigneur Cavalier, ajouta-t-il en

hauffant les épaules , j'en préfente , Dieu-
merci , tous les jours, fans qu'on y faffe
la moindre attention. Vous diriez qu'il
y a une gageure entre le premier Miniftre & moi ; & que c'eft à qui de nous
deux fe laffera , moi d'en donner, ou lui,
d'en recevoir. J'ai auffi l'honneur d'en
préfenter fouvent au Roi ; mais le Curé
ne chante pas mieux que fon Vicaire ,
& pendant ce tems-là, mon Château de
Chinchilla tombe en ruine, faute de réparations.

Il ne faut defefperer de rien, dis je
alors au Capitaine , vous êtes peut-être
à la veille de voir payer avec ufure vos
peines & vos travaux. Je ne dois pas
me flater de cette efperance , répondit
Don Annibal. Il n'y a pas trois jours que
j'ai parlé à un des Secretaires du Miniftre , & fi j'en crois fes difcours je n'ai
qu'à me tenir gaillard. Et que vous a-t-il
donc dit, repris-je, Seigneur Officier ? Eft-
ce que l'état où vous êtes ne lui a pas paru
digne d'une récompenfe ? Vous en aller juger, repartit Chinchilla. Ce Secretaire m'a
dit tout net : Seigneur Gentilhomme , ne
vantez pas tant vôtre zéle & vôtre fidelité.
Vous n'avez fait que vôtre devoir en
vous expofant aux périls pour vôtre Pa-

trie. La seule gloire qui est attachée aux
belles actions les paye assez , & doit suffire principalement à un Espagnol. Il faut
donc vous détromper , si vous regardez
comme une dette la gratification que vous
sollicitez. Si on vous l'accorde , vous dé-
vrez uniquement cette grace à la bonté
du Roi qui veut bien se croire redevable à ceux de ses Sujets qui ont bien servi
l'Etat. Vous voyez par là , poursuivit le
Capitaine , que j'en dois encore de reste,
& que j'ai bien la mine de m'en retourner comme je suis venu.

On s'interesse pour un brave homme
qu'on voit souffrir. Je l'exhortai à tenir
bon, je m'offris à lui mettre au net gra-
tuitement ses placets. J'allai même jusqu'à lui ouvrir ma bourse & à le conjurer d'y prendre tout l'argent qu'il voudroit. Mais il n'étoit pas de ces gens qui
ne se le font dire deux fois dans une pareille occasion. Tout au contraire, se montrant très-délicat là-dessus , il me remer-
cia fierement de ma bonne volonté. Ensuite, il me dit que pour n'être à charge à personne , il s'étoit accoûtumé peu
à peu à vivre avec tant de sobrieté , que
le moindre aliment suffisoit pour sa subsis-
tance. Ce qui n'étoit que trop véritable.

Il ne vivoit que de ciboules & d'oignons.
Aussi n'avoit-il que la peau & les os.
Pour n'avoir aucun témoin de ses mauvais repas, il s'enfermoit ordinairement
dans sa chambre pour les faire. J'obtins
pourtant de lui, à force de prieres, que
nous dinerions & souperions ensemble.
Et trompant sa fierté par une ingénieu-
se compassion, je me fis aporter beaucoup plus de viande & de vin qu'il n'en
falloit pour moi. Je l'excitai à boire &
à manger. Il voulut d'abord faire des
façons; mais enfin il se rendit à mes instances. Après quoi, devenant insensiblement plus hardi, il m'aida de lui-même
à rendre mon plat net & à vuider ma
bouteille.

Lorsqu'il eut bû quatre ou cinq coups,
& reconcilié son estomac avec une bonne nourriture; en verité, me dit-il d'un
air gai, vous êtes bien séduisant, Seigneur Gil Blas; vous me faites faire tout
ce qu'il vous plaist. Vous avez des manieres qui m'ôtent jusqu'à la crainte d'abuser de vôtre humeur bienfaisante. Mon
Capitaine me parut alors si défait de sa
honte, que si j'eusse voulu saisir ce moment là pour le presser encore d'accepter ma bourse, je crois qu'il ne l'auroit

pas refufée. Je ne le remis point à cette é-
preuve. Je me contentai de l'avoir fait mon
Commenfal & de prendre la peine non
feulement d'écrire fes placets, mais de
les compofer même avec lui. A force
d'avoir mis des homélies au net, j'avois
apris à tourner une phrafe. J'étois devenu une efpece d'Auteur. Le vieil Officier
de fon côté fe piquoit de favoir bien coucher par écrit. De forte que travaillant
tous deux par émulation, nous faifions
des morceaux d'éloquence dignes des plus
célebres Régents de Salamanque. Mais
nous avions beau l'un & l'autre, épuifer
nôtre efprit à femer des fleurs de Rhétorique dans ces placets, c'etoit, comme
on dit, femer fur le fable. Quelque tour
que nous priffions pour faire valoir les fervices de Don Annibal, la Cour n'y avoit
aucun égard. Ce qui n'engageoit pas ce
vieil Invalide à faire l'éloge des Officiers
qui fe ruinent à la guerre. Dans fa mauvaife humeur il maudiffoit fon étoile &
donnoit au Diable Naples, la Lombar-
die & les Païs-bas.

Pour furcroift de mortification, il arriva un jour qu'à fa barbe un Poëte produit par le Duc d'Albe ayant recité devant le Roi un Sonnet fur la naiffance

d'une Infante, fut gratifié d'une penſion de cinq cens ducats. Je crois que le Capitaine mutilé en ſeroit devenu fou, ſi je n'euſſe pris ſoin de lui remettre l'eſprit. Qu'avez-vous, lui dis-je en le voyant hors de lui-même ? Il n'y a rien là dedans qui doive vous révolter. Depuis un temps immémorial, les Poëtes ne ſont il pas en poſſeſſion de rendre les Princes tributaires de leurs Muſes ? Il n'eſt point de tête couronnée qui n'ait quelques uns de ces Meſſieurs là pour Penſionnaires. Et entre nous, ces ſortes de penſions étant rarement ignorées de l'avenir, conſacrent la liberalité des Rois, au lieu que les autres qu'ils font ſont ſouvent en pure perte pour leur renommée. Combien Auguſte a-t-il donné de recompenſes : Combien a-t-il fait de penſions dont nous n'avons aucune connoiſſance ? mais la poſterité la plus reculée ſçaura, comme nous, que Virgile a reçeu de cet Empereur près de deux cens mille écus de bienfaits.

Quelque choſe que je puſſe dire à Don Annibal, le fruit du Sonnet lui demeura ſur l'eſtomac, comme un plomb. Et ne pouvant le digerer, il ſe réſolut à tout abandonner. Il voulut néanmoins auparavant, pour joüer de son reste, présenter encore un placet au Duc de Lerme. Nous allames pour cet effet tous deux chez ce premier Ministre ; nous y rencontrames un jeune homme, qui, après avoir salüé le Capitaine, lui dit d'un air affectueux : Mon cher & ancien Maître, est-ce vous que je vois ? quelle affaire vous amene chez Monseigneur ? Si vous avez besoin d'une Personne qui y ait du credit, ne m'épargnez pas. Je vous offre mes services. Comment donc, Pedrille, lui répondit l'Officier, à vous entendre, il semble que vous occupiez quelque poste important dans cette maison. Du moins, repliqua le jeune homme, y ais-je assez de pouvoir pour faire plaisir à un honnête *Hidalgo* comme vous. Cela étant, reprit le Capitaine avec un soûris, j'ai recours à vôtre protection. Je vous l'accorde, repartit Pedrille. Vous n'avez qu'à m'aprendre dequoi il est question, & je promets de vous faire tirer pied ou aîle du premier Ministre.

Nous n'eumes pas si tôt mis au fait ce Garçon si plein de volonté, qu'il demanda où demeuroit Don Annibal. Puis, nous ayant assuré que nous aurions de ses nouvelles le jour suivant, il disparut sans nous instruire de ce qu'il prétendoit faire, ni même nous dire s'il étoit Domestique du Duc de Lerme. Je fus curieux de sçavoir ce que c'estoit que ce Pedrille qui me paroissoit si éveillé. C'est un Garçon, me dit le Capitaine, qui me servoit il y a quelques années, & qui me voyant dans l'indigence, m'y laissa pour aller chercher une meilleure condition. Je ne lui sçais point mauvais gré de cela. Il est fort naturel de changer pour être mieux. C'est un Drôle qui ne manque pas d'esprit, & qui est intriguant comme tous les Diables. Mais malgré tout son sçavoir-faire, je ne compte pas beaucoup sur le zéle qu'il vient de témoigner pour moi. Peut-être, lui dis-je, ne vous sera t-il pas inutile. S'il appartenoit, par exemple, à quelqu'un des Principaux Officiers du Duc, il pourroit vous rendre service. Vous n'ignorez pas que tout se fait par brigue & par cabale chez les Grands : qu'ils ont des Domestiques favoris qui les gouvernent, & que ceux-ci à leur tour sont gouvernez par leurs valets.

Le landemain dans la matinée, nous vimes arriver Pedrille à nôtre Hôtel. Messieurs, nous dit-il, si je ne m'expli-

quai pas hier fur les moyens que j'avois
de fervir le Capitaine Chinchilla, c'est
que nous n'étions pas dans un endroit qui
me permît de vous faire une pareille confidence. De plus, j'étois bien aife de fon-
der le gué, avant que de m'ouvrir à vous.
Sçachez donc que je fuis le Laquais de
confiance du Seigneur Don Rodrigue de
Calderone premier Sécretaire du Duc
de Lerme. Mon Maître, qui est fort galant, va prefque tous les foirs fouper
avec un Roffignol d'Arragon qu'il tient
en cage dans le quartier de la Cour.
C'est une jeune fille d'Albarazin, des plus
jolies. Elle a de l'efprit & chante à ravir. Aussi fe nomme-t-elle la Señora Sirena. Comme je lui porte tous les matins un billet doux, je viens de la voir.
Je lui ai propofé de faire paffer le Seigneur Don Annibal pour fon Oncle,
& d'engager par cette fuppofition fon
Galand à le proteger. Elle veut bien en-
treprendre cette affaire. Outre le petit
profit qu'elle y envifage, elle fera charmée qu'on la croye niece d'un brave
Gentilhomme.

Le Seigneur de Chinchilla fit la gri-
mace à ce difcours. Il témoigna de la
repugnance à fe rendre complice d'une

K

eſpieglerie, & encoe plus à ſouffrir qu'une avanturiere le deshonorât en ſe diſant de ſa famille. Il n'en étoit pas ſeulement bleſſé par rapport à lui ; il voyoit, pour ainſi dire, là dedans une ignominie retroactive pour ſes ayeux. Cette délicateſſe parut hors de ſaiſon à Pedrille qui en fut choqué. Vous moquez vous, s'écria t il, de le prendre ſur ce ton là? Voilà comme vous êtes faits, vous autres Nobles à Chaumieres, vous avez une vanité ridicule. Seigneur Cavalier, pourſuivit-il, en m'addreſſant la parole, n'admirez vous pas les ſcrupules qu'il ſe fait? Vive-Dieu ! C'eſt bien à la Cour qu'il y faut regarder de ſi près ! Sous quelque vilaine forme que la fortune s'y préſente, on ne la laiſſe point échapper.

J'applaudis à ce que dit Pedrille, & nous haranguames ſi bien tous deux le Capitaine, que nous le fimes malgré lui devenir Oncle de Sirena. Quand nous eumes gagné cela ſur ſon orgueil, nous nous mimes tous trois à faire pour le Miniſtre un nouveau placet, qui fut revû, augmenté & corrigé. Je l'écrivis enſuite proprement, & Pedrille le porta à l'Aragonoiſe, qui dès le ſoir même en chargea le Seigneur Don Rodrigue, à qui elle parla de façon que ce Secretaire la croyant véritablement Niece du Capitaine, promit de s'employer pour lui. Peu de jours après, nous vimes l'effet de cette manœuvre. Pedrille revint à nôtre Hôtel d'un air triomphant : Bonne nouvelle, dit-il à Chinchilla. Le Roi fera une diftribution de Commanderies, de bénéfices & de penfions, où vous ne ferez pas oublié. Mais je fuis chargé de vous demander quel préfent vous prétendez faire à Sirena. Pour moi, je vous déclare que je ne veux rien. Je préfere à tout l'or du monde le plaifir d'avoir contribué à ameliorer la fortune de mon ancien Maître. Il n'en eft pas de même de nôtre Nymphe d'Albarazin. Elle eft un peu Juifve, lorfqu'il s'agit d'obliger le prochain. Elle prendroit l'argent de fon propre pere, jugez fi elle refufera celui d'un Oncle fuppofé.

Elle n'a qu'à dire ce qu'elle exige de moi, répondit Don Annibal. Si elle veut tous les ans le tiers de la penfion que j'obtiendrai, je le lui promets, & cela doit lui fuffire, quand il s'agiroit de tous les revenus de Sa Majefté Catholique. Je me fierois bien à vôtre parole, moi, repliqua le Mercure de Don Rodrigue,

K ij

je sçais bien qu'elle vaut le jeu ; mais
vous avez affaire à une petite personne
naturellement fort défiante. D'ailleurs,
elle aimera beaucoup mieux que vous
lui donniez, une fois pour toutes, les
deux tiers d'avance en argent comptant.
Eh où diable veut-elle que je les pren-
ne, interrompit brusquement l'Officier ?
Me croit-elle un Contador Mayor. Il
faut que vous ne l'ayez pas instruite de
ma situation. Pardonnez-moi, repartit
Pedrille. Elle sçait bien que vous êtes
plus gueux que Job. Après ce que je
lui ai dit, elle ne sçauroit l'ignorer.
Mais ne vous mettez pas en peine; je
suis un homme fertile en expédiens. je
connois un vieux Coquin d'Oydor qui
se plaist à prêter ses especes à dix pour
cent. Vous lui ferez pardevant Notaire un transport avec garantie de la premiere année de vôtre pension, pour pareille somme que vous reconnoîtrez avoir
receüe de lui, & que vous toûcherez
en effet, à l'interest près. A l'égard de
la garantie, le Prêteur se contentera de
vôtre Château de Chinchilla, tel qu'il est.
Vous n'aurez point de dispute là-dessus.

Le Capitaine protesta qu'il accepte-
roit ces conditions, s'il étoit assez heu-

reux pour avoir quelque part aux graces qui feroient diftribuées le landemain. Ce qui ne manqua pas d'arriver. Il fut gratifié d'une penfion de trois cens piftoles fur une Commanderie. Auffi tôt qu'il eut apris cette nouvelle, il donna toutes les feuretez qu'on exigea de lui, fit fes petites affaires & s'en retourna dans la Caftille nouvelle avec quelques piftoles de refte.

CHAPITRE XIII

Gil Blas rencontre à la Cour fon cher ami *Fabrice. Grande joye de part & d'au* *tre. Où ils allerent tous deux ; & de la* *curieufe converfation qu'ils eurent en* *femble.*

JE m'étois fait une habitude d'aller tous les matins chez le Roi, où je paffois des deux ou trois heures entieres à voir entrer & fortir les Grands, qui me paroiffoient là fans cet éclat dont ils font ailleurs environnez.

Un jour que je me promenois & me carrois dans les appartemens, y faifant comme beaucoup d'autres, une affez fotte figure,

j'aperçus Fabrice que j'avois laiſſé à Valladolid au ſervice d'un Adminiſtrateur
d'Hôpital. Ce qui m'étonna : c'eſt qu'il
s'entretenoit familierement avec le Duc
de Medina Sidonia & le Marquis de
Ste. Croix. Ces deux Seigneurs, à ce
qu'il me ſembloit, prenoient plaiſir à
l'entendre. Avec cela, il étoit vêtu auſſi
proprement qu'un Noble Cavalier.

Ne me tromperois-je point, diſois-je
en moi-même ? Eſt-ce bien là le fils du
Barbier Nuñez ? C'eſt peut-être quelque
jeune Courtiſan qui lui reſſemble. Je ne
demeurai pas long-temps dans le doute.
Les Seigneurs s'en allérent. J'abordai
Fabrice. Il me reconnut dans le moment, me prit par la main, & après
m'avoir fait percer la foule avec lui pour
ſortir des apartemens : mon cher Gil Blas,
me dit-il en m'embraſſant, je ſuis ravi
de te revoir. Que fais-tu à Madrid ? es-
tu encore en condition ? as-tu quelque
charge à la Cour ? Dans quel état ſont tes
affaires ? Rends moi compte de tout ce
qui t'eſt arrivé depuis ton départ précipité de Valladolid. Tu me demandes
bien des choſes à la fois, lui répondis-
je ; & nous ne ſommes pas dans un lieu
propre à conter des avatures. Tu as rai-

fon, reprit-il. Nous ferons mieux chez moi.
Vien, je vais t'y mener. Ce n'eft pas
loin d'ici. Je fuis libre, agréablement
logé, parfaitement bien dans mes meubles, je vis content & fuis heureux, puis
que je crois l'être.

J'acceptai le parti, & me laiffai entraî-
ner par Fabrice qui me fit arrêter devant
une Maifon de belle aparence, où il me dit
qu'il demeuroit. Nous traverfames une
Cour, où il y avoit d'un côté un grand
efcalier qui conduifoit à des apartemens
fuperbes, & de l'autre, une petite mon-
tée auffi obfcure qu'étroite par où nous
montames au logement qui m'avoit été
vanté. Il confiftoit en une feule chambre,
de laquelle mon ingenieux ami s'en étoit
fait quatre féparées par des cloifons de
fapin. La premiere fervoit d'antichambre
à la feconde où il couchoit; Il faifoit
fon cabinet de la troifiéme, & fa cuifine de la derniere. La chambre & l'antichambre éroient tapiffées de cartes
Géographiques, de Thefes de Philofo-
phie. & les meubles répondoient à la
tapifferie. C'étoit un grand lict de bro-
card tout ufé, de vieilles chaifes de fer-
ge jaune, garnies d'une frange de foye
de Grenade de la même couleur, une ta-

ble à pieds dorez couverte d'un cuir qui paroissoit avoir été rouge, & bordée d'une crepine de faux or devenu noir par laps de temps, avec une armoire d'ébene ornée de figures grossierement sculptées. Il avoit pour bureau dans son cabinet une petite table, & sa bibliotheque étoit composée de quelques livres avec plusieurs liasses de papiers qu'on voyoit sur des ais disposez par étages le long du mur. Sa cuisine qui ne déparoit pas le reste, contenoit de la poterie & d'autres ustenciles nécessaires.

Fabrice, après m'avoir donné le loisir de considerer son apartement, me dit : que penses-tu de mon ménage & de mon logement ? n'en es tu pas enchanté ? Oui, ma foi, lui répondis-je en soûriant. Il faut que tu ne fasses pas mal tes affaires à Madrid, pour y être si bien nippé. Tu as sans doute quelque Commission. Le Ciel m'en préserve, repliqua-t-il ! Le parti que j'ai pris est au dessus de tous les emplois. Un homme de distinction, à qui cet hôtel appartient, m'y a donné une chambre dont j'ai fait quatre pieces que j'ai meublées comme tu vois. Je ne m'occupe que de choses qui me font plaisir & je ne sens pas la nécessité. Parle-moi

moi plus clairement, interrompis-je. Tu
irrites l'envie que j'ai d'aprendre ce que
tu fais. Hé bien, me dit-il, je vais te
contenter. Je suis devenu Auteur. Je
me suis jetté dans le bel-esprit. J'écris
en vers & en prose. Je suis au poil &
à la plume.

Toi, Favori d'Apollon, m'écriai-je en
riant! Voilà ce que je n'aurois jamais
deviné. Je serois moins surpris de te
voir toute autre chose. Quels charmes as-
tu donc pû trouver dans la condition des
Poëtes? Il me semble que ces gens là
sont méprisez dans la vie civile, & qu'ils
n'ont pas un ordinaire reglé. Hé fi, s'é-
cria-t-il à son tour! Tu me parles de ces
miserables Auteurs dont les Ouvrages
sont le rebut des Libraires & des Comediens. Faut-il s'étonner si l'on n'estime
pas de semblables Ecrivains? Mais les
bons, mon ami, sont sur un meilleur
pied dans le monde. Et je puis dire,
sans vanité, que je suis du nombre de
ceux-ci. Je n'en doute pas, lui dis-je.
Tu es un Garçon plein d'esprit. Ce que
tu composes ne doit pas être mauvais.
Je ne suis en peine que de sçavoir comment la rage d'écrire a pû te prendre.

Ton étonnement est juste, reprit Núñez.

Tom. III. L

J'étois si content de mon état chez le Seigneur Manuel Ordoghez, que je n'en souhaitois pas d'autre. Mais mon génie s'élevant peu à peu comme celui de Plaute au-dessus de la servitude, je composai une Comédie que je fis représenter par des Comédiens qui joüoient à Valladolid. Quoyqu'elle ne valût pas le Diable, elle eut un fort grand succés Je jugeai par là que le Public étoit une bonne Vache à lait qui se laissoit aisément traire. Cette réflexion & la fureur de faire de nouvelles pieces me détacherent de l'Hôpital. L'amour de la Poësie m'ôta celui des richesses. Je résolus de me rendre à Madrid comme au centre des Beaux-Esprits pour y former mon goust. Je demandai mon congé à l'Administrateur, qui ne me le donna qu'à regret, tant il avoit d'affection pour moi. Fabrice, me dit-il, aurois-tu quelque sujet de mécontentement ? non, lui répondis-je, Seigneur. Vous êtes le meilleur de tous les Maîtres, & je suis pénetré de vos bontez. Mais vous sçavez qu'il faut suivre son étoile. Je me sens né pour éterniser mon nom par des Ouvrages d'esprit. Quelle folie, me repliqua ce bon Bourgeois ! Tu as déja pris racine à l'Hôpital ;

tu es du bois dont on fait les Oecono-
mes & quelquefois même les Adminiſtra-
teurs. Tu veux quitter le ſolide pour
t'occuper de fadaiſes. Tant pis pour toi ,
mon enfant.

L'Adminiſtrateur voyant qu'il combat-
toit inutilement mon deſſein , me paya
mes gages , & me fit preſent d'une cinquantaine de Ducats pour reconnoître
mes ſervices. De maniere qu'avec cela
& ce que je pouvois avoir grapillé dans
les petites commiſſions dont on avoit
chargé mon intégrité, je fus en état en
arrivant à Madrid de me mettre proprement. Ce que je ne manquai pas de faire,
quoyque les Ecrivains de nôtre Nation
ne ſe piquent guére de propreté. Je connus bien-tôt *Lope de Vega Carpio, Miguel Cervantez de Saavedra* & les autres fameux Auteurs ; mais préferablement
à ces grands hommes, je choiſis pour
mon Précepteur un jeune Bachelier Cor-
doüan, l'incomparable *Don Loüis de Gongora*, le plus beau génie que l'Eſpagne
ait jamais produit. Ils ne veut pas que
ſes ouvrages ſoient imprimez de ſon vi-
vant ; il ſe contente de les lire à ſes amis.
Ce qu'il a de particulier , c'eſt que la
Nature l'a doüé du rare talent de réüſſir

L ij

dans toutes fortes de Poëfies. Il excelle
principalement dans les pieces fatyriques
Voilà fon fort. Ce n'eft pas, comme
Lucilius, un Fleuve bourbeux qui entrai-
ne avec lui beaucoup de limon ; c'eft
le Tage qui roule des eaux pures fur un
fable d'or.

Tu me fais, dis-je à Fabrice, un beau
portrait de ce Bachelier ; & je ne doute
pas qu'un Perfonnage de ce mérite-là
n'ait bien des envieux. Tous les Auteurs,
répondit-il tant bons que mauvais, fe dé-
chaïnent contre lui. Il aime l'enflure,
dit l'un, les pointes, les métaphores, &
les tranfpofitions. Ses vers, dit un autre, ont l'obfcurité de ceux que les Prêtres Saliens chantoient dans leurs procef-
fions, & que perfonne n'entendoit. Il
y en a même qui lui reprochent de faire
tantôt des Sonnets ou des Romances,
tantôt des Comédies, des Dixains, &
des Letrilles, comme s'il avoit follement
entrepris d'effacer les meilleurs Ecrivains
dans tous les genres. Mais tout ces traits
de jaloufie ne font que s'émouffer contre une Mufe chérie des Grands & de
la multitude.

C'eft donc fous un fi habile Maître
que j'ai fait mon apprentiffage ; & j'ofe

dire qu'il y paroiſt. J'ai ſi bien pris ſon
eſprit, que je compoſe déja des morceaux
abſtraits qu'il avoüeroit. Je vais à ſon
exemple débiter ma marchandiſe dans
les grandes Maiſons où l'on me reçoit à
merveille, & où j'ai affaire à des Gens
qui ne ſont pas fort difficiles. Il eſt vrai
j'ai le débit ſéduiſant. Ce qui ne nuit
pas à mes compoſitions. Enfin, je ſuis
aimé de pluſieurs Seigneurs ; & je vis
ſur tout avec le Duc de Medina Sidonia
comme Horace vivoit avec Mecenas.
Voilà, pourſuivit Fabrice, de quelle
maniere j'ai été métarmophoſé en Auteur.
Je n'ai plus rien à te conter. C'eſt à
toi, Gil Blas à chanter tes exploits.

Alors, je pris la parole, & ſupprimant
toute circonſtance indifferente, je lui fis
le détail qu'il demandoit. Aprés cela, il
fut queſtion de diner. Il tira de ſon armoire d'ébene des ſerviettes, du pain, un
reſte d'épaule de mouton rôti, une bouteille d'excellent vin, & nous nous mimes
à table avec toute la gayeté de deux amis
qui ſe rencontrent aprés une longue ſépa-
ration. Tu vois, me dit-il, ma vie libre &
independante. J'irois, ſi je voulois tous
les jours manger chez les Perſonnes de
qualité; mais outre que l'amour du tra-

vail me retient souvent au logis, je suis
un petit Aristippe. Je m'accommode également du grand monde & de la retraite,
de l'abondance & de la frugalité.

Nous trouvames le vin si bon, qu'il
fallut tirer de l'Armoire une seconde
bouteille. Entre la poire & le fromage,
je lui témoignai que je serois bien aise
de voir quelqu'une de ses produc-
tions. Aussi-tôt il chercha parmi ses papiers un Sonnet, qu'il me lut d'un air
emphatique. Néanmoins malgré le charme de la lecture, je trouvai l'ouvrage
si obscur, que je n'y compris rien du
tout. Il s'en aperçeut : ce Sonnet, me
dit-il, ne te paroist pas fort clair, n'est-
ce pas ? je lui avoüai que j'y aurois voulu
un peu plus de netteté. Il se mit à rire à mes
dépens. Si ce Sonnet, reprit-il, n'est
guére intelligible : tant mieux. Les Sonnets, les Odes & les autres ouvrages
qui veulent du sublime ne s'accommo-
dent pas du simple & du naturel. C'est
l'obscurité qui en fait tout le mérite. Il
suffit que le Poëte croye s'entendre. Tu
te mocques de moi, interrompis-je, mon
ami. Il faut du bon sens & de la clarté
dans toutes les Poësies, de quelque nature qu'elles soient. Et si ton incompa-

table Gongora n'écrit pas plus clairement que toi , je t'avoüe que j'en rabats bien. C'est un Poëte qui ne peut tout au plus tromper que son siécle. Voyons presentement de ta prose.

Nûnez me fit voir une préface qu'il prétendoit, disoit-il, mettre à la tête d'un recüeil de Comédies qu'il avoit sous la presse. Ensuite il me demanda ce que j'en pensois. Je ne suis pas, lui dis-je, plus satisfait de ta prose que de tes vers. Ton Sonnet n'est qu'un pompeux galimatias ; & il y a dans ta préface des expressions trop recherchées, des mots qui ne sont point marquez au coin du Public, des phrases entortillées, pour ainsi dire. En un mot, ton style est singulier. Les livres de nos bons & anciens Auteurs ne sont pas écrits comme cela. Pauvre ignorant, s'écria Fabrice ! Tu ne sçais pas que tout *Prosateur* qui aspire aujourd'hui à la réputation d'une plume délicate, affecte cette singularité de style, ces expressions détournées qui te choquent. Nous sommes cinq ou six Novateurs hardis qui avons entrepris de changer la langue du blanc au noir. Et nous en viendrons à bout, s'il plaist à Dieu, en dépit de Lope de Vega, de

L iiij

Cervantez & de tous les autres beaux Esprits qui nous chicannent sur nos nouvelles façons de parler. Nous sommes secondez par un nombre de Partisans de distinction ; nous avons dans nôtre cabale jusqu'à des Théologiens.

Après tout, continua-t-il, nôtre dessein est loüable, & le préjugé à part, nous valons mieux que ces Ecrivains naturels qui parlent comme le commun des hommes. Je ne sçais pas pourquoi, il y a tant d'honnêtes gens qui les estiment. Cela étoit fort bon à Athenes & à Rome où tout le monde étoit confondu ; & c'est pourquoi Socrate dit à Alcibiade que le peuple est un excellent Maître de Langue. Mais à Madrid nous avons un bon & un mauvais usage ; & nos Courtisans s'expriment autrement que nos Bourgeois. Tu peux m'en croire, enfin, nôtre style nouveau l'emporte sur celui de nos Antagonistes. Je veux par un seul trait te faire sentir la difference qu'il y a de la gentillesse de nôtre diction à la platitude de la leur. Ils diroient par exemple tout uniment : *Les Intermedes embellissent une Comédie,* Et nous, nous disons, plus joliment : *Les Intermedes font beauté dans une Comédie.* Remarque bien ce *font beauté.*

En fens-tu tout le brillant, toute la délicateffe, tout le mignon?

J'interrompis mon Novateur par un
éclat de rire ! va, Fabrice, lui dis-je,
tu es un Original avec ton langage pré-
cieux. Et toi, me repondit-il, tu n'es
qu'une bête avec ton ftyle naturel. *Allez*
pourfuivit-il en m'appliquant ces paroles
de l'Archevêque de Grenade, *allez trou-*
ver mon Treforier. Qu'il vous compte cent
ducats & que le ciel vous conduife avec
cette fomme ? adieu, Monfieur Gil Blas,
je vous fouhaite un peu plus de gouft. Je
renouvellai mes ris à cette faillie. Et Fabrice me pardonnant d'avoir parlé avec
irréverence de fes écrits, ne perdit rien
de fa belle humeur. Nous achevames de
boire nôtre feconde bouteille. Aprés quoi,
nous nous levames de table tous deux
affez bien conditionnez. Nous fortimes
dans le deffein de nous aller promener
au Prado ; mais en paffant devant la porte d'un Marchand de liqueurs, il nous
prit fantaifie d'entrer chez lui.

Il y avoit ordinairement bonne Com
pagnie dans cet endroit-là. Je vis dans
deux falles féparées des Cavaliers qui
s'amufoient dfferemment. Dans l'une on
joüoit à la prime & aux échecs ; & dans

l'autre, dix à douze personnes étoient
fort attentives à écouter deux beaux Esprits de profession qui disputoient. Nous
n'eumes pas besoin de nous aprocher
d'eux pour entendre qu'une proposition
de Metaphysique faisoit le sujet de leur
dispute ; car ils parloient avec tant de
chaleur & d'emportement qu'ils avoient
l'air de deux possedez. Je m'imagine que
si on leur eut mis sous le nez l'anneau
d'Eleazar on auroit vû sortir des Démons
par leurs narines. Hé, bon Dieu, dis-je
à mon Compagnon, quelle vivacité! quels
poulmons! Ces Disputeurs étoient nez
pour être des Crieurs publics. La plus-
part des hommes sont déplacez. Oui,
vrayment répondit-il, ces gens-ci sont
apparemment de la race de Novius, ce
banquier Romain dont la voix s'élevoit
au-dessus du bruit des Chartiers. Mais,
ajouta t-il, ce qui me dégoûteroit le
plus de leurs discours, c'est qu'on en a les
oreilles infructueusement étourdies. Nous
nous éloignames de ces Métaphysiciens
bruyans, & par là, je fis avorter une
migraine qui commençoit à me prendre.

Nous allames nous placer dans un coin de
l'autre salle, d'où en buvant des liqueurs
rafraichissantes, nous nous mimes à

examiner les Cavaliers qui entroient & ceux qui fortoient. Núnez les connoiffoit prefque tous. Vive-Dieu, s'écria t-il, la difpute de nos Philofophes ne finira pas fi tôt. Voici des Troupes fraiches qui arrivent. Ces trois hommes qui entrent vont fe mettre de la partie. Mais vois-tu ces deux Originaux qui fortent? Ce petit Perfonnage bazané, fec & dont les cheveux plats & longs lui defcendent par égale portion par devant & par derriere, s'appelle Don Julien de Villanúno. C'eft un jeune Oydor qui tranche du Petit-Maître. Nous allames un de mes amis & moi diner chez lui l'autre jour. Nous le furprimes dans une occupation affez finguliere : Il fe divertiffoit dans fon Cabinet à jetter & à fe faire aporter par un grand Levrier les facs d'un Procès dont il eft Raporteur, & que le Chien déchiroit à belles dents. Ce Licencié qui l'accompagne, cette face rubiconde, fe nomme Don Chérubin Tonto. C'eft un Chanoine de l'Eglife de Tolede, le plus imbecille mortel qu'il y ait au monde. Cependant à fon air riant & fpirituel, vous lui donneriez beaucoup d'efprit. Il a des yeux brillans avec un rire fin & malicieux. On

diroit qu'il pense très finement. Lit-on
devant lui un ouvrage délicat ? il l'écoute avec une attention que vous croyez
pleine d'intelligence, & toutefois il n'y
comprend rien. Il étoit du repas chez l'Oydor. On y dit milles jolies chofes. Une
infinité de bon mots. Don Cherubin ne
parla pas ; mais il applaudiffoit avec des
grimaces & des demonftrat ons qui paroiffoient fuperieures aux faillies mêmes qui
nous échappoient.

Connois-tu, dis-je à Nùnez, ces deux
mal-peignez qui, les coudes appuyez fur
une table, s'entretiennent tout bas dans
ce coin, en fe foufflant au nez leurs ha-
leines ? non, me répondit-il ; ces vifages
là me font inconnus. Mais felon toutes
les apparences, ce font des Politiques de
Caffez qui cenfurent le gouvernement.
Confidére ce gentil Cavalier qui fiffle en
fe promenant dans cette falle & en
fe foûtenant tantôt fur un pied &
tantôt fur un autre. C'eft Don Auguftin
Moreto, un jeune Poëte qui n'eft pas
né fans talent ; mais que les flateurs &
les ignorans ont rendu prefque fou. L'homme que tu vois qu'il aborde eft un de
fes Confreres qui fait de la profe rimée,
& que Diane a auffi frappé.

Encore des Auteurs, s'écria-t-il en me
montrant deux hommes d'épée qui entroient. Il semble qu'ils se soient tous
donné le mot pour venir ici passer en
revuë devant toi. Tu vois Don Bernard
Deslenguado & Don Sebastien de Villa
Viciosa. Le premier est un esprit plein
de fiel, un Auteur né sous l'étoile de Sa-
turne, un mortel malfaisant qui se plaît
à hair tout le monde, & qui n'est aimé
de personne. Pour Don Sebastien, c'est
un Garçon de bonne-foi, un Auteur qui
ne veut rien avoir sur la conscience. Il
a depuis peu mis au théatre une piece qui
a eu une reüssite extraordinaire, & il la
fait imprimer pour n'abuser pas plus long-
tems de l'estime du Public.

Le charitable Eleve de Gongora se
préparoit à continuer de m'expliquer les
figures du tableau changeant que nous
avions devant les yeux, lorsqu'un Gentilhomme du Duc de Medina-Sidonia vint
l'interrompre en lui disant: Seigneur Don
Fabricio, je vous cherchois pour vous a-
vertir que Monsieur le Duc voudroit bien
vous parler. Il vous attend chez lui. Nu-
nez qui sçavoit qu'on ne peut satisfaire
assés-tôt un Grand Seigneur qui souhaite
quelque chose, me quitta dans le moment

pour aller trouver son Mecenas ; me laisfant fort étonné de l'avoir entendu traiter de Don & de le voir ainsi devenu noble en dépit de Maître Chrysostome le Barbier son pere.

CHAPITRE XIV.

Fabrice place Gil-Blas auprès du Comte Galiano, Seigneur Sicilien.

J'Avois trop d'envie de revoir Fabrice, pour n'être pas chez lui le lendemain de grand matin. Je donne le bon jour, dis-je en entrant, au Seigneur Don Fabricio, la fleur, ou plûtôt le champignon de la Noblesse Asturienne : A ces paroles, il se mit à rire. Tu as donc remarqué, s'écria-t-il, qu'on m'a traité de Don Oüi, mon Gentilhomme, lui répondis-je, & vous me permettrez de vous dire qu'hier en me contant vôtre metamorphose, vous oubliates le meilleur. D'accord, repliqua-t-il, mais, en verité, si j'ai pris ce titre d'honneur, c'est moins pour contenter ma vanité, que pour m'accommoder à celle des autres. Tu connois les Espagnols. Ils ne font aucun cas d'un

honnête homme , s'il a le malheur de manquer de bien & de naissance : je te dirai, de plus , que je vois tant de gens, & Dieu sçait quelles sortes de gens, qui se font appeller Don François , Don Pedre , ou Don comme tu voudras, que, s'il n'y a point de tricherie dans leur fait, tu conviendras que la Noblesse est une chose bien commune ; & qu'un Roturier qui a du merite lui fait honneur, quand il veut bien s'y aggreger.

Mais changeons de matiere, ajoûta-t-il, hier au soir au souper du Duc de Medina Sidonia , où entre autres Convives étoit le Comte Galiano , Grand Seigneur Sicilien , la conversation tomba sur les effets ridicules de l'amour propre. Charmé d'avoir dequoi réjoüir la Compagnie , là-dessus , je la regalai de l'histoire des Homelies. Tu t'imagines - bien qu'on en a ri & qu'on en a donné de toutes les façons à ton Archevêque. Ce qui n'a pas produit un mauvais effet pour toi ; car on t'a plaint, & le Comte Galiano, après m'avoir fait force questions sur ton chapitre, ausquelles tu peux croire que j'ai répondu comme il falloit , m'a chargé de te mener chez-lui. J'allois te chercher tout-à-l'heure pour t'y conduire.

Il veut aparemment te proposer d'être un de ses Secretaires. Je ne te conseille pas de rejetter ce parti. Le Comte est riche & fait à Madrid une dépense d'Ambassadeur. On dit qu'il est venu à la Cour pour conferer avec le Duc de Lerme sur des Biens Royaux que ce Ministre a dessein d'aliener en Sicile. Enfin le Comte Galiano, quoy-que Sicilien, paroît genereux, plein de droiture & de franchise. Tu ne sçaurois mieux faire que de t'attacher à ce Seigneur là. C'est lui probablement qui doit t'enrichir, suivant ce qu'on t'a prédit à Grenade.

J'avois résolu, dis-je à Núnez, de battre un peu le pavé & de me donner du bon tems, avant que de me remettre à servir; mais tu me parles du Comte Sicilien d'une maniere qui me fait changer de resolution. Je voudrois dé-ja être auprès de lui. Tu y seras bien-tôt, reprit-il, ou je suis fort trompé. Nous sortimes en même tems tous deux pour aller chez le Comte, qui occupoit la maison de Don Sanche d'Avila son ami, qui étoit alors à la Campagne.

Nous trouvâmes dans la cour je ne sçais combien de Pages & de Laquais qui portoient une livrée aussi riche que Galante,

&

& dans l'antichambre plusieurs Ecuyers, Gentils-Hommes & autres Officiers. Ils avoient tous des habits magnifiques, mais avec cela des faces si baroques, que je crus voir une troupe de Singes vêtus à l'Espagnole. Il y a des mines d'hommes & de femmes pour qui l'art ne peut rien.

On annonça Don Fabricio, qui fut introduit un moment après dans la Chambré, où je le suivis. Le Comte en robe de chambre étoit assis sur un sopha, & prenoit son chocolat. Nous le salüames avec toutes les démonstrations d'un profond respect, & il nous fit de son côté une inclination de tête, accompagnée de regards si gracieux, que je me sentis d'abord gagner l'ame. Effet admirable & pourtant ordinaire que fait sur nous l'accueil favorable des Grands! il faut qu'ils nous reçoivent bien mal, quand ils nous déplaisent.

Après avoir pris son chocolat, il s'amusa quelque tems à badiner avec un gros Singe qu'il avoit auprès de lui & qu'il appelloit Cupidon. Je ne sçais pourquoi on avoit donné le nom de ce Dieu à cet Animal; si ce n'est à cause qu'il en avoit toute la malice; Car il ne lui ressembloit nullement d'ailleurs. Il ne laisM

soit pas, tel qu'il étoit, de faire les délices
de son Maître ; qui étoit si charmé de
ses gentillesses, qu'il l'avoit sans cesse dans
ses bras. Nûnez & moi, quoyque peu
divertis des gambades du Singe, nous fimes semblant d'en être enchantez. Cela
plût fort au Sicilien, qui suspendit le
plaisir qu'il prenoit à ce passe-tems, pour
me dire : mon ami, il ne tiendra qu'à vous
d'être un de mes Secretaires. Si le parti
vous convient, je vous donnerai deux cens
Pistoles tous les ans : Il suffit que Don
Fabricio vous présente & réponde de vous.
Oüi, Seigneur, s'écria Nûnez, je suis
plus hardi que Platon, qui n'osoit répondre d'un de ses amis qu'il envoyoit à De-
nis le Tyran. Je ne crains pas de m'attirer des reproches.

Je remerciai par une révérence le Poëte des Asturies de sa hardiesse obligeante.
Puis m'adressant au Patron, je l'assurai de
mon zele & de ma fidelité. Ce Seigneur
ne vit pas plûtôt que sa proposition m'é-
toit agréable, qu'il fit appeller son Intendant, à qui il parla tout bas : Ensuite,
il me dit : Gil-Blas, je vous apprendrai
tantôt à quoi je prétens vous employer.
Vous n'avez en attendant qu'à suivre mon
Homme d'Affaires. Il vient de recevoir

des ordres qui vous regardent. J'obéïs
laissant Fabrice avec le Comte & Cupidon.

L'Intendant qui étoit un Messinois des
plus fins, me conduisit à son apartement
en m'accablant d'honnêretez. Il envoya
chercher le Tailleur qui avoit habilié toute la maison, & lui ordonna de me faire
promptement un habit de la même magnificence que ceux des principaux Officiers.
Le Tailleur prit ma mesure & se retira.
Pour vôtre logement, me dit le Messinois.
je sçais une chambre qui vous conviendra.
Eh! avez-vous déjeuné, poursuivit-il? Je
répondis que non. Ah, pauvre Garçon que
vous êtes, reprit-il! que ne parlez-vous?
venez je vais vous mener dans un endroit,
où, grace au Ciel, il n'y a qu'à demander
tout ce qu'on veut, pour l'avoir.

A ces mots, il me fit descendre à l'Office, où nous trouvâmes le Maître-d'Hôtel, qui étoit un Napolitain, qui valoit
bien un Messinois. On pouvoit dire de
lui & de l'Intendant, que les deux en faisoient la paire. Cet honnête Maître-d'Hôtel étoit avec cinq ou six de ses amis qui
s'empiffroient de jambons, de langues de
bœuf, & d'autres viandes salées qui les
obligeoient à boire coup sur coup. Nous

nous joignîmes à ces Vivans & les aidames à feffer les meilleurs vins de Monfieur le Comte. Pendant que ces chofes
fe paffoient à l'Office , il s'en paffoit
d'autres à la Cuifine. Le Cuifinier regaloit auffi trois ou quatre Bourgeois de fa
connoiffance, qui n'épargnoient pas plus
que nous le vin , & qui fe rempliffoient
l'eftomac de patez de Lapins & de Per-
drix. Il n'y avoit pas jufqu'aux Marmi-
tons qui ne fe donnaffent au cœur joye
de tout ce qu'ils pouvoient efcamoter. Je
me crus dans une maifon abandonnée au
pillage. Cependant ce n'étoit rien que cela.
Je ne voyois que des bagatelles en com-
paraifon de ce que je ne voyois pas.

CHAPITRE XV.

Des Emplois que le Comte Galiano donna
dans fa maifon à Gil - Blas.

JE fortis pour aller chercher mes hardes & les faire apporter à ma nouvelle
demeure. Quand je revins, le Comte
étoit à table avec plufieurs Seigneurs &
le Poëte Núñez , lequel d'un air aifé
fe faifoit fervir , & fe mêloit à la conver-

fation. Je remarquai même qu'il ne difoi
pas un mot qui ne fit plaifir à la Compagnie. Vive l'efprit ! quand on en a , on
fait bien tous les perfonnages qu'on veut.

Pour moi, je dînai avec les Officiers
qui furent traitez , à peu de chofe près ,
comme le Patron. Après le répas , je me
retirai dans ma chambre , où je me mis à
réflechir fur ma condition. Hébien , me
dis-je , Gil Blas , te voilà donc auprès d'un
Comte Sicilien dont tu ne connois pas
le caractere. A juger fur les aparences, tu
feras dans fa maifon comme le poiffon dans
l'eau. Mais il ne faut jurer de rien & tu
dois te défier de ton étoile , dont tu n'as
que trop fouvent éprouvé la malignité.
Outre cela, tu ignores à quoi il te def-
tine. Il a des Secretaires & un Intendant:
Qnels fervices veut-il donc que tu lui
rendes ? Aparemment qu'il à deffein de te
faire porter le Caducée. A la bonne heure. On ne fçauroit être fur un meilleur
pied chez un Seigneur , pour faire fon
chemin en pofte. En rendant de plus honnêtes fervices, on ne marche que pas à
pas, & encore n'arrive-t-on pas toûjours
à fon but.

Tandis que je faifois de fi belles re
flexions, un Laquais vint me dire qu

tous les Cavaliers qui avoient dîné à l'Hôtel venoient de sortir pour s'en retourner
chez eux, & que Monsieur le Comte me
demandoit. Je volai aussi-tôt à son apartement où je le trouvai couché sur le
Sopha & prêt à faire la *sieste* avec son
Singe, qui étoit à côté de lui.

Aprochez, Gil-Blas, me dit-il, prenez
un siege & m'écoûtez. Je fis ce qu'il m'or-
donnoit & il me parla dans ces termes:
Don Fabricio m'a dit qu'entre autres bonnes qualitez, vous aviez celle de vous
attacher à vos Maîtres, & que vous êtiez
un Garçon plein d'integrité. Ces deux choses m'ont déterminé à vous proposer d'ê-
tre à moi. J'ai besoin d'un Domestique
affectionné qui épouse mes interêts &
mette toute son attention à conserver
mon bien. Je suis riche, à la verité, mais
ma dépense va tous les ans fort au-de-là
de mes revenus. Eh pourquoi? C'est qu'on
me vole, c'est qu'on me pille. Je suis dans
ma maison comme dans un bois rempli de
voleurs. Je soupçonne mon Maître d'Hôtel & mon Intendant de s'entendre ensemble, & si je ne me trompe point dans
mes soupçons, en voilà plus qu'il n'en faut
pour me ruiner de fond en comble. Vous
me direz que si je les crois fripons, je n'ai

qu'à les chaſſer. Mais où en prendre d'autres qui ſoient pétris d'un meilleur limon?
Je me contenterai de les faire obſerver
l'un & l'autre par un homme qui aura
droit d'inſpection ſur leur conduite. Et
c'eſt vous que je choiſis pour remplir
cette Commiſſion. Si vous vous en acquit-
tez bien, ſoyez ſeur que vous ne ſer-
virez pas un ingrat. J'aurai ſoin de vous
établir en Sicile très-avantageuſement.

Après m'avoir tenu ce diſcours, il me
renvoya; & dès le ſoir même, devant tous
les Domeſtiques, je fus proclamé Surintendant de la maiſon. Le Meſſinois & le
Napolitain n'en furent pas d'abord fort
mortifiez, parce que je leur paroiſſois
un Gaillard de bonne compoſition, &
qu'ils comptoient qu'en partageant avec
moi le gâteau, ils iroient toûjours leur
train. Mais ils ſe trouverent bien ſots le
jour ſuivant, lorſque je leur déclarai que
j'étois un homme ennemi de toute mal-
verſation. Je demandai au Maître-d'Hôtel
un état des Proviſions. Je viſitai la Cave.
Je pris auſſi connoiſſance de tout ce qu'il
y avoit dans l'Office, je veux dire de l'Argenterie & du Linge. Je les exhortai
enſuite tous deux à menager le bien du
Patron, à uſer d'épargne dans la dépen-

le, & je finis mon exhortation en leur protestant que j'avertirois ce Seigneur de toutes les mauvaises manœuvres que je verrois faire chez lui.

Je n'en demeurai pas là. Je voulus avoir un Espion, pour découvrir s'il y avoit de l'intelligence entr'eux. je jettai les yeux sur un Marmiton qui s'étant laissé gagner par mes promesses, me dit que je ne pouvois mieux m'adresser qu'à lui pour être instruit de tout ce qui se passoit au Logis : Que le Maître-d'Hôtel & l'Intendant étoient d'accord ensemble & brûloient la chandelle par les deux bouts : qu'ils détournoient tous les jours la moitié des viandes qu'on achetoit pour la Maison : Que le Napolitain avoit soin d'une Dame qui demeuroit vis-à-vis le College de Saint Thomas, & que le Messinois en entretenoit une autre à la porte du Soleil : Que ces deux Messieurs faisoient porter tous les matins chez leurs Nymphes toutes sortes de Provisions : Que le Cuisinier de son côté envoyoit de bons plats à une veuve qu'il connoissoit dans le voisinage, & qu'en faveur des services qu'il rendoit aux deux autres à qui il étoit tout dévoüé, il disposoit comme eux des Vins de la cave : Enfin que ces trois

Domestiques

Domestiques étoient cause qu'il se faisoit
une dépense horrible chez Monsieur le
Comte. Si vous doutez de mon rapport,
ajoûta le Marmiton, donnez-vous la peine de vous trouver demain matin sur les
sept heures auprès du College de Saint
Thomas, vous me verrez chargé d'une
hotte qui changera vôtre doute en cer-
titude. Tu es donc, lui dis je, Commis-
sionnaire de ces galans Pourvoyeurs ? Je
suis, répondit-il, employé par le Maître-
d'Hôtel & un de mes Camarades fait les
messages de l'Intendant.

J'eus la curiosité le lendemain de me
rendre à l'heure marquée auprès du College de Saint Thomas. Je n'attendis pas
long-tems mon Espion. Je le vis arriver
avec une grande hotte toute pleine de
de Viande de Boucherie, de Volaille &
de Gibier. Je fis l'inventaire des pieces &
j'en dressai sur mes tablettes un petit procès verbal que j'allai montrer à mon Maître, après avoir dit au Foüille au pot
qu'il pouvoit comme à son ordinaire s'acquitter de sa commission.

Le Seigneur Sicilien, qui étoit fort
vif de son naturel, voulut dans son premier mouvement chasser le Napolitain &
le Messinois; mais après y avoir fait re-

flexion, il se contenta de se défaire du dernier, dont il me donna la place. Ainsi ma charge de Surintendant fut supprimée peu de tems après sa création ; & franchement je n'y eus point de regret. Ce n'étoit à proprement parler qu'un emploi honorable d'Espion, qu'un poste qui n'avoit rien de solide. Au lieu qu'en devenant Monsieur l'Intendant, je me voyois Maître du coffre fort ; & c'est-là le principal. C'est toûjours ce Domestique-là qui tient le premier rang dans une grande Maison Et il y a tant de petits benefices attachez à son administration, qu'il s'enrichiroit, quand même il seroit honnête-homme.

Mon Napolitain, qui n'étoit pas au bout de ses finesses, remarquant que j'avois un zéle brutal, & que je me mettois sur le pied de voir tous les matins les Viandes qu'il achetoit & d'en tenir registre, cessa d'en d'en détourner ; mais le Bourreau continua d'en prendre la même quantité chaque jour. Par cette ruse augmentant le profit qu'il tiroit de la deserte de la table qui lui appartenoit de droit, il se mit en état d'envoyer du moins de la viande cuite à sa Mignone, s'il ne pouvoit plus lui en fournir de cruë. Le Diable, enfin n'y perdoit rien ; Et le Comte n'étoit guere plus avancé d'avoir le Phenix des Intendans. L'abondance excessive que je vis alors regner dans les repas, me fit deviner ce nouveau tour, & j'y mis bon ordre aussi tôt, en rétranchant le superflu de chaque service. Ce que je fis toutefois avec tant de prudence, qu'on n'y aperçût point un air d'épargne. On eût dit que c'étoit toûjours la même profusion ; Et neanmoins par cette œconomie, je ne laissai pas de diminuer considerablement la dépense. Voilà ce que le Patron demandoit : Il vouloit menager sans paroître moins magnifique. Son avarice étoit subordonnée à son ostentation.

Il s'offrit encore un autre abus à réformer. Je trouvois que le Vin alloit bien vîte. S'il y avoit, par exemple, douze Cavaliers à la table du Seigneur, il se bûvoit cinquante & quelque fois jusqu'à soixante bouteilles. Cela m'étonnoit & ne doutant pas qu'il n'y eût de la friponnerie là dedans, je consultai là dessus mon oracle, c'est à-dire mon Marmiton, avec qui j'avois souvent des entretiens secrets, & qui me rapportoit fidellement tout ce qui se disoit & se faisoit dans la Cuisine, où il n'étoit suspect à personne.

Il m'aprit que le dégât dont je me plaignois venoit d'une nouvelle ligue faite entre le Maître-d'Hôtel, le Cuisinier & les Laquais qui versoient à boire : Que ceux-ci rémportoient les bouteilles à demi-pleines, qui se partageoient ensuite entre les Confederez. Je parlai aux Laquais. Je les menaçai de les mettre à la porte, s'ils s'avisoient de recidiver, & il n'en fallut pas davantage pour les faire rentrer dans leur devoir. Mon Maître, que j'avois grand soin d'informer des moindres choses que je faisois pour son bien, me combloit de loüanges & prenoit de jour en jour plus d'affection pour moi. De mon côté, pour récompenser le Marmiton qui me rendoit de si bons services, je le fis Ayde-de Cuisine.

Le Napolitain enrageoit de me rencontrer partout ; Et ce qui le mortifioit cruellement, c'étoit les contradictions qu'il avoit à essuyer de ma part toutes les fois qu'il s'agissoit de me rendre ses Comptes; car pour mieux lui rogner les ongles, je me donnois la peine d'aller dans les Marchez pour sçavoir le prix des Denrées. De sorte que je le voyois venir après cela ; & comme il ne manquoit pas de vouloir ferrer la mule, je le relançois vigoureusement. J'étois bien persuadé qu'il me maudissoit cent fois le jour ; mais le sujet de ses maledictions m'empêchoit de craindre qu'elles ne fussent exaucées. Je ne sçais comment il pouvoit resister à mes persecutions & ne pas quitter le service du Seigneur Sicilien. Sans doute que malgré tout cela, il y trouvoit encore son compte.

Fabrice que je voyois de tems en tems, & à qui je contois toutes mes proüesses d'Intendant jusqu'alors inoüies, étoit plus disposé à blâmer ma conduite, qu'à l'approuver. Dieu veüille, me dit il un jour, qu'après tout ceci, ton desinteressement soit bien récompensé ; mais, entre nous, si tu n'étois pas si roide avec le Maître-d'Hôtel, je crois que tu n'en ferois pas plus mal. Hé quoi, lui répondis-je, ce Voleur mettra effrontément dans un état de dépense à dix pistoles un Poisson qui ne lui en aura coûté que quatre, & tu veux que je lui passe cét article là ? Pourquoi non, répliqua t-il froidement ? Il n'a qu'à te donner la moitié du surplus & il fera les choses dans les regles. Sur ma foi nôtre Ami. continua-t-il en branlant la tête, vous êtes un vrai gâte-maison ; Et vous avez bien la mine de servir long-

tems, puifque vous n'écorchez pas l'an-
guille pendant que vous la tenez. Apprenez que la fortune reffemble à ces
coquettes vives & legeres qui échap-
pent aux Galands qui ne les brufquent
pas.

Je ne fis que rire des difcours de Nûnez. Il en rit lui-même à fon tour &
voulut me perfuader qu'il ne me les avoit
pas tenus ferieufement. Il avoit honte de
m'avoir donné inutilement un mauvais
confeil. Je demeurai ferme dans la refolution d'être toûjours fidéle & zélé. Je
ne me démentis point, & j'ofe dire qu'en
quatre mois par mon épargne je fis profit à mon Maître de trois mille ducats
pour le moins.

CHAPITRE. XVI.

De l'accident qui arriva au Singe du
Comte Galiano : du chagrin qu'en eut
ce Seigneur. Comment Gil-Blas tomba
malade & quelle fut la fuite de fa
maladie.

AU bout de ce tems-là, le répos qui
regnoit à l'Hôtel fut étrangement

troublé par un accident qui ne paroîtra
qu'une bagatelle au Lecteur , & qui devint pourtant une chose fort serieuse pour
les Domestiques & sur tout pour moi.
Cupidon , ce Singe dont j'ai parlé , cét
animal si cheri du Patron , en voulant un
jour sauter d'une fenêtre à une autre ,
s'en acquitta si mal , qu'il tomba dans la
cour & se démit une jambe. Le Comte
ne sçût pas si-tôt ce malheur , qu'il pous-
sa des cris qui furent entendus du Voisinage ; & dans l'excès de sa douleur , s'en
prenant à tous ses Gens , sans exception ,
peu s'en fallut qu'il ne fît maison nette.
Il borna toutefois sa fureur à maudire nôtre negligence & à nous apostropher sans
ménager les termes. Il envoya chercher
sur le champ les Chirurgiens de Madrid
les plus habiles pour les fractures & dis-
locations des os. Ils visiterent la jambe
du blessé , la lui rémirent & la banderent.
Mais quoy qu'ils assurassent tous que ce
n'étoit rien , cela n'empêcha pas que mon
Maître ne retint un d'entr'eux pour demeurer auprès de l'animal jusqu'à parfaite
guérison.

J'aurois tort de passer sous silence les
peines & les inquietudes qu'eut le Seigneur
Sicilien pendant tout ce tems là. Croira-

t-on bien que le jour il ne quittoit point
fon cher Cupidon. Il étoit préfent quand
on le panfoit ; & la nuit , il fe levoit deux
ou trois fois pour le voir. Ce qu'il y avoit
de plus fâcheux, c'eft qu'il falloit que tous
les Domeftiques & moi principalement ,
nous fuffions toûjours fur pied pour être
prêts à courir où l'on jugeroit à propos de
nous envoyer pour le fervice du Singe.
En un mot, nous n'eumes aucun répos
dans l'Hôtel , jufqu'à ce que la maudite
bête ne fe reffentant plus de fa chûte ,
fe remit à faire fes bonds & fes culebu-
tes ordinaires. Après cela refuferons nous
d'ajoûter foi au rapport de Suetone ,
lorfqu'il dit que Caligula aimoit tant fon
Cheval, qu'il lui donna une maifon richement meublée avec des Officiers pour
le fervir ; & qu'il en vouloit même faire
un Conful. Mon Patron n'étoit pas moins
charmé de fon Singe. Il en auroit volon-
tier fait un Corregidor.

Ce qu'il y eut de malheureux pour
moi , c'eft que j'avois encheri fur tous
les Valets pour mieux faire ma cour au
Seigneur , & je m'étois donné de fi grands
mouvemens pour fon Cupidon , que j'en
tombai malade. La fiévre me prit vio-
lemment, & mon mal devint tel , que je

perdis toute connoiſſance. J'ignore ce
qu'on fit de moi pendant quinze jours
que je fus entre la vie & la mort. Je
ſçais ſeulement que ma jeuneſſe lutta ſi
b.en contre la fiévre & peut être contre
les remedes qu'on me donna , que je répris , enfin , mes ſens. Le premier uſage
que j'en fis fut de m'apercevoir que j'é-
tois dans une autre chambre que la
mienne. Je voulus ſçavoir pourquoi. Je
le demandai à une vieille Femme qui me
gardoit ; mais elle me répondit qu'il ne
falloit pas que je parlaſſe : que le Medecin l'avoit expreſſement défendu. Quand
on ſe porte bien , on ſe mocque ordinairement de ces Docteurs. Eſt on malade ?
on ſe ſoûmet docilement à leurs Ordon-
nances.

Je pris donc le parti de me taire, quelque envie que j'euſſe de m'entretenir avec
ma Garde. Je faiſois des réflexions là-
deſſus , lorſqu'il entra deux manieres de
Petit-Maîtres fort leſtes. Ils avoient des
habits de velours avec de très beau linge
garnie de dentelles. Je m'imaginai que
c'étoit des Seigneurs amis de mon Maître, leſquels par conſideration pour lui me
venoient voir. Dans cette penſée , je fis
un effort pour me mettre en mon ſéant ,

& j'ôtai par respect mon bonnet ; mais ma Garde me recoucha tout de mon long, en me disant que ces Seigneurs étoient mon Medecin & mon Apotiquaire.

Le Docteur s'aprocha de moi, me tâta le poulx, observa mon visage & remarquant tous les signes d'une prochaine guerison, il prit un air de triomphe, comme s'il y eut mis beaucoup du sien, & dit qu'il ne falloit plus qu'une Medecine pour achever son ouvrage. Qu'après cela, il pourroit se vanter d'avoir fait une belle cure. Quand il eut parlé de cette sorte, il fit écrire par l'Apotiquaire une ordonnance qu'il lui dicta en se regardant dans un miroir, en rajustant ses cheveux, & en faisant des grimaces dont je ne pouvois m'empêcher de rire malgré l'état où j'étois. Ensuite il me salua de la tête fort cavalierement & sortit plus occupé de sa figure, que des drogues qu'il avoit ordonnées.

Après son départ, l'Apotiquaire qui n'étoit pas venu chez-moi pour rien, se prépara, on juge bien à quoi faire. Soit qu'il craignît que la Vieille ne s'en acquittât pas adroitement, soit pour mieux faire valoir la marchandise, il voulut operer lui même ; mais avec toute son adresse,

je ne fçais comment cela fe fit, l'opera-
tion fut à peine achevée, que rendant à
l'Operant ce qu'il m'avoit donné, je mis
fon habit de velours dans un bel état.
Il regarda cét accident comme un malheur attaché à la pharmacie. Il prit une
ferviette, s'effuya fans dire un mot, &
& s'en alla bien réfolu de me faire payer
le Dégraiffeur à qui fans doute il fut o-
bligé d'envoyer fon habit.

Il revint le lendemain matin, vêtu
plus modeftement, quoy qu'il n'eût rien
à rifquer ce jour-là, m'apporter la medecine que le Docteur avoit ordonnée la
veille. Outre que je me fentois mieux de
moment en moment, j'avois tant d'aver-
fion depuis le jour précedent pour les
Medecins & les Apotiquaires, que je mau-
diffois jufqu'aux Univerfitez où ces Mef-
fieurs reçoivent le pouvoir de tuer les
hommes impunément. Dans cette difpofition, je déclarai en jurant que je ne
voulois plus de remedes & que je donnois au Diable Hypocrate & fa Sequelle.
L'Apotiquaire qui ne fe foucioit nullement de ce que je ferois de fa compofi-
tion, pourvû qu'elle lui fût payée, la
laiffa fur la table & fe retira fans me dire
une fyllable.

Je fis sur le champ jetter par les fenêtres cette chienne de medecine, contre
laquelle je m'étois si fort prévenu, que
j'aurois crû être empoisonné si je l'eusse
avalée. A ce trait de désobéissance, j'en
ajoûtai un autre : je rompis le silence &
dis d'un ton ferme à ma Garde que je
prétendois absolument qu'elle m'apprît
des nouvelles de mon Maître. La vieille
qui apprehendoit d'exciter en moi une é-
motion dangereuse en me satisfaisant, ou
qui peut-être aussi ne m'obstinoit que pour
irriter mon mal, hésitoit à me parler;
mais je la pressai si vivement de m'obéïr,
qu'elle me répondit enfin : Seigneur Cavalier, vous n'avez plus d'autre Maître
que vous-même. Le Comte Galiano s'en
est retourné en Sicile.

Je ne pouvois croire ce que j'entendois.
Il n'y avoit pourtant rien de plus véritable.
Ce Seigneur dès le second jour de ma maladie, craignant que je ne mourusse chez
lui, avoit eu la bonté de me faire trans-
porter avec mes petits effets dans une
chambre garnie, où il m'avoit abandonné
sans façon à la providence & aux soins
d'une Garde. Sur ces entrefaites, ayant
reçû un ordre de la Cour qui l'obligeoit
à repasser en Sicile, il étoit parti avec

tant de précipitation , qu'il n'avoit plus
fongé à moi, foit qu'il me comptât déja
parmi les morts, ou que les Perfonnes de
qualité foient fujettes à ces fautes de
mémoire.

Ma Garde me fit ce détail, & m'apprit
que c'étoit elle qui avoit été chercher un
Medecin & un Apotiquaire, afin que je ne
periffe pas fans leur affiftance. Je tombai
dans une profonde rêverie à ces belles
nouvelles. Adieu mon établiffement avantageux en Sicile ! Adieu mes plus douces
efperances ! Quand il vous arrivera quelque grand malheur , dit un Pape , exami-
nez-vous bien, & vous verrez qu'il y aura
toûjours un peu de vôtre faute. N'en déplaife à ce Saint Pere , je ne vois pas comment dans cette occafion je contribuai à
mon infortune.

Lorfque je vis les flateufes chimeres
dont je m'étois rempli la tête, évanoüies,
la premiere chofe dont je m'embaraffai
l'efprit , fut ma Valife , que je fis apporter
fur mon lit pour la vifiter. Je foupirai en
m'apercevant qu'elle étoit ouverte. Hélas,
ma chere Valife , m'écriai-je , mon unique
confolation ! Vous avez été , à ce que je
vois , à la merci des mains étrangeres.
Non, non, Seigneur Gil-Blas , me dit alors

la Vieille, raſſurez vous. On ne vous a
rien volé. J'ai conſervé vôtre Malle comme mon honneur.

J'y trouvai l'habit que j'avois en entrant au ſervice du Comte ; mais j'y cherchai vainement celui que le Meſſinois
m'avoit fait faire. Mon Maître n'avoit pas
jugé à propos de me le laiſſer ou bien
quelqu'un ſe l'étoit aproprié. Toutes mes
autres hardes y étoient & même une grande bourſe de cuir qui renfermoit mes eſpeces, que je comptai deux fois, ne pouvant croire la premiere, qu'il n'y eût que
cinquante Piſtoles de reſte de deux cens
ſoixante qu'il y avoit dedans avant ma
maladie. Que ſignifie ce ci, ma bonne
mere, dis-je à ma Garde ? Voilà mes fi-
nances bien diminuées. Perſonne pourtant n'y a touché que moi, répondit la
Vieille, & je les ai ménagées autant qu'il
m'a été poſſible. Mais les maladies coû-
tent beaucoup. Il faut toûjours avoir l'argent à la main. Voici, ajoûta cette bonne Ménagere, en tirant de ſes poches un
paquet de papiers, voici un État de dépenſe, qui eſt juſte comme l'or, & qui
vous fera voir que je n'ai pas employé
un denier mal à propos.

Je parcourus des yeux le mémoire, qui

contenoit bien quinze ou vingt pages.
Misericorde ! Que de Volaille achetée
pendant que j'avois été sans connoissance ! Il falloit qu'en Boüillons seulement
il y eût pour le moins douze Pistoles.
Les autres Articles répondoient à celui-
là. On ne sçauroit dire combien elle a-
voit dépensé en Bois, en Chandelle, en
Eau, en Balais & *Cætera.* Cependant
quelque enflé que fût son Mémoire, toute la somme alloit à peine à trente Pistoles ; Et par consequent il devoit y en avoir
encore cent quatre vingt de reste ? Je lui
répresentai cela ; mais la vieille d'un air
ingenu, commença d'attester tous les saints,
qu'il n'y avoit dans la bourse que quatre-
vingt Pistoles, lorsque le Maître-d'Hôtel
du Comte lui avoit confié ma Valise.
Que dites-vous, ma Bonne, interrompis-
je avec précipitation ? C'est le Maître-
d'Hôtel qui vous a remis mes hardes entre les mains ? sans doute, répondit-elle,
c'est lui. A telles enseignes qu'en me les
donnant il me dit : tenez, bonne Mere ;
quand le Seigneur Gil-Blas sera frit à
l'huile, ne manquez pas de le régaler d'un
bel enterrement. Il y a dans cette Valise
dequoi en faire les frais.

Ah, maudit Napolitain, m'écriai-je

alors ! je ne fuis plus en peine de fçavoir
ce qu'eſt dévenu l'argent qui me manque;
Vous l'avez raſlé pour compenſer une partie des Vols que je vous ai empêché de
faire. Après cette apoſtrophe, je rendis
grace au Ciel de ce que le Fripon n'a-
voit pas tout emporté. Quelque ſujet
pourtant que j'euſſe d'accuſer le Maître
d'Hôtel de m'avoir volé, je ne laiſſai pas
de penſer que ma Garde pouvoit fort bien
avoir fait le coup. Mes ſoupçons tom-
boient tantôt ſur l'un & tantôt ſur l'autre. Mais c'étoit toûjours la même choſe
pour moi. Je n'en temoignai rien à la
Vieille. Je ne la chicannai pas même ſur
les articles de ſon beau mémoire. Je n'aurois rien gagné à cela ; & il faut bien que
chacun faſſe ſon métier. Je bornaï mon
reſſentiment à la payer & à la renvoyer
trois jours après.

Je m'imagine qu'en ſortant de chez-
moi, elle alla donner avis à l'Apotiquaire
qu'elle venoit de me quitter & que je
me portois aſſez-bien pour prendre la
clef des champs ſans compter avec lui;
car un moment après, je le vis arriver
tout eſſouflé. Il me préſenta ſon mémoire,
dans lequel ſous des noms qui m'étoient
inconnus, quoique j'euſſe été Medecin,

il

il avoit écrit tous les prétendus remedes
qu'il m'avoit fournis dans le tems que
j'étois fans fentiment. On pouvoit appeller ce mémoire-là de vrayes parties
d'Apotiquaire. Auffi nous eumes une difpute, lorfqu'il fut queftion du payement.
Je prétendois qu'il rabatit la moitié de
la fomme qu'il demandoit. Il jura qu'il
n'en rabatroit pas même une obole. Confiderant toutefois qu'il avoit affaire à un
jeune homme qui dès ce jour-là pouvoit
s'éloigner de Madrid, il aima mieux fe
contenter de ce que je lui offrois, c'eft à dire,
de trois fois au-delà de ce que valoient
fes drogues, que de s'expofer à perdre
tout. Je lui lâchai des efpeces à mon
grand regret & il fe retira bien vengé
du petit chagrin que je lui avois caufé le
jour du lavement.

Le Medecin parut prefque auffi-tôt;
Car ces animaux-là font toûjours à la
queuë l'un de l'autre. J'efcomptai fes Vifi-
tes qui avoient été frequentes & je le
renvoyai content. Mais avant que de me
quitter, pour me prouver qu'il avoit bien
gagné fon argent, il me détailla les in-
conveniens mortels qu'il avoit prévenus
dans ma maladie. Ce qu'il fit en fort
beaux termes, & d'un air agréable; mais

O

je n'y compris rien du tout. Lorſque je me
fus défait de lui, je me crus débaraſſé de
tous les Miniſtres des Parques. Je me
trompois : il entra un Chirurgien que je
n'avois vû de ma vie. Il me falüa fort
civilement, & me témoigna de la joye
de me voir échappé du danger que j'avois
couru. Ce qu'il attribuoit, diſoit-il, à deux
ſaignées abondantes qu'il m'avoit faites, &
aux ventouſes qu'il avoit eu l'honneur de
m'appliquer. Autre plume qu'on me tira
de l'aiſle. Il me fallut auſſi cracher au baſſin
du Chirurgien. Après tant d'évacuations
ma bourſe ſe trouva ſi debile, qu'on pouvoit dire que c'étoit un corps confiſqué
tant il y reſtoit peu d'humide radical.

Je commançai à perdre courage, en me
voyant retombé dans une ſituation miſerable. Je m'étois chez mes derniers Maîtres trop affectionné aux commoditez de
la vie ; Je ne pouvois plus comme autrefois enviſager l'indigence en Philoſophe
Cynique. J'avoüirai pourtant que j'avois
tort de me laiſſer aller à la triſteſſe. Après
avoir tant de fois éprouvé que la Fortune ne m'avoit pas plûtôt renverſé qu'elle me relevoit, je n'aurois dû regarder
l'état fâcheux où j'étois, que comme une
occaſion prochaine de proſperité.

Fin du Septiéme Livre.

HISTOIRE
DE
GIL BLAS
DE SANTILLANE,
LIVRE HUITIE'ME.

CHAPITRE PREMIER.

Gil-blas fait une bonne connoiſſance & trou-
ve un poſte qui le conſole de l'ingrati-
tude du Comte Galiano. Hiſtoire de
Don Valerio de Luna.

'E T O I S ſi ſurpris de n'avoir
point entendu parler de Núnez
pendant tout ce tems-là , que
je jugeai qu'il devoit être à
la Campagne. Je ſortis pour aller chez
lui dès que je pus marcher , & j'appris en

effet qu'il étoit depuis trois semaines en
Andaloufie avec le Duc de Medina Sidonia.

Un matin à mon réveil, Melchior de
la Ronda me vint dans l'efprit ; & me
reffouvenant que je lui avois promis à
Grenade d'aller voir fon neveu, fi jamais
je rétournois à Madrid, je m'avifai de
vouloir tenir ma promeffe ce jour là même. Je m'informai de l'Hôtel de Don Baltazar de Zuniga, & je m'y rendis. Je demandai le Seigneur Jofeph Navarro, qui
parut un moment après. Je le falüai ; &
il me reçût d'un air honnête, mais froid ;
quoyque j'euffe décliné mon nom. Je ne
pouvois concilier cet accüeil glacé avec
le portrait qu'on m'avoit fait de ce Chef-
d'Office. J'allois me retirer dans la réfolution de ne lui pas faire une feconde vifite,
lorfque prenant tout à coup un air ouvert
& riant, il me dit avec beaucoup de vivacité : ah Seigneur Gil-Blas de Santillane,
pardonnez-moi, de grace, la reception que
je viens de vous faire. Ma mémoire a trahi
la difpofition où je fuis à vôtre égard. J'a-
vois oublié vôtre nom, & je ne penfois
plus à ce Cavalier dont il eft fait mention dans une lettre que j'ai reçüe de Grenade, il y a plus de quatre mois.

Que je vous embrasse, ajoûta-t-il, en se jettant à mon cou avec transport ! Mon Oncle Melchior, que j'aime & que j'honnore comme mon propre pere, me mande que si par hazard j'ai l'honneur de vous voir, il me conjure de vous faire le même traitement que je ferois à son fils, & d'employer, s'il le faut, pour vous le crédit de mes amis avec le mien. Il me fait l'éloge de vôtre cœur & de vôtre esprit dans des termes qui m'interesseroient à vous servir, quand sa récommandation ne m'y engageroit pas. Regardez-moi donc, je vous prie, comme un homme à qui mon Oncle a communiqué par sa lettre tous les sentimens qu'il a pour vous. Je vous donne mon amitié. Ne me refusez pas la vôtre.

Je répondis avec la reconnoissance que je devois à la politesse de Joseph ; & tous deux en gens vifs & sinceres nous formames à l'heure même une étroite liaison. Je n'hésitai point à lui découvrir la situation de mes affaires. Ce que je n'eus pas si-tôt fait, qu'il me dit : je me charge du soin de vous placer, & en attendant, ne manquez pas de venir manger ici tous les jours. Vous y aurez un meilleur ordinaire qu'à vôtre Auberge.

L'offre flâtoit trop un Convaléſcent mal en eſpéces & accoûtumé aux bons morceaux, pour être réjettée. Je l'acceptai, & je me réfis ſi bïen dans cette maiſon, qu'au bout de quinze jours j'avois déjà une face de Bernardin. Il me parut que le Neveu de Melchior, faiſoit là ſes orges à merveille ; mais comment ne les auroit-il pas faites ? Il avoit trois cordes à ſon arc : il étoit à la fois Sommèlier ; Chef-d'Office & Maître - d'Hôtel. De plus, nôtre amitié à part, je crois que l'Intendant du Logis & lui s'accordoient fort bien enſemble.

J'étois parfaitement rétabli, lorſque mon ami Joſeph me voyant un jour arriver à l'Hôtel de Zuniga, pour y dîner ſelon ma coûtume, vint au devant de moi, & me dit d'un air gai : Seigneur Gil-Blas, j'ai une aſſez bonne condition à vous propoſer : Vous ſçaurez que le Duc de Lerme, Premier Miniſtre de la Couronne d'Eſpagne, pour ſe donner entierement à l'adminiſtration des affaires de l'Etat, ſe repoſe ſur deux Perſonnes de l'embaras des ſiennes. Il a chargé du ſoin de récuëillir ſes révenus Don Diegue de Monteſer, & il fait faire la dépenſe de ſa maiſon par Don Rodrigue da Calderone.

Ces deux hommes de confiance exercent
leur emploi avec une autorité absoluë,
& sans dépendre l'un de l'autre. Don
Diegue à d'ordinaire sous lui deux Intendans qui font la recette, & comme j'ai
apris ce matin qu'il en avoit chaffé un,
j'ai été demander sa place pour vous. Le
Seigneur de Montefer qui me connoît &
dont je puis me vanter d'être aimé, me
la sans peine accordée sur les bons témoignages que je lui ai rendus de vos
mœurs & de vôtre capacité. Nous irons
chez-lui cette après-dînée.

Nous n'y manquames pas. Je fus reçû trés-gracieusement & installé dans
l'emploi de l'Intendant qui avoit été congedié. Cet emploi consistoit à visiter nos
Fermes, à y faire faire les réparations,
à toucher l'argent des Fermiers ; en un
mot, je me mêlois des Biens de la Campagne, & tous les mois, je rendois mes
Comptes à Don Diegue qui les épluchoit
avec beaucoup d'attention. C'étoit ce que
je demandois : Quoyque ma droiture eût
été si mal payée chez mon dernier Maître,
j'avois résolu de la conserver toûjours.

Un jour, nous aprimes que le feu a-
voit pris au Château de Lerme, &
que plus de la moitié étoit reduite en

cendre. Je me tranſportai auſſi tôt ſur les
lieux pour examiner le dommage. Là, m'é-
tant informé avec exactitude des circonſtances de l'incendie, j'en compoſai une
ample rélation que Monteſer fit voir au
Duc de Lerme. Ce Miniſtre, malgré le
chagrin qu'il avoit d'apprendre une ſi
mauvaiſe nouvelle, fut frappé de la rela-
tion, & ne put s'empêcher de demander
qui en étoit l'auteur. Don Diegue ne ſe
contenta pas de le lui dire; il lui parla
de moi ſi avantageuſement, que ſon Excellence s'en reſſouvint ſix mois après, à
l'occaſion d'une hiſtoire que je vais raconter, & ſans laquelle peut être je n'aurois jamais été employé à la Cour. La
voici.

Il demeuroit alors dans la rue des In-
fantes une vieille Dame appellée Ineſille
de Cantarilla. On ne ſçavoit pas certainement de quelle naiſſance elle étoit. Les
uns la diſoient fille d'un faiſeur de Luths,
& les autres d'un Commandeur de l'ordre
de Saint Jacques. Quoyqu'il en ſoit, c'é-
toit une Perſonne prodigieuſe. La nature
lui avoit donné le privilege ſingulier de
charmer les hommes pendant le cours de
ſa vie, qui duroit encore après quinze
luſtres accomplis. Elle avoit été l'idole
des

des Seigneurs de la vieille Cour & elle se voyoit adorée de ceux de la nouvelle. Le tems qui n'épargne pas la beauté, s'exerçoit en vain sur la sienne ; il la flétrissoit sans lui ôter le pouvoir de plaire. Un air de noblesse, un esprit enchanteur & des graces naturelles lui faisoient faire des passions jusques dans sa vieillesse.

Un Cavalier de vingt-cinq ans, Don Valerio de Luna, un des Secretaires du Duc de Lerme, voyoit Inesille. Il en devint amoureux. Il se déclara, fit le Passionné & poursuivit sa proye avec toute la fureur que l'amour & la jeunesse sont capables d'inspirer. La Dame qui avoit ses raisons pour ne vouloir pas se rendre à ses desirs, ne sçavoit que faire pour les moderer. Elle crut pourtant un jour en avoir trouvé le moyen : Elle fit passer le jeune homme dans son cabinet, & là, lui montrant une pendule qui étoit sur une table : voyez, lui dit-elle, l'heure qu'il est. Il y a aujourd'hui soixante-quinze ans que je vins au monde à pareille heure. En bonne foi, me sieroit-il d'avoir des galanteries à mon âge ? rentrez en vous même, mon enfant. Etouffez des sentimens qui ne conviennent ni à vous ni à moi. A ce discours sensé, le Cavalier qui ne reconnoiſſoit plus l'autorité de la raiſon, répondit à la Dame avec toute l'impetuoſité d'un homme poſſedé des mouvemens qui l'agitoient; cruelle Ineſille, pour quoi avez vous recours à ces frivoles adreſſes? penſez vous qu'elles puiſſent vous changer à mes yeux? ne vous flatez pas d'une ſi fauſſe eſperançe. Que vous ſoyez telle que je vous vois, ou qu'un charme trompe ma veuë, je ne ceſſerai point de vous aimer. Hé bien, réprit elle. puiſque vous êtes aſſez opiniâtre pour perſiſter dans la réſolution de me fatiguer de vos ſoins, ma maiſon deſormais ne ſera plus ouverte pour vous, Je vous l'interdis & vous défends de paroître jamais devant moi.

Vous croyez peut être, après cela, que Don Valerio déconcerté de ce qu'il venoit d'entendre fit une honnête retraite. Au contraire, il n'en devint que plus importun. L'amour fait dans les Amans le même effet que le vin dans les yvrognes. Le Cavalier pria, gémit & paſſant tout à coup des prières aux emportemens, il voulut avoir par la force ce qu'il ne pouvoit obtenir autrement; mais la Dame le repouſſant avec courage, lui dit d'un air irrité : arrêtez. Temeraire. Je vais

mettre un frein à vôtre folle ardeur;
Apprenez que vous êtes mon fils.

Don Valerio fut étourdi de ces paroles.
Il suspendit sa violence. Mais s'imaginant
qu'Inesille ne parloit ainsi que pour se
soustraire à ses sollicitations, il lui répondit : vous inventez cette fable pour vous
dérober à mes desirs. Non non, interrompit elle, je vous revele un mystere
que je vous aurois toûjours caché, si
vous ne m'eussiez pas réduite à la nécessité de vous le découvrir. Il y a vingt-
six ans que j'aimois Don Pedre de Lune
vôtre pere qui étoit alors Gouverneur de
Ségovie; vous devintes le fruit de nos
amours. Il vous réconnut, vous fit élever avec soin, & outre qu'il n'avoit point
d'autre enfant, vos bonnes qualitez le
déterminerent à vous laisser du bien.
De mon côté, je ne vous ai pas abandonné, si - tôt que je vous ai vû entrer
dans le monde, je vous ai attiré chez
moi, pour vous inspirer ces maniéres po-
lies qui sont si nécessaires à un galant.
homme, & que les femmes seules peuvent donner aux jeunes Cavaliers. J'ai
plus fait : j'ai employé tout mon crédit
pour vous mettre chez le premier Ministre. Enfin, je me suis interessée pour

vous comme je le devois pour un fils.
Après cét aveu, prenez vôtre parti. Si
vous pouvez épurer vos sentimens & ne
regarder en moi qu'une mere, je ne vous
bannis point de ma présence, & j'aurai
pour vous toute la tendresse que j'ai euë
jusqu'ici. Mais si vous n'êtes pas capable
de cét effort, que la nature & la raison
exigent de vous, fuyez dès ce moment,
& me délivrez de l'horreur de vous voir.

Inesille parla de cette sorte. Pendant
ce tems-là, Don Valerio gardoit un mor-
ne silence. On eût dit qu'il rappelloit sa
vertu, & qu'il alloit se vaincre lui-même.
Il méditoit un autre dessein, & préparoit à sa mere un spectacle bien different.
Ne pouvant se consoler de l'obstacle in-
surmontable qui s'opposoit à son bonheur,
il ceda lâchement à son desespoir. Il tira
son épée & se l'enfonça dans le sein. Il
se punit comme un autre Oedipe, avec
cette difference, que le Thebain s'aveu-
gla de regret d'avoir consommé le crime,
& qu'au contraire le Castillan se perça
de douleur de ne le pouvoir commettre.

Le malheureux Don Valerio ne mourut pas sur le champ du coup qu'il s'é-
toit donné. Il eut le tems de se récon-
noître & de demander pardon au Ciel

de s'être lui même ôté la vie. Comme il
laissa par sa mort un poste de Secretaire vacant chez le Duc de Lerme, ce
Ministre qui n'avoit pas oublié ma rélation
d'incendie, non plus que l'éloge qu'on
lui avoit fait de moi, me choisit pour
remplacer ce jeune homme.

CHAPITRE II.

Gil - Blas est présenté au Duc de Lerme,
qui le reçoit au nombre de ses Secre-
taires, le fait travailler & est content
de son travail.

CE fut Montefer qui m'annonça cette agréable nouvelle, & me dit:
ami Gil-Blas, quoyque je ne vous perde
pas sans regret, je vous aime trop pour
n'être pas ravi que vous succediez à Don
Valerio. Vous ne manquerez pas de faire
une belle fortune, pourvû que vous sui-
viez les deux conseils que j'ai à vous
donner: Le premier, c'est de paroître tellement attaché à son Excellence, qu'elle
ne doute pas que vous ne lui soyez entierement dévoüé: Et le second, c'est de

P iij

bien faire vôtre cour au Seigneur Don Rodrigue de Calderone; car cét homme-là manie comme une cire molle l'eſprit de ſon Maître. Si vous avez le bonheur de vous acquerir la bienveillance de ce Secretaire favori, vous irez loin en peu de rems.

Seigneur, dis je à Don Diegue, après lui avoir rendu graces de ſes bons avis, apprenez-moi, s'il vous plait, dequel caractere eſt Don Rodrigue. J'en ai quelquefois entendu parler dans le monde. On me la peint comme un aſſez mauvais ſujet; mais je me défie des portraits que le Peuple fait des Perſonnes qui ſont en place à la Cour, quoyqu'il en juge ſainement quelquefois. Dites-moi donc, je vous prie, ce que vous penſez du Seigneur Calderone. Vous me demandez une choſe délicate, répondit le Surintendant avec un ſonris malin; Je dirois à un autre que vous, ſans héſiter, que c'eſt un très-honnête Gentilhomme, & qu'on n'en ſauroit dire que du bien. Mais je veux avoir de la franchiſe avec vous. Outre que je vous crois un Garçon fort diſcret, il me ſemble que je dois vous parler à cœur ouvert de Don Rodrigue, puiſque je vous ai conſeillé de le bien ménager.

Autrement ce ne seroit vous obliger qu'à
demi.

Vous sçaurez donc, poursuivit-il, que
de simple Domestique qu'il étoit de son
Excellence, lorsqu'elle ne portoit encore
que le nom de Don François de Sando-
val, il est parvenu par degré au poste de
premier Secretaire. On n'a jamais vû un
homme plus fier. Il se regarde comme
un Collegue du Duc de Lerme, & dans
le fonds, on diroit qu'il partage avec lui
l'autorité de premier Ministre, puisqu'il
fait donner des Charges & des Gouvernemens à qui bon lui semble. Le Public
en murmure souvent ; mais c'est dequoi
il ne se met guere en peine, pourvû qu'il
tire des paraguantes d'une affaire, il se
soucie fort peu des Epilogueurs. Vous
concevez bien parce que je viens de vous
dire, ajoûta Don Diegue, quelle conduite vous avez à tenir avec un mortel
si orgueilleux. Oh qu'oüi, lui dis-je,
laissez moi faire. Il y aura bien du malheur si je ne me fais pas aimer de lui.
Quand on connoît le défaut d'un homme
à qui l'on veut plaire, il faut être bien
maladroit pour n'y pas réüssir. Cela étant,
réprit Montefer, je vais vous présenter
tout à l'heure au Duc de Lerme.

P iiij

Nous allames dans le moment chez ce Miniſtre, que nous trouvames dans une grande ſale occupé à donner audience. Il y avoit là plus de monde que chez le Roy. Je vis des Commandeurs & des Chevaliers de Saint Jacques & de Calatrave qui ſollicitoient des Gouvernemens & des Viceroyautez ; des Evêques qui ne ſe portant pas bien dans leurs Dioceſes, vouloient ſeulement pour changer d'air , devenir Archevêques ; Et de bons Peres de Saint Dominique , & de Saint François qui demandoient humblement des Evêchez. Je remarquai auſſi des Officiers réformez qui faiſoient là le même rôle qu'y avoit fait ci - devant le Capitaine Chinchilla ; c'eſt-à-dire , qui ſe morfondoient dans l'attente d'une penſion. Si le Duc ne ſatisfaiſoit pas leurs déſirs, il recevoit du moins leurs Placets d'un air affable ; & je m'aperçûs qu'il répondoit fort poliment aux Perſonnes qui lui parloient.

Nous eûmes la patience d'attendre qu'il eût expedié tous ces Supplians, Alors Don Diegue lui dit. Monſeigneur, voici Gil-Blas de Santillane, ce jeune-homme dont vôtre Excellence à fait choix pour remplir la place de Don Vaerio. A ces mots, le Duc jetta les yeux fur moi en difant obligemment que je l'avois déja meritée par les fervices que je lui avois rendus. Il me fit enfuite entrer dans fon cabinet, pour m'entretenir en particulier, ou plûtôt pour juger de mon efprit par ma converfation. Il voulut fçavoir qui j'étois, & la vie que j'avois menée jufques-là. Il exigea même de moi là-deffus une narration fincere. Quel détail c'étoit me demander! De mentir devant un premier Miniftre d'Efpagne, il n'y avoit pas d'aparence. D'une autre part, j'avois tant de chofes à dire aux dépens de ma vanité, que je ne pouvois me réfoudre à une confeffion generale. Comment fortir de cét embarras? Je pris le parti de farder la vérité dans les endroits où elle auroit fait peur toute nuë. Mais il ne laiffa pas de la démefler malgré tout mon art: Monfieur de Santillane, me dit-il en fouriant à la fin de mon recit, à ce que je vois, vous avez été tant foit peu *Picaro.* Monfeigneur, lui répondis-je en rougiffant, vôtre Excellence m'a ordonné d'avoir de la fincerité. Je lui ai obéï. Je t'en fçais bon gré, repliqua-t-il; va mon enfant, tu en es quitte à bon marché. Je m'étonne que le mauvais exemple ne t'ai pas entierement perdu. Combien y a-t-il d'hon-

nões gens qui deviendroent de grands
fripons, ſi la Fortune les mettoit aux
mêmes épreuves?

Ami Santillane, continua le Miniſtre,
ne te ſouviens plus du paſſé. Songe que
tu es préſentement au Roi, & que tu ſe-
ras déſormais occupé pour lui. Tu n'as
qu'à me ſuivre ; je vais t'apprendre en
quoi conſiſteront tes occupations. Il me
mena dans un petit cabinet qui joignoit
le ſien, & où il y avoit ſur des tablettes une vingtaine de Regiſtres infolio fort
épais. C'eſt ici, me dit il, que tu tra-
vailleras. Tous ces Regiſtres que tu vois,
compoſent un dictionnaire de toutes les
familles Nobles qui ſont dans les Royaumes & Principautez de la Monarchie d'Eſpagne. Chaque Livre contient par ordre
alphabetique l'hiſtoire abbregée de tous
les Gentils-Hommes d'un Royaume, dans
laquelle ſont détaillez les ſervices qu'eux
& leurs anceſtres ont rendus à l'Etat,
auſſi bien que les affaires d'honneur qui
peuvent leur être arrivées. On y fait encore mention de leurs biens, de leurs
mœurs, en un mot de toutes leurs bonnes & leurs mauvaiſes qualitez. Enſorte
que lorſqu'ils viennent demander des
graces à la Cour, je vois d'un coup d'œil

s'ils les méritent. Pour sçavoir exacte-
ment toutes ces choses, j'ai par tout des
Pensionnaires qui ont soin de s'en informer & de m'en instruire par des mémoires
qu'ils m'envoyent; mais comme ces mémoires sont diffus & remplis de façons
de parler provinciales, il faut les rédiger
& en polir la diction, parce que le Roy
se fait lire quelquefois ces Registres.
C'est à ce travail, qui demande un style
net & concis, que je veux t'employer dès
ce moment même.

En parlant ainsi, il tira d'un grand
porte-feüille plein de papiers un mémoire
qu'il me mit entre les mains. Puis, il sortit de mon cabinet pour m'y laisser faire
mon coup dessai en liberté. Je lus le
mémoire, qui me parut non - seulement
farci de termes barbares, mais même
trop passionné. C'étoit pourtant un Moine
de la Ville de Solsone qui l'avoit composé. Il y déchiroit impitoyablement une
bonne famille Catalane, & Dieu sçait s'il
disoit la vérité. Je crus lire un libelle
diffamatoire & je me fis d'abord un scrupule de travailler sur cela. Je craignois
de me rendre complice d'une calomnie;
néanmoins, tout neuf que j'étois à la
Cour, je passai outre aux périls & for-

tunes de l'ame de sa Révérence; Et mettant sur son compte toute l'iniquité, s'il
y en avoit, je commançai à deshonorer
en belles phrases Castillanes deux ou
trois générations d'honnêtes Gens peut-
être.

J'avois déja fait quatre ou cinq pages,
quand le Duc impatient de sçavoir comment je m'y prenois, revint & me dit:
Santillane, montre-moi ce que tu as fait.
Je suis curieux de le voir. En même
tems jettant la veuë sur mon ouvrage,
il en lut le commencement avec beaucoup d'attention. Il en parut si content
que j'en fus surpris. Tout prévenu que
j'étois en ta faveur, reprit-il, je t'avoüe
que tu as surpassé mon attente. Tu n'é-
cris pas seulement avec toute la netteté,
& la précision que je désirois; je trouve
encore ton style léger & enjoüé. Tu
justifies bien le choix que j'ai fait de ta
plume, & tu me consoles de la perte de
ton Prédécesseur. Il n'auroit pas borné
là mon éloge, si le Comte de Lemos son
neveu ne fut venu l'interrompre en cét
endroit. Son Excellence l'embrassa plusieurs fois, & le reçût d'une maniere
qui me fit connoître qu'elle l'aimoit tendrement. Ils s'enfermerent tous deux pour

s'entretenir en sécret d'une affaire de famille dont je parlerai dans la suite. Le Ministre en étoit alors plus occupé que de celles du Roy.

Pendant qu'ils étoient ensemble, j'entendis sonner midi. Comme je sçavois que les Secretaires & les Commis quittoient à cette heure-là leurs Bureaux pour aller dîner où il leur plaisoit, je laissai-là mon chef-d'œuvre, & sortis pour me rendre, non chez Montefer, parce qu'il m'avoit payé mes appointemens & que j'avois pris congé de lui; mais chez le plus fameux Traiteur du quartier de la Cour. Une Auberge ordinaire ne me convenoit plus, *Songe que tu es présentement au Roy.* Ces paroles, que le Duc m'avoit dites, étoient des semences d'ambition qui germoient d'instant en instant dans mon esprit.

CHAPITRE III.

Il aprend que son poste n'est pas sans désagrement. De l'inquiétude que lui cause cette nouvelle, & de la conduite qu'elle l'oblige à tenir.

J'Eus grand soin, en entrant, d'apprendre au Traiteur que j'étois un Secretaire du premier Ministre ; & en cette qualité, je ne sçavois que lui ordonner de m'aprêter pour mon dîner. J'avois peur de demander quelque chose qui sentit l'épargne, & je lui dis de me donner ce qu'il lui plairoit. Il me regala bien, & l'on me servit avec des marques de consideration qui me faisoient encore plus de plaisir que la bonne chere. Quand il fut question de payer, je jettai sur la table une Pistole, dont j'abandonnai aux Valets un quart pour le moins qu'il y avoit de reste à me rendre. Après quoi, je sortis de chez le Traitteur en faisant des écarts de poitrine comme un jeune homme fort content de sa personne.

Il y avoit à vingt pas de-là un grand

Hôtel garni où logeoient d'ordinaire des
Seigneurs étrangers. J'y loüai un appartement de cinq ou six pieces bien meublées. Il sembloit que j'eusse déja deux
ou trois mille ducats de rente. Je donnai même le premier mois d'avance. A-
près cela, je retournai au travail, & je
m'occupai toute l'après dinée à continuer
ce que j'avois commencé le matin. Il y
avoit dans un cabinet voisin du mien
deux autres Secretaires. Mais ceux-ci ne
faisoient que mettre au net ce-que le
Duc leur portoit lui-même à copier. Je
fis connoissance avec eux dès ce soir-là
même en nous retirant ; & pour mieux
gagner leur amitié, je les entrainai chez
mon Traiteur, où j'ordonnai les meilleures viandes pour la saison avec les
vins les plus délicats.

Nous nous mimes à table, & nous
commançames à nous entretenir avec plus
de gayeté que d'esprit ; car pour rendre
justice à mes Convives, je m'aperçûs
bien-tôt qu'ils ne devoient pas à leur genie
les places qu'ils remplissoient dans leur
Bureau. Ils se connoissoient bien à la verité, en belles lettres rondes & bâtar-
des ; mais ils n'avoient pas la moindre
teinture de celles qu'on enseigne dans
les Universitez.

En récompense, ils entendoient à merveille leurs petits interêts. Et ils n'étoient
pas si ennivrez de l'honneur d'être chez
le premier Ministre, qu'ils ne se plaignif-
sent de leur condition. Il y a, disoit l'un,
déja cinq mois que nous exerçons nôtre Employ à nos dépens. Nous ne toû-
chons pas une obole ; & qui pis est, nos
appointemens ne sont point reglez. Nous
ne sçavons sur quel pied nous sommes.
Pour moi, disoit l'autre, je voudrois
avoir reçû vingt coups d'étrivieres pour
appointemens, & qu'on me laissât la liberté de prendre parti ailleurs ; car je
n'oserois me retirer de moi-même, ni
demander mon congé, après les choses
secretes que j'ai écrites. Je pourrois bien
aller voir la Tour de Ségovie, ou le
Château d'Alicante.

Comment faites vous donc pour vivre,
leur dis-je ? Vous avez du bien apparemment. Ils me répondirent qu'ils en
avoient fort peu, mais qu'heureusement pour eux, ils étoient Logez chez
une honnête Veuve qui leur faisoit crédit & les nourrissoit pour cent Pistoles chacun par année. Tous ces discours,
dont je ne perdis pas un mot, abbaisse-
rent dans le moment mes orgueilleuses
                                    fumées

fumée. Je me réprefentai qu'on n'auroit pas fans doute plus d'attention pour moi que pour les autres : que par conféquent je ne devois pas être fi charmé de mon pofte : qu'il étoit moins folide que je ne l'avois crû : & qu'enfin, je ne pouvois affez ménager ma bourfe. Ces réflexions me guérirent de la rage de dépenfer. Je commençai à me répentir d'avoir amené-là ces Secretaires, à fouhaiter la fin du répas ; & lorfqu'il falut compter, j'eus avec le Traiteur une difpute pour l'écot.

Nous nous féparames à minuit, mes confreres & moi, parce que je ne les preffai pas de boire davantage. Ils s'en allerent chez leur Veuve, & je me retirai à mon fuperbe Appartement, que j'enrageois alors d'avoir loüé, & que je me promettois bien de quitter à la fin du mois. J'eus beau me coucher dans un bon lit, mon inquietude en écarta le fommeil. Je paffai le refte de la nuit à rêver aux moyens de ne pas travailler pour le Roy généreufement. Je m'en tins là deffus aux confeils de Montefer. Je me levai dans la réfolution d'aller faire la révérence à Don Rodrigue de Calderone. J'étois dans une difpofition très-

Q

propre à paroître devant un homme si
fier : je sentois que j'avois besoin de lui.
Je me rendis donc chez ce Secretaire.

Son logement communiquoit à celui
du Duc de Lerme, & l'égaloit en magnificence. On auroit eu de la peine à dis-
tinguer par les ameublemens le Maître,
du Valet. Je me fis annoncer comme
Successeur de Don Valerio. Ce qui n'empêcha pas qu'on ne me fit attendre plus
d'une heure dans l'antichambre. Monsieur le nouveau Secretaire, me disois-je
pendant ce tems - là, prenez, s'il vous
plaît, patience. Vous croquerez bien le
marmot, avant que vous le fassiez cro-
quer aux autres.

On ouvrit pourtant la porte de la
chambre. J'entrai & m'avançai vers Don
Rodrigue, qui venant d'écrire un billet
doux à sa charmante Sirene, le donnoit
à Pedrille dans ce moment là. Je n'avois
pas paru devant l'Archevêque de Grenade, ni devant le Comte Galiano, ni
même devant le premier Ministre si
respectueusement que je me présentai
aux yeux du Seigneur de · Caledero-
ne. Je le saluai en baissant la tête
jusqu'à terre, & lui demandai sa protection dans des termes dont je ne puis me

souvenir sans honte, tant ils étoient pleins de soûmiſſion. Ma baſſeſſe auroit tourné contre moi dans l'eſprit d'un homme qui eût eu moins de fierté. Pour lui, il s'accommoda fort de mes maniéres rampantes, & me dit d'un air, même aſſez honnête, qu'il ne laiſſeroit échapper aucune occaſion de me faire plaiſir.

Là-deſſus, le remerciant, avec de grandes démonſtrations de zéle, des ſentimens favorables qu'il me marquoit, je lui voüai un éternel attachement. Enſuite, de peur de l'incommoder, je ſortis, en le priant de m'excuſer ſi je l'avois interrompu dans ſes importantes occupations. Si-tôt que j'eus fait une ſi indigne démarche, je gagnai mon Bureau où j'achevai l'ouvrage qu'on m'avoit chargé de faire. Le Duc ne manqua pas d'y venir dans la matinée. Il ne fut pas moins content de la fin de mon travail qu'il l'avoit été du commencement, & il me dit : voilà qui eſt bien. Ecris toi même, le mieux que tu pourras, cette hiſtoire abregée ſur le Regiſtre de Catalogne. Après quoi, tu prendras dans le Portefeüille un autre mémoire, que tu rédigeras de la même maniére. J'eus une aſſez longue converſation avec ſon Ex-

Q ij

cellence, dont l'air doux & familier me charmoit. Quelle difference il y avoit d'elle à Calderone. C'étoient deux figures bien contraftées.

Je dinai ce jour-là dans une Auberge où l'on mangeoit à jufte prix, & je refolus d'y aller tous les jours *incognitò*, jufqu'à ce que je viffe l'effet que mes complaifances & mes foupleffes produiroient. J'avois de l'argent pour trois mois tout au plus. Je me prefcrivis ce ce tems-là pour travailler aux dépens de qui il appartiendroit ; me propofant, les plus courtes folies étant les meilleures, d'abandonner après cela la Cour & fon clinquant, fi je ne recevois aucun falaire. Je fis donc ainfi mon plan. Je n'épargnai rien pendant deux mois pour plaire à Calderone : mais il me tint fi peu de compte de tout ce que je faifois pour y réüffir, que je defefperai d'en venir à bout. Je changeai de conduite à fon égard. Je ceffai de lui faire la cour ; Et je ne m'attachai plus qu'à mettre à profit les momens d'entretien que j'avois avec le Duc.

CHAPITRE IV.

Gil Blas gagne la faveur du Duc de Lerme, qui le rend dépositaire d'un secret important.

QUoyque Monseigneur ne fît, pour ainsi dire, que paroître & disparoître à mes yeux tous les jours, je ne laissai pas insensiblement de me rendre si agréable à son Excellence, qu'elle me dit une après-dinée : Ecoute, Gil-Blas, j'aime le caractere de ton esprit, & j'ai de la bienveillance pour toi. Tu es un Garçon zélé, fidélle, plein d'intelligence & de discretion ; Je ne crois pas mal placer ma confiance en la donnant à un pareil sujet. Je me jettai à ses genoux, lorsque j'eus entendu ces paroles, & après avoir baisé respectueusement une de ses mains qu'il me tendit pour me relever, je lui répondis : Est-il bien possible que vôtre Excellence daigne m'honorer d'une si grande faveur ? que vos bontez vont me faire d'ennemis secrets ! Mais il n'y a qu'un homme dont je rédoute la haine : C'est Don Rodrigue de Calderone.

Tu ne dois rien apprehender de ce cô-
té-là, reprit le Duc. Je connois Calderone. Il eſt attaché à moi depuis ſon
enfance. Je puis dire que ſes ſentimens
ſont ſi conformes aux miens, qu'il ché-
rit tout ce que j'aime, comme il hait
tout ce qui me déplaît. Au lieu de craindre qu'il n'ait de l'averſion pour toi, tu
dois au contraire compter ſur ſon amitié.
Je compris par-là que le Seigneur Don
Rodrigue étoit un fin matois ; qu'il s'étoit
emparé de l'eſprit de ſon Excellence &
que je ne pouvois trop garder de meſu-
res avec lui.

Pour commencer, pourſuivit le Duc,
à te mettre en poſſeſſion de ma confidence, je vais te découvrir un deſſein que
je médite. Il eſt néceſſaire que tu en ſois
inſtruit pour te bien acquitter des Commiſſions dont je prétends te charger dans
la ſuite. Il y a déja long tems que je
vois mon autorité generalement reſpectée,
mes déciſions aveuglément ſuivies, & que
je diſpoſe à mon gré des Charges, des
Emplois, des Gouvernemens, des Vice-
Royautez & des Bénéfices. Je regne, ſi
je l'oſe dire, en Eſpagne. Je ne puis
pouſſer ma fortune plus loin. Mais je voudrois la mettre à l'abri des tempêtes qui

commencent à la ménacer ; & pour cét effet, je fouhaiterois d'avoir pour Succeffeur au Miniftere le Comte de Lemos mon neveu.

Le Miniftre, en cét endroit de fon difcours, remarquant que j'étois extrémement furpris de ce que j'entendois, me dit : Je vois bien, Santillane, je vois bien ce qui t'étonne. Il te femble fort étrange que je préfere mon Neveu au Duc d'Uzede mon propre Fils. Mais apprends que ce dernier à le génie trop borné pour occuper ma place, & que d'ailleurs je fuis fon Ennemi. Il a trouvé le fecret de plaire au Roy, qui en veut faire fon favori ; Et c'eft ce que je ne puis fouffrir. La faveur d'un Souverain reffemble à la poffeffion d'une femme qu'on adore. C'eft un bonheur dont on eft fi jaloux, qu'on ne peut fe réfoudre à le partager avec un Rival, quelque uni qu'on foit avec lui par le fang ou par l'amitié.

Je te montre ici, continua-t-il, le fond de mon cœur. J'ai déja tenté de détruire le Duc d'Uzede dans l'efprit du Roy, & comme je n'ai pû en venir à bout, j'ai dffé une autre batterie. Je veux que le Comte de Lemos de fon côté s'infinuë

dans les bonnes graces du Prince d'Efpagne. Etant Gentil-Homme de fa chambre, il a occafion de lui parler à toute
heure ; & outre qu'il a de l'efprit, je
fçais un moyen feur de le faire réüffir
dans cette entreprife. Par ce ftratageme
j'oppoferai mon Neveu à mon Fils, Je
ferai naître entre ces Coufins une divi-
fion qui les obligera tous deux à rechercher mon apui ; & le befoin qu'ils au-
ront de moi me les rendra foûmis l'un
& l'autre. Voilà quel eft mon projet,
ajoûta t-il. Ton entremife ne m'y fera
pas inutile. C'eft toi que j'envoyerai
fecretement au Comte de Lemos & qui
me rapporteras de fa part tout ce qu'il
aura à me faire fçavoir.

Après cette confidence, que je regardai comme de l'argent comptant, je n'eus
plus d'inquiétude. Enfin, difois-je, me
voici fous la goutiere. Une pluye d'or va
tomber fur moi. Il eft impoffible que le
Confident d'un homme appellé par excellence le Grand Tambour de la Monarchie d'Efpagne, ne foit pas bien-tôt
comblé de richeffes. Plein d'une fi douce
efperance, je voyois d'un œil indifferent
ma pauvre bourfe tirer à fa fin.

CHAPITRE

CHAPITRE V.

Où l'on verra Gil Blas comblé de joye,
d'honneur, & de misere.

ON s'aperçut en peu de tems de l'affection que le Ministre avoit pour moi. Il affecta d'en donner des marques publiquement, en me chargeant de son Porte feüille, qu'il avoit coûtume de porter lui même, lorsqu'il alloit au Conseil. Cette nouveauté me faisant regarder comme un petit favori, excita l'envie de plusieurs Personnes & fut cause que je reçûs bien de l'eau bénite de cour. Mes deux Voisins les Secretaires ne furent pas des derniers à me complimenter sur ma prochaine grandeur, & ils m'inviterent à souper chez leur Veuve, moins par répresailles, que dans la veüe de m'engager à leur rendre service dans la suite. On me faisoit fête de toutes parts. Le fier Don Rodrigue même changea de manieres avec moi. Il ne m'appella plus que *Seigneur de Santillane,* lui qui jusqu'alors ne m'avoit traité que de *vous,* sans jamais se servir du terme

Tome I I I. R

de *Seigneurie*. Il m'accabloit de civilitez, sur-tout lorsqu'il jugeoit que nôtre Patron pouvoit le remarquer. Mais je vous assure qu'il n'avoit pas affaire à un sot. Je répondois à ses honnêtetez d'autant plus poliment, que j'avois plus de haine pour lui. Un vieux Courtisan ne s'en seroit pas mieux acquité que moi.

J'accompagnois aussi le Duc mon Seigneur lorsqu'il alloit chez le Roy, & il y alloit ordinairement trois fois le jour. Il entroit le matin dans la chambre de sa Majesté, lorsqu'elle étoit éveillée. Il se mettoit à genoux au chevet de son lit, l'entretenoit des choses qu'elle avoit à faire dans la journée, & lui dictoit celles qu'elle avoit à dire. Ensuite, il se retiroit. Il y retournoit aussi-tôt qu'elle avoit dîné, non pour lui parler d'affaires. Il ne lui tenoit alors que des discours réjoüissans. Il la régaloit de toutes les avantures plaisantes qui arrivoient dans Madrid & dont il étoit toûjours le premier instruit. Et, enfin, le soir, il revoyoit le Roy pour la troisiéme fois; lui rendoit compte, comme il lui plaisoit, de ce qu'il avoit fait ce jour-là, & lui demandoit, par maniére d'acquit, ses ordres pour le lendemain. Tandis qu'il étoit avec le Roy , je me tenois dans l'antichambre , où je voyois des Perſonnes de qualité , dévoüées à la faveur, rechercher ma converſation , & s'applaudir de ce que je voulois bien me prêter à la leur. Comment aurois-je pû après cela ne me pas croire un homme de conſequence. Il y a bien des Gens à la Cour qui ont , encore pour moins, cette opinion là d'eux.

Un jour , j'eus un plus grand ſujet de vanité: Le Roy à qui le Duc avoit parlé fort avantageuſement de mon ſtyle, fut curieux d'en voir un échantillon. Son Excellence me fit prendre le Regiſtre de Catalogne , me mena devant ce Monarque , & me dit de lire le premier mémoire que j'avois rédigé. Si la préſence du Prince me troubla d'abord, celle du Miniſtre me raſſura bien-tôt, & je fis la lecture de mon ouvrage , que Sa Majeſté n'entendit pas ſans plaiſir. Elle témoigna qu'elle étoit contente de moi , & recommanda même à ſon Miniſtre d'avoir ſoin de ma fortune. Cela ne diminua pas l'orgueil que j'avois deja ; & l'entretien que j'eus peu de jours après avec le Comte de Lemos , acheva de me remplir la tête d'ambitieuſes idées.

R ij

J'allai trouver ce Seigneur de la part
de fon oncle chez le Prince d'Efpagne,
& je lui préfentai une lettre de créance
par laquelle le Duc lui mandoit qu'il pouvoit s'ouvrir à moi comme à un homme
qui avoit une entiere connoiffance de
leur deffein, & qui étoit choifi pour être
leur Meffager commun. Après avoir lû
ce billet, le Comte me conduifit dans
une chambre où nous nous enfer-
mames tous deux ; Et là, il me tint ce
difcours : puifque vous avez la confiance
du Duc de Lerme, je ne doute pas que
vous ne la méritiez, & je ne dois faire
aucune difficulté de vous donner la mienne. Vous fçaurez donc que les chofes vont
le mieux du monde. Le Prince d'Efpagne
me diftingue de tous les Seigneurs qui
font attachez à fa perfonne & qui s'é-
tudient à lui plaire. J'ai eu ce matin
une converfation particuliere avec lui,
dans laquelle il m'a paru chagrin de fe
voir, par l'avarice du Roy, hors d'état
de fuivre les mouvemens de fon cœur
généreux, & même de faire une dépenfe
convenable à un Prince. Sur cela, je n'ai
pas manqué de le plaindre, & profitant
de ce moment là, j'ai promis de lui porter demain à fon levé mille Piftoles ;

en attendant de plus groffes fommes, que
je me fuis fait fort de lui fournir inceffam-
ment. Il a été charmé de ma promeffe &
je fuis bien feur de captiver fa bienveillance, fi je lui tiens parole. Allez dire
toutes ces circonftances à mon oncle, &
revenez m'apprendre ce foir ce qu'il penfe
là-deffus.

Je quittai le Comte de Lemos dès qu'il
m'eut parlé de cette forte, & je ré-
joignis le Duc de Lerme, qui fur mon
rapport envoya demander à Calderone
mille Piftoles, dont on me chargea le
foir, & que j'allai remettre au Comte,
en difant en moi même : ho, ho, je vois
bien à préfent quel eft l'infaillible moyen
qu'a le Miniftre pour réüffir dans fon entreprife; Il a parbleu raifon, & felon toutes les apparences, ces prodigalitez-là ne
le ruineront point. Je devine aifement
dans quels coffres il prend ces belles
Piftoles ; mais aprés tout, n'eft-il pas
jufte que ce foit le pere qui entretien-
ne le fils? Le Comte de Lemos lorfque
je me féparai de lui, me dit tout bas :
adieu, nôtre cher Confident. Le Prince
d'Efpagne aime un peu les Dames; il
faudra que nous ayons vous & moi, au
premier jour, une conference là-deffus.

R iij

Je prévois que j'aurai bien-tôt besoin de vôtre ministere. Je m'en retournai en rêvant à ces mots qui n'étoient nullement ambigus & qui meremplissoient de joye. Comment diable, disois-je, me voilà prêt à devenir le Mercure de l'heritier de la Monarchie ! Je n'examinois point si cela étoit bon ou mauvais ; la qualité du Galand étourdissoit ma morale. Quelle gloire pour moi d'être Ministre des plaisirs d'un Grand Prince ! Oh tout beau, Monsieur Gil Blas , me dira-t-on ! Il ne s'agissoit pour vous que d'être Ministre en Second. J'en demeure d'accord; mais dans le fond ces deux postes font autant d'honneur l'un que l'autre. Le profit seul en est different.

En m'acquittant de ces nobles Commissions : en me mettant de jour en jour plus avant dans les bonnes graces du premier Ministre : avec les plus belles esperances du monde : que j'eusse été heureux, si l'ambition m'eût préservé de la faim ! Il y avoit plus de deux mois que je m'étois défait de mon magnifique appartement , & que j'occupois une petite chambre garnie des plus modestes. Quoi que cela me fit de la peine, comme j'en sortois de bon matin & que je n'y rentrois que la nuit pour y coucher, je prenois patience. J'étois toute la journée sur mon théâtre, c'est à-dire, chez le Duc; j'y joüois un rôle de Seigneur. Mais quand j'étois retiré dans mon taudis, le Seigneur s'évanoüissoit, & il ne restoit que le pauvre Gil Blas, sans argent, & qui pis est sans avoir dequoi en faire. Outre que j'étois trop fier pour découvrir à quelqu'un mes besoins, je ne connoissois personne qui pût m'aider que Navarro, que j'avois trop négligé depuis que j'étois à la Cour, pour oser m'addresser à lui. J'avois été obligé de vendre mes hardes piece à piece. Je n'avois plus que celles dont je ne pouvois absolument me passer. Je n'allois plus à l'Auberge, faute d'avoir dequoi payer mon ordinaire. Que faisois-je donc pour subsister ? Tous les matins dans nos Bureaux on nous apportoit pour déjeuner un petit pain & un doigt de vin. C'étoit tout ce que le Ministre nous faisoit donner. Je ne mangeois que cela dans la journée, & le soir, le plus souvent, je me couchois sans souper.

Telle étoit la situation d'un homme qui brilloit à la Cour, & qui devoit y faire plus de pitié que d'envie. Je ne pus

néanmoins reſiſter à ma miſere, & je me
déterminai enfin à la découvrir finement
au Duc de Lerme, ſi j'en trouvois l'occaſion. Par bonheur, elle s'offrit à l'Eſcurial où le Roy & le Prince d'Eſpagne
allerent quelques jours après.

CHAPITRE VI.

Comment Gil Blas fit connoître ſa miſere au
Duc de Lerme, & de quelle façon
en uſa ce Miniſtre avec lui.

LOrſque le Roy étoit à l'Eſcurial, il
y défrayoit tout le monde ; de maniére que je ne ſentois point là où le
baſt me bleſſoit. Je couchois dans une
garderobe au-près de la chambre du Duc.
Ce Miniſtre un matin s'étant levé à ſon
ordinaire au point du jour, me fit prendre quelques papiers avec une écritoire,
& me dit de le ſuivre dans les jardins
du Palais. Nous allames nous aſſeoir ſous
des arbres où je me mis par ſon ordre
dans l'attitude d'un homme qui écrit ſur
la forme de ſon chapeau, & lui, il tenoit à la main un papier qu'il faiſoit ſem-

blant de lire. Nous paroiſſions de loin
occupez d'affaires fort ſerieuſes, & toutefois nous ne parlions que de bagatelles.

Il y avoit plus d'une heure que je ré-
joüiſſois ſon Excellence par toutes les ſail-
lies que mon humeur enjoüée me four-
niſſoit, quand deux Pies vinrent ſe poſer
ſur les arbres qui nous couvroient de leur
ombrage. Elles commencerent à caquet-
ter d'une façon ſi bruyante, qu'elles attirerent nôtre attention : Voilà des oiſeaux,
dit le Duc, qui ſemblent ſe quereller,
Je ſerois aſſez curieux de ſçavoir le ſujet
de leur querelle. Monſeigneur, lui dis je,
vôtre curioſité me fait ſouvenir d'une fable Indienne que j'ai luë dans Pilpay ou
dans un autre Autéur fabuliſte. Le Miniſtre me demanda quelle étoit cette fable,
& je la lui racontai dans ces termes.

Il regnoit autrefois dans la Perſe un
bon Monarque, qui n'ayant pas aſſez d'é-
tenduë d'eſprit pour gouverner lui-même
ſes Etats, en laiſſoit le ſoin à ſon Grand
Viſir. Ce Miniſtre nommé Atalmuc, avoit
un génie ſuperieur. Il ſoutenoit le poids de
cette vaſte Monarchie, ſans en être accablé. Il la maintenoit dans une paix profonde. Il avoit même l'art de rendre aimable

l'autorité Royale en la faisant respecter,
& les sujets avoient un pere affectionné
dans un Visir fidéle au Prince. Atalmuc
avoit parmi ses Secretaires un jeune Cachemirien, appellé Zéangir, qu'il aimoit
plus que les autres. Il prenoit plaisir à son
entretien, le menoit avec lui àla chasse, &
lui découvroit jusqu'à ses plus secretes
pensées. Un jour qu'ils chassoient ensemble
dans un bois, le Visir voyant deux Corbeaux qui croassoient sur un arbre, dit
à son Secretaire : Je voudrois bien sçavoir
ce que ces oiseaux se disent en leur langage. Seigneur, lui répondit le Cachemirien, vos souhaits peuvent s'accomplir.
Eh comment cela réprit Atalmuc ? C'est
répartit Zéangir, qu'un derviche Caba-
liste m'a enseigné la langue des oiseaux.
Si vous le souhaitez, j'écouterai ceux-ci,
& je vous répeterai mot pour mot tout
tout ce que je leur aurai entendu dire.

Le Visir y consentit. Le Cachemirien
s'approcha des Corbeaux & parut leur
prêter une oreille attentive. Aprés quoi,
revenant à son Maitre : Seigneur lui dit-
il, le croirez vous, nous faisons le sujet de
leur conversation. Cela n'est pas possible,
s'écria le Ministre Persan ! Eh que di-
sent-ils de nous ? Un des deux réprit le

Secretaire, à dit : Le voilà lui-même, ce
Grand Viſir Atalmuc. Cét Aigle Tutelaire
qui couvre de ſes aiſles la Perſe comme
ſon nid, & qui veille ſans ceſſe à ſa con-
ſervation. Pour ſe délaſſer de ſes penibles
travaux, il chaſſe dans ce bois avec ſon
fidele Zéangir. Que ce Secretaire eſt heureux de ſervir un Maître qui a mille
bontez pour lui! Doucement, a interrompu l'autre Corbeau, doucement. Ne
vante pas tant le bonheur de ce Cachemirien. Atalmuc, il eſt vrai, s'entretient
avec lui familierement, l'honore de ſa
confiance, & je ne doute pas même qu'il
n'ait deſſein de lui donner un Emploi conſiderable ; mais avant ce tems-là Zéangir
mourra de faim. Ce pauvre Diable eſt
logé dans une petite chambre garnie où
il manque des choſes les plus néceſſaires.
En un mot, il mene une vie miſerable, ſans qne Perſonne s'en aperçoive
à la Cour. Le Grand Viſir ne s'aviſe
pas de s'informer s'il eſt bien ou mal dans
ſes affaires, & content d'avoir pour lui
de bons ſentimens, il le laiſſe en proye
à la pauvreté.

Je ceſſai de parler en cét endroit pour
voir venir le Duc de Lerme ; qui me
demanda en ſouriant quelle impreſſion

cét apologue avoit faite fur l'efprit d'Atalmuc, & fi ce Grand Vifir ne s'étoit point offenfé de la hardieffe de fon Secretaire. Non, Monfeigneur, lui répondis-je un peu troublé de fa queftion; la fable dit au contraire qu'il le combla de bien-faits. Cela eft heureux, reprit le Duc d'un air ferieux. Il y a des Miniftres qui ne trouveroient pas bon qu'on leur fît des leçons. Mais, ajoûta-t-il en rompant l'entretien & en fe levant, je crois que le Roy ne tardera guere à fe réveiller. Mon devoir m'appelle auprès de lui. A ces mots, il marcha vers le Palais à grands pas, fans me parler davantage, & trés-mal affecté, à ce qu'il me fembloit, de ma fable Indienne.

Je le fuivis jufqu'à la porte de la chambre de Sa Majefté; Aprés quoi, j'allai remettre les papiers dont j'étois chargé à l'endroit où je les avois pris. J'entrai dans un cabinet où nos deux Secretaires Copiftes travailloient, car ils étoient auffi du voyage. Qu'avez vous, Seigneur de Santillane, dirent-ils en me voyant? Vous êtes bien émû. Vous feroit-il arrivé quelque defagréable accident.

J'étois trop plein du mauvais fuccés de mon Apologue, pour leur cacher ma douleur. Je leur fis le récit des chofes que j'avois dites au Duc, & ils fe montrerent fenfibles à la vive afliction dont je leur parus faifi. Vous avez fujet d'être chagrin, me dit l'un des deux. Puiffiez vous être mieux traité que ne le fut un Secretaire du Cardinal Spinofa. Ce Secretaire las de ne rien recevoir depuis quinze mois qu'il étoit occupé par fon Eminence, prit un jour la liberté de lui répréfenter fes befoins & de demander quelque argent pour vivre. Il eft jufte lui dit le Miniftre, que vous foyez payé. Tenez, pourfuivit-il, en lui mettant entre les mains une ordonnance de mille ducats, allez toucher cette fomme au Tréfor Royal; mais fouvenez vous en même tems que je vous remercie de vos fervices. Le Secretaire fe feroit confolé d'être congedié, s'il eut reçû fes mille ducats, & qu'on l'eut laiffé chercher de l'emploi ailleurs; mais en fortant de chez le Cardinal, il fut arrêté par un Alguafil & conduit à la Tour de Ségovie où il a été long-tems prifonnier.

Ce trait hiftorique redoubla ma frayeur. Je me crus perdu; & ne pouvant m'en confoler, je commençai à me réprocher mon impatience, comme fi je n'euffe pas

été assez patient. Hélas, disois-je, pourquoi faut-il que j'aye hazardé cette malheureuse fable qui a déplu au Ministre?
Il étoit peut-être sur le point de me tirer de mon état miserable. Peut-être
même allois-je faire une de ces fortunes subites qui étonnent tout le monde.
Que de richesses ! que d'honneurs m'é-
chappent par mon étourderie ! Je devois
bien faire réflexion qu'il y a des Grands
qui n'aiment pas qu'on les prévienne
& qui veulent qu'on reçoive d'eux comme des graces jusqu'aux moindres choses
qu'ils sont obligez de donner. Il eut
mieux valu continuer ma diètte sans en
rien témoigner au Duc, & me laisser même mourir de faim pour mettre tout le
tort de son côté.

Quand j'aurois encore conservé quelque esperance, mon Maître, que je vis
l'après-dinée, me l'eût fait perdre entiérement. Il fut fort serieux avec moi
contre son ordinaire, & ilne me parla point
du tout. Ce qui me causa le reste du
jour une inquiétude mortelle. Je ne passai
pas la nuit plus tranquillement. Le regret
de voir évanoüir mes agréables illusions,
& la crainte d'augmenter le nombre des
Prisonniers d'Etat, ne me permirent que

de foupirer & de faire des lamentations.

Le jour fuivant fut le jour de crife.
Le Duc me fit appeller le matin. J'entrai dans fa chambre plus tremblant qu'un
criminel qu'on va juger. Santillane, me
dit-il en me montrant un papier qu'il
avoit à la main, prens cette ordonnance. . . . Je fremis à ce mot d'ordonnance, & dis en moi-même : ô Ciel,
voici le Cardinal Spinofa ! La voiture eft
prête pour Ségovie. La frayeur qui me
faifit dans ce moment là fut telle, que
j'interrompis le Miniftre, & me jettant à
fes pieds : Monfeigneur, lui dis-je, tout
en pleurs, je fupplie très humblement
vôtre Excellence de me pardonner ma
hardieffe. C'eft la néceffité qui m'a forcé de vous aprendre ma mifere.

Le Duc ne put s'empécher de rire du
défordre où il me voyoit. Confole-toi,
Gil Blas, me répondit-il, & m'écoute.
Quoyqu'en me découvrant tes befoins ce
foit me reprocher de ne les avoir pas
prévenus, je ne t'en fçais point mauvais
gré, mon ami, Je me veux plûtôt du
mal à moi-même de ne t'avoir pas demandé comme tu vivois. Mais pour commencer à réparer cette faute d'attention

je te donne une ordonnance de quinze cens Ducats, qui te feront comptez à veüe au Tréfor Royal. Ce n'eft pas tout: je t'en promets autant chaque année, & de plus, quand des Perfonnes riches & généreufes te prieront de leur rendre fervice, je ne te défends pas de me parler en leur faveur.

Dans le raviffement où me jetterent ces paroles, je baifai les pieds du Miniftre, qui m'ayant commandé de me relever, continua de s'entretenir familierement avec moi. Je voulus de mon côté rappeller ma belle humeur ; mais je ne pus paffer fi tôt de la douleur à la joye. Je demeurai auffi troublé qu'un Malheureux qui entend crier grace au moment qu'il croit aller recevoir le coup de la mort. Mon Maître attribua toute mon agitation à la feule crainte de lui avoir deplu, quoyque la peur d'une prifon perpetuelle n'y eût pas moins de part. Il m'avoüa qu'il avoit affecté de me paroître refroidi, pour voir fi je ferois bien fenfible à ce changement ; qu'il jugeoit par-là de la vivacité de mon attachement à fa perfonne, & qu'il m'en aimoit davantage.

CHAPITRE

CHAPITRE VII.

Du bon usage qu'il fit de ses quinze cens
Ducats ; de la première affaire dont il se
mêla ; Et quel profit il lui en revint.

LE Roy, comme s'il eut voulu servir mon impatience, retourna dés le
lendemain à Madrid. Je volai d'abord
au Trésor Royal, où je touchai sur le
champ la somme contenuë dans mon
Ordonnance. Je n'écoutai plus alors que
mon ambition & ma vanité. J'abandonnai ma misérable chambre garnie aux
Secretaires qui ne sçavoient pas encore
la langue des Oiseaux, & je loüai pour
la seconde fois mon bel apartement,
qui par bonheur ne se trouva point occupé. J'envoyai chercher un fameux Tailleur qui habilloit presque tous les Petits Maîtres. Il prit ma mesure, & me
mena chez un Marchand où il leva cinq
aulnes de Draps qu'il falloit, disoit-il,
pour me faire un habit. Cinq aulnes pour
un habit à l'Espagnole ! Juste Ciel ! . . .
Mais n'épiloguons pas là-dessus. Les
Tailleurs qui sont en réputation en pren-

S

nent toûjours plus que les autres. J'a-
cherai enfuite du linge dont j'avois grand
befoin, des bas de foye, avec un caftor
bordé d'un point d'Efpagne.

Après cela, ne pouvant honnêtement
me paffer de Laquais, je priai Vincent
Forero mon hôte de m'en donner un de
fa main. La plûpart des Etrangers qui
venoient loger chez-lui, avoient coûtume en arrivant à Madrid, de prendre
à leur fervice des Valets Efpagnols. Ce
qui ne manquoit pas d'attirer dans cét
Hôtel tous les Laquais qui fe trouvoient
hors de condition. Le premier qui fe
prefenta étoit un Garçon d'une mine fi
douce & fi dévote, que je n'en voulus
point. Je crus voir Ambroife de Lamela.
Je n'aime pas, dis je à Forero, les Valets qui ont un air fi vertueux. J'y ai
été attrapé.

A peine eus-je éconduit ce Laquais,
que j'en vis arriver un autre. Celui-ci
paroiffoit fort éveillé, plus hardi qu'un
Page de Cour & avec cela un peu fripon. Il me plut. Je lui fis des queftions.
Il y répondit avec efprit. Je remarquai
même qu'il étoit intriguant. Je le regardai comme un fujet qui me conven oit
Je l'arrêtai. Je n'eus pas lieu de m'en ré

pentir. Je m'aperçûs même bien-tôt que j'avois fait une admirable acquisition. Comme le Duc m'avoit permis de lui parler en faveur des Personnes à qui je voudrois rendre service , & que j'étois dans le dessein de ne pas négliger cette permission , il me falloit un chien de chasse pour découvrir le Gibier, c'est-à-dire un Drole qui eût de l'industrie , & fut propre à déterrer & à m'amener des Gens qui auroient des graces à demander au premier Ministre. C'étoit justement le fort de Scipion. Ainsi se nommoit mon Laquais. Il sortoit de chez Dona Anna de Guevara, Nourrice du Prince d'Espagne, où il avoit bien exercé ce talent-là.

Aussi-tôt que je lui apris que j'avois du crédit, & que je serois bien-aise d'en profiter, il se mit en campagne , & dès le même jour il me dit : Seigneur , j'ai fait une assez bonne découverte. Il vient d'arriver à Madrid un jeune Gentil-homme Grenadin, appellé Don Roger de Rada. Il a eu une affaire d'honneur qui l'oblige à rechercher la protection du Duc de Lerme ; Et il est disposé à bien payer le plaisir qu'on lui fera. Je lui ai parlé. Il avoit envie de s'adresser à Don Rodrigue de Calderone, dont on lui a vanté le

pouvoir ; mais je l'en ai détourné, en lui
faisant entendre que ce Secretaire ven-
doit ses bons offices au poids de l'or, au
lieu que vous vous contentiez pour les
vôtres d'une honnête marque de récon-
noissance : Que vous feriez même les choses pour rien, si vous êtiez dans une situation qui vous permît de suivre vôtre inclination genereuse & desinteressée.
Enfin, je lui ai parlé de maniére que vous
verrez demain matin ce Gentil-homme
à vôtre levé. Comment donc, lui dis-
je, Monsieur Scipion, vous avez déja fait
bien de la besogne. Je m'aperçois que
vous n'êtes pas neuf en matiére d'intri-
gues. Je m'étonne que vous n'en soyez
pas plus riche. C'est ce qui ne doit pas
vous surprendre, me répondit-il ; J'aime
à faire circuler les especes. Je ne thé-
saurise point.

Don Roger de Rada vint effectivement
chez-moi. Je le reçûs avec une politesse
mélée de fiérté. Seigneur Cavalier, lui
dis-je, avant que je m'engage à vous servir, je veux sçavoir l'affaire d'honneur
qui vous amene à la Cour, car elle pourroit être telle, que je n'oserois parler pour
vous au premier Ministre. Faites m'en
donc, s'il vous plaît, un rapport fidele,

& foyez perfuadé que j'entrerai chaudement dans vos interêts, fi un Galant-
homme peut les époufer. Très-volontiers,
me répondit le jeune Grenadin, je vais
vous conter fincerement mon hiftoire. En
même tems, il m'en fit le récit de cette
forte.

CHAPITRE VIII.

Hiftoire de Don Roger de Rada.

DOn Anaftafio de Rada, Gentilhomme Grenadin, vivoit heureux dans
la ville d'Antequere avec Dona Eftepha-
nia fon époufe, qui joignoit à une vertu
folide un efprit doux & une extrême
beauté. Si elle aimoit tendrement fon
mari, elle en étoit aimée éperdument.
Il étoit de fon naturel fort porté à la
jaloufie, & quoiqu'il n'eût aucun fujet
de douter de la fidélité de fa femme, il
ne laiffoit pas d'avoir de l'inquiétude. Il
aprehendoit que quelque fécret Ennemi
de fon répos n'attentât à fon honneur. Il
fe défioit de tous fes Amis, excepté de
Don Huberto de Hordalés, qui venoit

librement dans fa maifon, en qualité de
Coufin d'Eftephanie, & qui étoit le feul
homme dont il dût fe défier.

Effectivement Don Huberto devint
amoureux de fa coufine, & ofa lui déclarer fon amour, fans avoir égard au fang
qui les uniffoit ni à l'amitié particuliére
que Don Anaftafio avoit pour lui. La
Dame, qui étoit prudente, au lieu de
faire un éclat qui auroit eu de fâcheufes
fuites, réprit fon parent avec douceur], lui
réprefenta jufqu'à quel point il étoit coupable de vouloir la féduire & deshonorer
fon mari, & lui dit fort ferieufement qu'il
ne devoit point fe flâter de l'efperance d'y
réüffir.

Cette moderation ne fervit qu'à enflammer davantage le Cavalier, qui s'i-
maginant qu'il falloit pouffer à bout une
femme de ce caractére là, commença d'a-
voir avec elle des maniéres peu refpec-
tueufes, & eut l'audace un jour de la
preffer de fatisfaire fes défirs. Elle le re-
pouffa d'un air févére & le menaça de
faire punir fa témerité par Don Anaftafio. Le Galand effrayé de la menace,
promit de ne plus parler d'amour, &
fur la foi de cette promeffe, Eftephanie
lui pardonna le paffé.

Don Huberto, qui naturellement étoit un trés-méchant homme, ne put voir sa passion si mal payée, sans concevoir une lâche envie de s'en venger. Il connoissoit Don Anastasio pour un jaloux susceptible de toutes les impressions qu'il voudroit lui donner. Il n'eut besoin que de cette connoissance pour former le dessein le plus noir dont un Scélerat puisse être capable. Un soir qu'il se promenoit seul avec ce foible époux, il lui dit de l'air du monde le plus triste : mon cher ami, je ne puis vivre plus long-tems sans vous révéler un secret que je n'aurois garde de vous découvrir, si vôtre honneur ne vous étoit pas plus cher que vôtre repos, mais vôtre délicatesse & la mienne en matiére d'offenses, ne me permettent pas de vous cacher ce qui se passe chez vous. Préparez-vous à entendre une nouvelle qui vous causera autant de douleur que de surprise. Je vais vous frapper par l'endroit le plus tendre.

Je vous entends, interrompit Don Anastasio déja tout troublé, vôtre cousine m'est infidelle. Je ne la réconnois plus pour ma cousine, réprit Hordalés d'un air emporté ; je la désavouë ; & elle est indigne de vous avoir pour mari. C'est trop

me faire languir , s'é cria Don Anaſtaſio.
Parlez. Qu'à fait Eſtephanie ? Elle vous
a trahi , répartit Don Huberto. Vous
avez un Rival qu'elle écoute en ſécret ,
mais que je ne puis vous nommer ; car
l'Adultere à la faveur d'une épaiſſe nuit
s'eſt dérobé aux yeux qui l'obſervoient.
Tout ce que je ſçais : c'eſt qu'on vous
trompe. C'eſt un fait dont je ſuis certain. L'interêt que je dois prendre à cette
affaire ne vous répond que trop de la vérité de mon rapport. Puiſque je me déclare contre Eſtephanie, il faut que je ſois
bien convaincu de ſon infidélité.

Il eſt inutile , continua-t-il en remarquant que ſes diſcours faiſoient l'effet
qu'il en attendoit , il eſt inutile de vous
en dire davantage. Je m'aperçois que
vous êtes indigné de l'ingratitude dont
on oſe payer vôtre amour ; & que vous
méditez une juſte vengeance. Je ne m'y
oppoſerai point. N'examinez pas quelle
eſt la victime que vous allez frapper.
Montrez à toute la Ville qu'il n'eſt rien
que vous ne puiſſiez immoler à vôtre
honneur.

Le traitre animoit ainſi un époux trop
crédule contre une femme innocente ; &
il lui peignit avec de ſi vives couleurs
l'infamie

l'infamie dont il demeureroit couvert, s'il laiſſoit l'affront impuni, qu'il le mit enfin en fureur. Voilà Don Anaſtaſio qui perd le jugement. Il ſemble que les Furies l'agitent. Il retourne chez lui dans la réſolution de poignarder ſa malheureuſe épouſe. Elle étoit prête à ſe mettre au lit, quand il arriva. Il ſe contraignit d'abord & attendit que les Domeſtiques fuſſent retirez. Alors, ſans être retenu par la crainte de la colere celeſte, ni par le deshonneur qui alloit réjailir ſur une honnête famille, ni même par la pitié naturelle qu'il devoit avoir d'un enfant de ſix mois que ſa femme portoit dans ſes flancs, il s'approcha de ſa victime, & lui dit d'un ton furieux : il faut périr, miſerable ; tu n'as plus qu'un moment à vivre, que ma bonté te laiſſe pout prier le Ciel de te pardonner l'outrage que tu m'as fait. Je ne veux pas que tu perdes ton ame, comme tu as perdu ton honneur.

En diſant cela, il tira ſon poignard. Son action & ſon diſcours épouvanterent Eſtephanie, qui ſe jettant à ſes genoux, lui dit les mains jointes & toute éperduë: Qu'avez-vous, Seigneur ? Quel ſujet de mécontentement, ais-je eu le malheur de

Tom. III. T

vous donner pour vous porter à cette
extrémité? Pourquoi voulez vous arracher
la vie à vôtre épouse ? si vous la soup-
çonnez de ne vous être pas fidelle, vous
êtes dans l'erreur.

Non , non, réprit brusquement le
Jaloux : je ne suis que trop assuré de vôtre trahison. Les Personnes qui m'en
ont averti sont dignes de foi. Don Huberto. . . Ah Seigneur , interrompit-elle
avec précipitation ! vous devez vous défier de Don Huberto. Il est moins vôtre
ami que vous ne pensez. S'il vous a dit
quelque chose au desavantage de ma vertu , ne le croyez pas. Taisez-vous , infame
que vous êtes , repliqua Don Anastasio.
En voulant me prévenir contre Hordalés,
vous justifiez mes soupçons , au lieu de
les dissiper. Vous tâchez de me rendre
ce parent suspect , parce qu'il est instruit
de vôtre mauvaise conduite. Vous vou-
driez bien affoiblir son témoignage ;
mais cét artifice est inutile & redouble
l'envie que j'ai de vous punir. Mon cher
époux , réprit l'innocente Estephanie en
pleurant amerement . Craignez vôtre a-
veugle colere. Si vous en suivez les mouvemens, vous commettrez une action
dont vous ne pourrez-vous consoler ,

quand vous en aurés réconnu l'injuftice.
Au nom de Dieu, calmez vos tranfports.
Donnez-vous du moins le tems d'éclair-
cir vos foupçons. Vous rendrez plus de
Juftice à une femme qui n'a rien à fe
reprocher.

Tout autre que Don Anaftafio auroit
été toûché de ces paroles & encore plus
de l'affliction de la perfonne qui venoit de
les prononcer ; mais le cruel, loin d'en
paroitre attendri, dit à la Dame une
feconde fois de fe récommander promptement à Dieu ; & leva même le bras, pour
la fraper. Arrête, Barbare, lui cria-t elle. Si l'amour que tu as eu pour moi eft
entierement éteint : fi les marques de tendreffe que je t'ai prodiguées font effacées
de ton fouvenir: Si mes larmes ne fçau-
roient te détourner de ton exécrable deffein, refpecte donc ton propre fang. N'ar-
me pas ta main furieufe contre un Innocent qui n'a point encore vû la lumiere.
Tu ne peux dévenir fon bourreau, fans
offenfer le Ciel & la Terre. Pour moi,
je te pardonne ma mort ; mais, n'en doute pas, la fienne demandera juftice d'un
fi horrible forfait.

Quelque déterminé que fût Don Anaftafio à ne faire aucune attention à ce

que pourroit lui dire Eſtephanie, il ne
laiſſa pas d'être émû des images affreu-
ſes que ces derniers mots préſenterent à
ſon eſprit. Auſſi, comme s'il eut craint
que ſon émotion ne trahît ſon reſſentiment, il ſe hâta de profiter de la fureur
qui lui reſtoit & plongea ſon poignard
dans le côté droit de ſa femme. Elle
tomba dans le moment. Il la crut morte.
Il ſortit auſſi-tôt de ſa maiſon & diſparut d'Antequere.

Cependant cette épouſe infortunée fut
ſi étourdie du coup qu'elle avoit reçû,
qu'elle demeura quelques inſtans à terre
comme une perſonne ſans vie. Enſuite,
reprenant ſes eſprits, elle fit des plaintes
& des lamentations qui attirerent auprés
d'elle une vieille femme qui la ſervoit.
Dès que cette bonne Vieille vit ſa Maîtreſſe dans un ſi pitoyable état, elle pouſſa
des cris qui diſſiperent le ſomeil des autres Domeſtiques & même des plus proches Voiſins. La chambre fut bien-tôt
remplie de monde. On appella des Chirurgiens. Ils viſiterent la playe & n'en
eurent pas mauvaiſe opinion. Ils ne ſe
tromperent point dans leur conjecture.
Ils guerirent même en aſſez peu de tems
Eſtephanie, qui accoucha fort heureuſe-

ment d'un fils trois mois après cette cruelle avanture. Et c'eſt ce fils, Seigneur, Gil
Blas, que vous voyez en moi. Je ſuis le fruit
de ce triſte enfantement.

Quoyque la médiſance n'épargne guére
la vertu des femmes, elle reſpecta pourtant celle de ma mere; & cette ſcene
ſanglante ne paſſa dans la Ville que pour
le tranſport d'un mari jaloux. Il eſt vrai
que mon pere y étoit connu pour un homme violent & fort ſujet à prendre trop
facilement ombrage. Hordalés jugea bien
que ſa parente le ſoupçonnoit d'avoir
troublé par des fables l'eſprit de Don
Anaſtaſio, & ſatisfait de s'être du moins
à demi vengé d'elle, il ceſſa de la voir.
Depeur d'ennuyer Vôtre Seigneurie, je
ne m'étendrai point ſur l'éducation qu'on
m'a donnée. Je dirai ſeulement que ma
mere s'eſt principalement attachée à me
faire aprendre l'eſcrime, & que j'ai long-
tems fait des armes dans les plus célébres
Sales de Grenade & de Séville. Elle attendoit avec impatience que je fuſſe en
âge de meſurer mon épée à celle de Don
Huberto, pour m'inſtruire du ſujet qu'elle avoit de ſe plaindre de lui; & me
voyant, enfin, dans ma dix huitiéme année, elle m'en fit confidence; non ſans

T iij

répendre des pleurs abondamment, ni paroitre saisie d'une vive douleur. Quelle impression ne fait pas une mere en cét état sur un fils qui a du courage & du sentiment ? J'allai sur le champ trouver Hordalés. Je l'attirai dans un endroit écarté, où après un assez long combat, je le perçai de trois coups d'épée, & le jettai sur le carreau.

Don Huberto se sentant mortellement blessé, attacha sur moi ses derniers regards, & me dit : qu'il recevoit la mort que je lui donnois comme une juste punition du crime qu'il avoit commis contre l'honneur de ma mere. Il confessa que c'étoit pour se venger de ses rigueurs, qu'il s'étoit résolu à la perdre. Puis il expira en demandant pardon de sa faute au Ciel, à Don Anastasio, à Estephanie & à moi. Je ne jugeai point à propos de retourner au logis pour informer ma mere de cét évenement. J'en laissai le soin à la Renommée. Je passai les montagnes & me rendis à la Ville de Malaga, où je m'embarquai avec un Armateur qui sortoit du Port pour aller en course. Je lui parus ne pas manquer de cœur. Il consentit volontiers que je me joignisse aux enfans de bonne volonté qu'il avoit sur son bord.

Nous ne tardames guere à trouver une occasion de nous signaler. Nous rencontrames aux environs de l'Isle d'Albouran un Corsaire de Mellila qui retournoit vers les côtes d'Affrique avec un bâtiment Espagnol qu'il avoit pris à la hauteur de Cartagene, & qui étoit richement chargé. Nous attaquames vivement l'Affriquain, & nous nous rendimes maîtres de ses deux Vaisseaux, où il y avoit quatre-vingt Chrêtiens qu'il emmenoit esclaves en Barbarie. Alors profitant d'un vent qui s'éleva; & qui nous étoit favorable pour gagner la côte de Grenade; nous arrivames en peu de tems à Punta de Helena.

Comme nous demandions aux Esclaves que nous avions délivrez, de quel endroit ils étoient, je fis cette question à un homme de très-bonne mine & qui pouvoit bien avoir cinquante ans. Il me répondit en soupirant qu'il étoit d'Antequere. Je me sentis ému de sa réponse sans sçavoir pourquoi; & mon émotion dont il s'aperçût excita en lui un trouble que je remarquai. Je suis, lui dis-je vôtre concitoyen. Peut-on vous demander le nom de vôtre famille? Helas, me répondit-il, vous renouvellez m'a douleur en exigeant

de moi que je fatisfasse vôtre curiofité.
Il y a dix-huit années que j'ai quitté le
féjour d'Antequere, où l'on ne doit fe
fouvenir de moi qu'avec horreur. Vous
n'avez peut-être vous même que trop en
tendu parler de moi. Je me nomme Don
Anaftafio de Rada. Jufte Ciel, m'écriai-je!
Dois je croire ce que j'entends? quoi, ce feroit D. Anaftafio, ce feroit mon pere que je
verrois? Que dites vous, jeune homme, s'é-
criat-il à fon tour en me confiderant avec
furprife? feroit-il bien poffible que vous
fuffiez cét enfant malheureux qui étoit encore dans les flancs de fa mere, quand je
la facrifiai à ma fureur? Oüi, mon pere,
lui dis-je, c'eft moi que la vertueufe Eftephanie a mis au monde trois mois après
la nuit funefte où vous la laiffates noyée
dans fon fang.

Don Anaftafio n'attendit pas que j'euffe
achevé ces paroles, pour fe jetter à mon
coû. Il me ferra entre fes bras & nous ne
fimes pendant un quart d'heure que con-
fondre nos foupirs & nos larmes. Après
nous être abandonnez aux tendres mouvemens qu'une pareille réconnoiffance ne
pouvoit manquer d'exciter en nous, mon
pere leva les yeux au Ciel pour le remercier d'avoir fauvé Eftephanie, mais

un moment après , comme s'il eut craint de lui rendre graces mal-à-propos , il m'adreſſa la parole & me demanda de quelle maniere on avoit reconnu l'innocence de ſa femme. Seigneur , lui répondis-je , perſonne qne vous n'en a jamais douté. La conduite de vôtre épouſe a toûjours été ſans reproche. Il faut que je vous deſabuſe. Sçachez que c'eſt Don Huberto qui vous a trompé. En même tems , je lui contai toute la perfidie de ce parent : quelle vengence j'en avois tirée, & ce qu'il m'avoit avoüé en mourant.

Mon pere fut moins ſenſible au plaiſir d'avoir recouvré la liberté , qu'à celui d'entendre les nouvelles que je lui annonçois. Il recommença dans l'excès de la joye qui le tranſportoit à m'embraſſer tendrement. Il ne pouvoit ſe laſſer de me témoigner combien il étoit content de moi. Allons, mon fils , me dit-il , prenons vîte le chemin d'Antequere. Je brule d'impatience de me jetter aux pieds d'une épouſe que j'ai ſi indignement traitée. Depuis que vous m'avez fait connoître mon injuſtice , j'ai des remords qui me déchirent le cœur.

J'avois trop d'envie de raſſembler ces deux perſonnes qui m'étoint ſi cheres,pour

en retarder le doux moment. Je quittai
l'Armateur & de l'argent que je reçûs pour
ma part de la prise que nous avions faite,
j'achetai à Adra deux mules, mon pere
ne voulant plus s'exposer aux périls de la
mer. Il eut tout le loisir sur la route de
me raconter ses avantures qne j'écoutai a-
vec cette avide attention que prêta le
Prince d'Ithaque au recit de celles du Roy
son pere. Enfin, après plusieurs journées,
nous nous rendimes au bas de la monta-
gne la plus voisine d'Antequere, & nous
fimes halte en cét endroit. Comme nous
voulions arriver secretement au logis, nous
n'entrames dans la Ville qu'au milieu de
la nuit.

Je vous laisse à imaginer la surprise où
fut ma mere de revoir un mari qu'elle
croyoit avoir perdu pour jamais ; & la maniére, pour ainsi dire, miraculeuse dont
il lui étoit rendu, devenoit encore pour
elle un autre sujet d'étonnement. Il lui
demanda pardon de sa barbarie avec des
marques si vives de repentir, qu'elle ne
put se défendre d'en être touchée. Au lieu
de le regarder comme un assassin, elle ne
vit plus en lui qu'un homme a qui le Ciel
l'avoit soumise, tant le nom d'époux est
sacré pour une femme qui a de la vertu.

Estephanie avoit été si en peine de moi,
qu'elle fut charmée de mon retour. Elle
n'en ressentit pas toutefois une joye pure.
Une sœur de Hordalès procedoit criminel-
lement contre le meurtrier de son frere.
Elle me faisoit chercher par tout. De sorte que ma mere ne me voyant pas en seureté dans nôtre maison, n'étoit pas sans
inquiétude. Cela m'obligea dès cette nuit
là même de partir pour la Cour, où je
viens, Seigneur, solliciter ma grace, que
j'espere obtenir, puisque vous voulez bien
parler en ma faveur au premier Ministre
& m'appuyer de tout vôtre credit.

Le vaillant fils de Don Anastasio finit-
là son recit. Après quoi, je lui dis d'un
air important: c'est assez Seigneur Don
Roger, le cas me paroît graciable. Je me
charge de détailler vôtre affaire à son
Excellence, dont j'ose vous promettre la
protection. Le Grenadin sur cela se ré-
pendit en remercimens, qui ne m'auroient
fait qu'entrer par une oreille & sortir par
l'autre, s'il ne m'eut assuré que sa reconnoissance suivroit de prés le service que
je lui rendrois. Mais d'abord qu'il eut
toûché cette corde là, je me mis en
mouvement. Dès le jour même, je contai
cette histoire au Duc, qui m'ayant per-

mis de lui préfenter le cavalier, lui dit:
Don Roger, je fus inftruit de l'affaire
d'honneur qui vous a fait venir à la Cour.
Santillane m'en a dit toutes les circonftances. Ayez l'efprit tranquille. Vous n'a-
vez rien fait qui ne foit excufable, &
c'eft particulierement aux Gentils-Hommes qui vengent leur honneur offenfé. que
Sa Majefté aime a faire grace. Il faut pour
la forme vous mettre en prifon ; mais
foyez affuré que vous n'y demeurerez
pas long-tems. Vous avez dans Santillane
un bon ami qui fe chargera du refte. Il
hâtera vôtre élargiffement,

Don Roger fit une profonde reverence
au Miniftre, fur la parole duquel il alla
fe conftituer prifonnier. Ses lettres de
grace furent bien-tôt expediées par mes
foins. En moins de dix jours j'envoyai
ce nouveau Telémaque rejoindre fon U-
liffe & fa Pénélope ; au lieu que s'il n'eut
pas eu de Protecteur, il n'en auroit peut-
être pas été quitte pour une année de
prifon. Je ne tirai de cela que cent Piftoles. Ce n'étoit point là un grand coup
de filet; mais je n'étois pas encore un
Calderone pour méprifer les petits,

CHAPITRE. IX.

Par quels moyens Gil Blas fit en peu de
tems une fortune considerable ; Et des
grands airs qu'il se donna.

CEtte affaire me mit en goût, & dix
Pistoles que je donnai à Scipion
pour son droit de courtage, l'encoura-
gerent à faire de nouvelles recherches.
J'ai déja vanté ses talens là dessus. On
auroit pû l'appeller à juste titre le grand
Scipion. Il m'amena pour second Cha-
land un Imprimeur de livres de Chevalerie, qui s'étoit enrichi en dépit du bon
sens. Cét Imprimeur avoit contrefait un
ouvrage d'un de ses confreres, & son édition avoit été saisie. Pour trois cens
ducats, je lui fis avoir main levée de ses
exemplaires, & lui sauvai une grosse a-
mende. Quoique cela ne regardât point
le premier Ministre, son Excellence voulut bien à ma priere interposer son autorité. Après l'Imprimeur, il me passa par
les mains un Négociant, & voici dequoi
il s'agissoit : un Vaisseau-Portugais avoit
été pris par un Corsaire de Barbarie &

répris enfuite par un Armateur de Ca-
dix. Les deux tiers des Marchandifes
dont il étoit chargé appartenoient à un
Marchand de Lifbonne, qui les ayant
inutilement revendiquez, vénoit à la Cour
d'Efpagne chercher un Protecteur qui
eût affez de crédit pour les lui faire rendre. Je m'intereffai pour lui, & il ra-
trapa fes effets, moyennant la fomme de
quatre cens Piftoles dont il fit prefent à
la Protection.

Il me femble que j'entens un Lecteur
qui me crie en cét endroit : Courage, Monfieur de Santillane, mettez du
foin dans vos bottes. Vous êtes en beau
chemin. Pouffez vôtre fortune. Oh que
je n'y manquerai pas. Je vois, fi je ne
me trompe, arriver mon Valet avec un
nouveau *Quidam* qu'il vient d'accrocher.
Juftement, c'eft Scipion. Ecoûtons-le.
Seigneur, me dit il, fouffrez que je vous
préfente ce fameux Operateur. Il demande un privilege pour débiter fes drogues
pendant l'efpace de dix années dans toutes les Villes de la Monarchie d'Efpagne,
à l'exclufion de tous autres ; c'eft-à-dire,
qu'il foit défendu aux Perfonnes de fa
profeffion de s'établir dans les lieux où
il fera. Par réconnoiffance, il comptéra

deux cens Piftoles à celui qui lui remettra ledit privilege expedié. Je dis au Saltibanque en tranchant du Protecteur :
allez, mon ami, je ferai vôtre affaire. Veritablement, peu de jours aprés, je le
renvoyai avec des Patentes qui lui per-
mettoient de tromper le Peuple exclufive-
ment dans tous les Royaumes d'Efpagne.

Outre que je me fentois plus avide,
à mefure que je devenois plus riche, j'a-
vois obtenu de fon Excellence fi facilement les quatre graces dont je viens de
parler, que je ne balançai point à lui en
demander une cinquiéme. C'étoit le Gou
vernement de la Ville de Vera fur la côte
de Grenade, pour un Chevalier de Calatrave qui m'en offroit mille Piftoles.
Le Miniftre fe prit à rire en me voyant
fi âpre à la curée. Vive Dieu, ami Gil
Blas, me dit-il, comme vous y allez!
Vous aimez furieufement à obliger vôtre
prochain. Ecoutez, lorfqu'il ne fera queftion que de bagatelles, je n'y regarderai
pas de fi près ; mais quand vous voudrez
des Gouvernemens, ou d'autres chofes confidérables, vous vous contenterez s'il vous
plaît, de la moitié du profit. Vous me tien-
drez compte de l'autre. Vous ne fçauriez
vous imaginer, continua-t-il, la dé-

pense que je suis obligé de faire, ni combien de ressources il me faut pour soûtenir la dignité de mon Poste ; car malgré le desinteressement dont je me pare aux yeux du monde, je vous avoüe que je ne suis point assez imprudent pour vouloir déranger mes affaires domestiques. Reglez-vous sur cela.

Mon Maître par ce discours m'ôtant la crainte de l'importuner, ou plûtôt m'excitant à retourner souvent à la charge, me rendit encore plus affamé de richesses que je ne l'étois auparavant. J'aurois alors volontiers fait afficher que tous ceux qui souhaitoient d'obtenir des graces de la Cour n'avoient qu'à s'adresser à moi. J'allois d'un côté, Scipion de l'autre. Je ne cherchois qu'à faire plaisir pour de l'argent. Mon Chevalier de Calatrave eut le Gouvernement de Vera pour ses mille Pistoles, & j'en fis bientôt accorder un autre pour le même prix à un Chevalier de Saint Jacques. Je ne me contentai pas de faire des Gouverneurs, je donnai des ordres de Chevaleries, & convertis quelques bons Roturiers en mauvais Gentils-Hommes par d'excellentes lettres de Noblesse. Je voulus aussi que le Clergé se ressentît de mes bienfaits. Je conferai

conferai de petits Bénéfices, des Cano-
nicats, & quelques dignitez Ecclefiaftiques. A l'égard des Evêchez & des Ar-
chevêchez, c'étoit Don Rodrigue de Cal-
deronne qui en étoit le Collateur. Il
nommoit encore aux Magiftratures, aux
Commanderies & aux Viceroyautez. Ce
qui fuppofe que les grandes places n'é-
toient pas mieux remplies que les petites ; car les fujets que nous choififfions
pour occuper les Poftes dont nous faifions
un fi honnête trafic, n'étoient pas toûjours les plus habiles Gens du monde, ni
les plus reglez. Nous fçavions bien que
dans Madrid les Railleurs s'égayoient là-
deffus à nos dépens ; mais nous reffem-
blions aux Avares qui fe confolent des
huées du Peuple en revoyant leur or.

Ifocrate a raifon d'appeller l'intemperence & la folie les compagnes infepa-
rables des Riches. Quand je me vis Maître de trente mille Ducats, & en état
d'en gagner peut-être dix fois autant, je
crus devoir faire une figure digne d'un
confident de premier Miniftre. Je loüai
un Hôtel entier que je fis meubler proprement. J'achetai le Caroffe d'un *Efcri-
vano* qui fe l'étoit donné par oftentation
& qui cherchoit à s'en défaire par le con-

V

feil de fon Boulanger. Je pris un Cocher, trois Laquais, & comme il eft jufte d'avancer fes anciens Domeftiques, j'élevai Scipion au triple honneur d'être mon Valet de Chambre, mon Secretaire & mon Intendant. Mais ce qui mit le comble à mon orgüeil, c'eft que le Miniftre trouva bon que mes Gens portaffent fa livrée. J'en perdis ce qui me reftoit de jugement. Je n'étois guére moins fou que les Difciples de Porcius Latro, qui, lors qu'à force d'avoir bû du Cumin, ils s'étoient rendus pafles comme leur Maître, s'imaginoient être auffi fçavans que lui; peu s'en falloit que je ne me cruffe parent du Duc de Lerme. Je me mis dumoins dans la tête que je pafferois pour tel, ou peut-être pour un de fes Bâtards. Ce qui me flatoit infiniment.

Ajoutez à cela qu'à l'exemple de fon Excellence qui tenoit table ouverte, je réfolus de donner à manger. Pour cét effet, je chargeai Scipion de me déterrer un habile Cuifinier, & il m'en trouva un qui étoit comparable peut-être à celui de Nomentanus de friande mémoire. Je remplis ma cave de Vins délicieux, & après avoir fait mes autres provifions, je commençai à recevoir compagnie. Il ve-

noit fouper chez moi tous les foirs quel-
ques-uns des principaux Commis des Bureaux du miniftere, qui prenoient fierement la qualité de Secretaires d'Etat. Je
leur faifois très bonne chere & les ren-
voyois toujours bien abrevez. De fon côté, Scipion, car tel Maître, tel Valet,
avoit auffi fa table dans l'Office où il
regaloit à mes dépens les Perfonnes de
fa connoiffance. Mais outre que j'aimois
ce Garçon là, comme il contribuoit à me
faire gagner du bien, il me paroiffoit en
droit de m'aider à le dépenfer. D'ailleurs,
je regardois ces diffipations en jeune Homme, je ne voyois pas le tort qu'elles me
faifoient. Une autre raifon encor m'empêchoit d'y prendre garde : Les Bénéfices
& les Emplois ne ceffoient pas de faire
venir l'eau au moulin. Je voyois mes Fi-
nances augmenter de jour en jour. Je
m'imaginai pour le coup avoir attaché
un clou à la roüe de la Fortune.

Il ne manquoit plus à ma vanité que
de rendre Fabrice témoin de ma vie fa-
ftueufe. Je ne doutois pas qu'il ne fût de
retour d'Andaloufie, & pour me donner
le plaifir de le furprendre, je lui fis tenir
un billet anonime par lequel je lui man-
dois qu'un Seigneur Sicilien de fes amis

l'attendoit à fouper. Je lui marquois le jour, l'heure & le lieu où il falloit qu'il fe trouvât. Le rendez-vous étoit chez moi, Núnez y vint, & fut extraordinairement étonné d'apprendre que j'étois le Seigneur Etranger qui l'avoit invité à fouper. Oüi, lui dis-je, mon ami, je fuis le Maître de cét Hôtel. J'ai un équipage, une bonne table, & de plus, un coffrefort. Eft il poffible, s'écria-t-il avec vivacité, que je te retrouve dans l'opulence ? Que je me fçais bon gré de t'avoir placé auprés du Comte Galiano ! Je te difois bien que c'étoit un Seigneur généreux & qu'il ne tarderoit guére à te mettre à ton aife. Tu auras fans doute, ajoûta-t-il, fuivi le fage confeil que je t'avois donné de lâcher un peu la bride au Maître d'Hôtel. Je t'en felicite. Ce n'eft qu'en tenant cette prudente conduite que les Intendans deviennent fi gras dans les grandes Maifons.

Je laiffai Fabrice s'applaudir tant qu'il lui plût de m'avoir mis chez le Comte Galiano. Aprés quoi, pour moderer la joye qu'il fentoit de m'avoir procuré un fi bon Pofte, je lui détaillai les marques de reconnoiffance dont ce Seigneur avoit payé mes Services. Mais m'appercevant que mon Poëte, pendant que je lui faifois

ce détail, chantoit en lui-même la Pali-
nodie, je lui dis ; je pardonne au Silicien
son ingratitude. Entre-nous, j'ai plûtôt
sujet de m'en loüer que de m'en plaindre. Si le Comte n'en eût pas mal usé
avec moi, je l'aurois suivi en Sicile ; où
je le servirois encore dans l'attente d'un
établissement incertain. En un mot, je ne
serois pas confident du Duc de Lerme.

Nûnez fut si vivement frappé de ces
derniers mots, qu'il demeura quelques
instans sans pouvoir proferer une parole.
Puis rompant tout à coup le silence : l'ais-
je bien entendu, me dit-il ? Quoi, vous
avez la confiance du premier Ministre ? Je
la partage, lui répondis-je, avec Don Rodrigue de Calderone ; & selon toutes les
aparences, j'irai loin. En verité, Seigneur
de Santillane, repliqua t il, je vous admire. Vous êtes capable de remplir toute
sorte d'emplois. Que de talens ! vous a-
vez, pour me servir d'une expression de
nôtre Tripot, vous avez *l'outil universel.*
C'est-à dire, vous êtes propre à tout. Au
reste, Seigneur, poursuivit-il, je suis ravi de la prosperité de vôtre Seigneurie.
Oh que diable, interrompis je, Monsieur
Nûnez, treve de Seigneur & de Seigneurie. Bannissons ces termes-là & vivons toû-

jours enſemble familierement. Tu as raiſon , reprit-il ; je ne dois pas te regarder
d'un autre œil qu'à l'ordinaire, quoyque
tu ſois devenu riche. Je t'avoüerai ma
foibleſſe; en m'annonçant ton heureux ſort,
tu m'as ébloui; mais mon éblouiſſement
ſe paſſe & je ne vois plus en toi que mon
ami Gil Blas.

Nôtre entretien fut troublé par quatre
ou cinq Commis qui arriverent : Meſſieurs , leur dis-je en leur montrant Núnez , vous ſouperez avec le Seigneur Don
Fabricio , qui fait des vers dignes du Roy
Numa , * & qui écrit en proſe comme on
n'écrit point. Par malheur je parlois à des
Gens qui faiſoient ſi peu de cas de la Poë-
ſie, que le Poëte en pâtit. A peine daig-
nerent-ils jetter ſur lui les yeux. Il eût
beau pour s'attirer leur attention , dire des
choſes très - ſpirituelles , ils ne les ſenti-
rent pas. Il en fut ſi piqué, qu'il prit une
licence poëtique. Il s'échappa ſubtilement
de la Compagnie & diſparut. Nos Commis ne s'apperçûrent pas de ſa retraite, &
ſe mirent à table, ſans même s'informer
de ce qu'il étoit devenu.

* *Les vers obſcurs que chantoient les Prêtres*
Saliens dans leurs proceſſions avoient été compo-
ſez par Numa.

Comme j'achevois de m'habiller le lendemain matin & me difpofois à fortir,
le Poëte des Afturies entra dans ma chambre: Je te demande pardon, mon ami, me
dit-il, fi j'ai hier au foir rompu en vi-
fiere à tes Commis; mais, franchement, je me fuis trouvé parmi eux fi dé-
placé, que je n'ai pû y tenir. Les faftidieux
Perfonnages avec leur air fuffifant & em-
pezé! Je ne comprens pas comment, toi,
qui as l'efprit délié, tu peux t'accommoder
de Convives fi lourds. Je veux dès aujourd'hui, ajoûta il, t'en amener de plus
legers. Tu me feras plaifir, lui répondis je,
& je m'en fie à ton goût là-deffus. Tu as
raifon repliqua-t-il. Je te promets des gé-
nies fuperîeurs & des plus amufans· Je vais
de ce pas chez un Marchand de Liqueurs
où ils vont s'affembler dans un moment.
Je les retiendrai de peur qu'ils ne s'enga-
gent ailleurs; car c'eft à qui les aura à
diner ou à fouper, tant ils font réjoüif-
fans.

A ces paroles, il me quitta, & le foir,
à l'heure du fouper, il revint accompagné
feulement de fix Auteurs, qu'il me préfen-
ta, l'un après l'autre, en me faifant leur é-
loge. A l'entendre, ces beaux efprits fur-
paffoient ceux de la Grece & de l'Italie,

& leurs ouvrages, difoit - il, méritoient d'être imprimés en lettres d'or, Je reçûs ces Meſſieurs très poliment. J'affectai même de les combler d'honnêtetés ; car la nation des Auteurs eſt un peu vaine & glorieuſe. Quoyque je n'euſſe pas recom. mandé à Scipion d'avoir ſoin que l'abondance regnât dans ce répas, comme il ſçavoit quelle ſorte de Gens je devois ce jour-là regaler, il avoit fait renforcer les ſervices.

Enfin, nous nous mimes à table fort guayement. Mes Poëtes commencerent à s'entretenir d'eux-mêmes & à ſe loüer.Celui-ci d'un air fier citoit les grands Seigneurs & les femmes de qualité dont ſa Muſe faiſoit les délices. Celui là blamant le choix qu'une Academie de Gens de Lettres venoit de faire de deux ſujets, diſoit modeſtement que c'étoit lui qu'elle auroit dû choiſir. Il n'y avóit pas moins de préſomption dans les diſcours des autres. Au milieu du ſoupé, les voilà qui m'aſſaſſinent de Vers & de Proſe. Ils ſe mettent à réciter à la ronde chacun un morceau de ſes écrits. L'un debite un Sonnet, l'autre déclame une Scene tragique, & un autre lit la critique d'une Comedie. Un quatriéme voulant à ſon tour faire la

re la lecture d'une Ode d'Anacreon, tra-
duite en mauvais vers Espagnols, est interrompu par un de ses Confreres, qui lui dit
qu'il s'est servi d'un terme impropre. L'Auteur de la traduction n'en convient nullement. De-là naît une dispute, dans laquelle tous les beaux Esprits prennent parti. Les opinions sont partagées, les disputeurs s'échauffent, ils en viennent aux in-
vectives ; passe encore pour cela ; mais ces
furieux se levent de table, & se battent à
coups de poing. Fabrice, Scipion, mon Cocher, mes Laquais & moi, nous n'eumes
pas peu de peine à leur faire lâcher prise.
Lorsqu'ils se virent séparez, ils sortirent
de ma maison comme d'un Cabaret, sans
me faire la moindre excuse de leur impoli-
tesse.

Núnez, sur la parole de qui je m'étois
fait de ce repas une idée agréable, demeura fort étourdi de cette avanture : Hé
bien, lui dis-je, nôtre ami, me vanterez-
vous encore vos Convives ? par ma foi,
vous m'avez amené là de vilaines Gens.
Je m'en tiens à mes Commis. Ne me parlez plus d'Auteurs. Je n'ai garde, me répondit-il, de t'en présenter d'autres ; tu
viens de voir les plus raisonnables.

Tome III.   X

CHAPITRE X.

Les mœurs de Gil Blas se corrompent en-
tierement à la Cour. De la Commission
dont le chargea le Comte de Lemos, & de
l'intrigue dans laquelle ce Seigneur & lui
s'engagerent.

Lorsque je fus connu pour un homme
cheri du Duc de Lerme, j'eus bien-
tôt une Cour. Tous les matins mon antichambre se trouvoit pleine de monde,
& je donnois mes audiences à mon levé.
Il venoit chez moi deux sortes de Gens.
Les uns pour m'engager, en payant, à
demander des graces au Ministre ; & les
autres pour m'exciter par des supplications
à leur faire obtenir *gratis* ce qu'ils souhaitoient. Les premiers étoient seurs d'être é-
coutez & bien servis; à l'égard des seconds,
je m'en débarrassois sur le champ par des
défaites, ou bien je les amusois si long-tems
que je leur faisois perdre patience. Avant
que je fusse à la Cour, j'étois compatissant
& charitable de mon naturel ; mais on n'a
plus là de foiblesse humaine, & j'y devins
plus dur qu'un caillou. Je me guéris aussi

par consequent de ma sensibilité pour
mes amis. Je me dépoüillai de toute affection pour eux. La maniére dont j'en
usai avec Joseph Navarro dans une con-
joncture que je vais rapporter, en peut
faire foi.

Ce Navarro, à qui j'avois tant d'obligation, & qui pour tout dire en un mot,
étoit la cause premiere de ma fortune,
vint un jour chez-moi. Aprés m'avoir témoigné beaucoup d'amitié, ce qu'il avoit
coûtume de faire quand il me voyoit, me
pria de demander pour un de ses amis certain emploi au Duc de Lerme, en me disant
que le Cavalier pour lequel il me sollicitoit
étoit un Garçon fort aimable & d'un grand
mérite; mais qu'il avoit besoin d'un poste
pour subsister. Je ne doute pas, ajoûta Joseph, bon & obligeant comme je vous
connois, que vous ne soyez ravi de faire
plaisir à un honnête homme qui n'est pas
riche. Je suis sûr que vous me sçavez bon
gré de vous donner une occasion d'exercer
vôtre humeur bienfaisante. C'étoit me dire
nettement qu'on attendoit de moi ce service pour rien. Quoique cela ne fût guere de
mon goût, je ne laissai pas de paroître fort
disposé à faire ce qu'on desiroit. Je suis
charmé, répondis-je à Navarro, de pouvoir

vous marquer la vive reconnoiſſance que j'ay de tout ce que vous avez fait pour moi. Il ſuffit que vous vous interreſſiez pour quelqu'un ; Il n'en faut pas davantage pour me déterminer à le ſervir. Vôtre ami aura cet Emploi que vous ſouhaitez qu'il ait , comptez là deſſus , ce n'eſt plus vôtre affaire , c'eſt la mienne.

Sur cette aſſûrance Joſeph s'en alla très-ſatisfait ; neanmoins la perſonne qu'il m'a-voit tant recommandée n'eût pas le Poſte en queſtion. Je le fis accorder à un autre homme pour mille ducats que je mis dans mon coffre-fort. Je préferai cette ſomme aux remercimens que m'auroit fait mon chef d'office, à qui je dis d'un air mortifié quand nous nous revimes : ah mon cher Navarro , vous vous êtes aviſé trop tard de me parler. Calderone m'a prévenu ; Il a fait donner l'Emploi que vous ſçavez. Je ſuis au deſeſpoir de n'avoir pas une meil-leure nouvelle à vous apprendre.

Joſeph me crut de bonne foi , & nous nous quittames plus amis que jamais ; mais je crois qu'il découvrit bien-tôt la verité ; car il ne revint plus chez moi. J'en fus charmé. Outre que les ſervices qu'il m'a-voit rendus me péſoient, il me ſembloit que dans la paſſe où j'étois alors à la Cour, il ne me convenoit plus de frequenter des Maîtres-d'Hôtels.

Il y a long-tems que je n'ai parlé du Comte de Lemos. Venons préfentement à ce Seigneur. Je le voyois quelquefois. Je lui avois porté mille Piftoles, comme je l'ai dit ci-devant, & je lui en porta mille autres encore par ordre du Duc fon oncle, de l'argent que j'avois à fon Excellence. Le Comte de Lemos ce jour-là voulut avoir un long entretien avec moi. Il m'apprit qu'il étoit, enfin, parvenu à fon but, & qu'il poffedoit entierement les bonnes graces du Prince d'Efpagne, dont il étoit l'unique confident. Enfuite il me chargea d'une commiffion fort honorable & à laquelle il m'avoit deja préparé : Ami Santillane, me dit-il, c'eft maintenant qu'il faut agir. N'épargnez rien pour découvrir quelque jeune Beauté qui foit digne d'amufer ce Prince galant. Vous avez de l'efprit. Je ne vous en dis pas davantage. Allez, courez, cherchez ; & quand vous aurez fait une heureufe découverte, vous viendrez m'en avertir. Je promis au Comte de ne rien negliger pour bien m'acquiter de cet emploi, qui ne doit pas être fort difficile à exercer, puifqu'il y a tant de gens qui s'en mêlent.

Je n'avois pas un grand usage de ces sortes de recherches ; mais je ne doutois point que Scipion ne fût encore admirable pour cela. En arrivant au logis, je l'appellai & lui dis en particulier : mon enfant, j'ai une confidence importante à te faire ? Sçais-tu bien qu'au milieu des faveurs de la Fortune, je sens qu'il me manque quelque chose. Je devine aisement ce que c'est, interrompit-il, sans me donner le tems d'achever ce que je voulois lui dire, vous avez besoin d'une Nymphe agréable pour vous dissiper un peu & vous égayer. Et en effet il est étonnant que vous n'en ayez pas dans le Printemps de vos jours, pendant que de graves Barbons ne sçauroient s'en passer. J'admire ta pénétration, repris-je en souriant. Oüi, mon ami, c'est une Maîtresse qu'il me faut, & je veux l'avoir de ta main. Mais je t'avertis que je suis très-délicat sur la matiere. Je te demande une jolie personne qui n'ait pas de mauvaises mœurs. Ce que vous souhaitez, repartit Scipion, est un peu rare. Cependant nous sommes, Dieu-mercy, dans une ville où il y a de tout, & j'espere que j'aurai bientôt trouvé votre fait.

Veritablement trois jours après, il me

dit : j'ai découvert un Trefor. Une jeune
Dame nommée Catalina , de bonne famille & d'une beauté raviffante, demeure
fous la conduite de fa tante , dans une
petite maifon où elles vivent toutes deux
fort honnêtement de leur bien qui n'eft
pas confiderable. Elles font fervies par
une Soubrette que je connois , & qui
vient de m'affeurer que leur porte ,
quoique fermée à tout le monde, pourroit s'ouvrir à un Galand riche & libe-
ral , pourveu qu'il voulut bien , de peur
de fcandale , n'entrer chez elles que la
nuit & fans faire aucun éclat. Là deffus
je vous ai peint comme un Cavalier qui
meritoit de trouver l'huis ouvert , & j'ai
prié la Soubrette de vous propofer aux
deux Dames. Elle m'a promis de le faire
& de me rapporter demain matin la ré-
ponfe dans un endroit dont nous fommes
convenus. Cela eft bon , lui répondis-je ;
mais je crains que la Femme de Chambre
à qui tu viens de parler , ne t'en ait fait ac-
croire : non , non , repliqua-t il, ce n'eft
point à moi qu'on en donne à garder ; j'ay
déja interrogé les voifins , & je concluds de
tout ce qu'ils m'ont dit que la Señora Catalina eft une Danaé chez qui vous pourrez
aller faire le Jupiter à la faveur d'une grê-

X iiij

le de piſtoles que vous y laiſſerez tomber.

Tout prévenu que j'étois contre ces ſortes de bonnes fortunes , je me prêtai à
celle-là ; & comme la Femme de chambre
vint dire le jour ſuivant à Scipion qu'il ne
tiendroit qu'à moi d'être introduit dés ce
ſoir-là même dans la maiſon de ſes Maî-
treſſes , je m'y gliſſai entre onze heures &
minuit. La Soubrette me reçut ſans lumiere , & me prit par la main pour me conduire dans une Salle aſſez propre , où je trouvai les deux Dames galamment habillées,
& aſſiſes ſur des carreaux de ſatin. Auſſi-
tôt qu'elles m'apperçurent , elles ſe leve-
rent & me ſaluerent d'une maniere ſi noble
que je crûs voir deux perſonnes de qualité.
La Tante qu'on appelloit la Señora Mencia , quoique belle encore , ne s'attira pas
mon attention. Il eſt vrai qu'on ne pouvoit
regarder que la Niéce , qui me parut une
Déeſſe : à l'examiner pourtant à la rigueur,
on auroit pû dire que ce n'étoit pas une
beauté parfaite ; mais elle avoit des graces
avec un air piquant & voluptueux qui ne
permettoit gueres aux yeux des hommes
de remarquer ſes défauts.

Auſſi ſa vûë troubla mes ſens. J'oubliai
que je ne venois là que pour faire l'office
de Procureur , je parlai en mon propre &

privé nom , & tins tous les discours d'un
homme paſſionné. La petite fille à qui je
trouvai trois fois plus d'eſprit qu'elle n'en
avoit , tant elle me paroiſſoit gracieuſe ,
acheva de m'enchanter par ſes réponſes. Je
commençois à ne me plus poſſeder , lorſque la Tante pour moderer mes tranſports,
prit la parole & me dit : Seigneur de Santillane , je vais m'expliquer franchement
avec vous. Sur l'éloge qu'on m'a fait de
vôtre Seigneurie , je vous ai permis d'entrer chez moi , ſans affecter par des façons
de vous faire valoir cette faveur ; mais ne
penſez pas pour cela que vous en ſoïés plus
avancé ; j'ai juſqu'icy élevé ma Niéce dans
la retraite , & vous êtes, pour ainſi dire,
le premier Cavalier aux regards de qui je
l'expoſe. Si vous la jugez digne d'être vôtre Epouſe , je ſerai ravi qu'elle ait cet
honneur ; voyez ſi elle vous convient à ce
prix-là , vous ne l'aurez point à meilleur
marché.

Ce coup tiré à bout portant , effarou-
cha l'Amour qui m'alloit décocher une
fléche. Pour parler ſans métaphore, un mariage propoſé ſi crûment me fit rentrer en
moi-meme , je redevins tout à coup l'A-
gent fidele du Comte de Lemos , & changeant de ton , je répondis à la Señora

Mencia : Madame , vôtre franchise me plaît, & je veux l'imiter. Quelque figure que je fasse à la Cour , je ne vaux pas l'incomparable Catalina ; j'ay pour elle en main un parti plus brillant ; je luy destine le Prince d'Espagne. Il suffisoit de refuser ma Niéce , reprit la Tante froidement ; ce refus, ce me semble, étoit assez désobligeant ; il n'étoit pas necessaire de l'accompagner d'un trait railleur. Je ne raille point, Madame , m'écriai je , rien n'est plus serieux : j'ay ordre de chercher une personne qui merite d'être honorée des visites secretes du Prince d'Espagne, je la trouve dans vôtre maison, je vous marque à la craye.

La Señora Mencia fut fort étonnée d'entendre ces paroles, & je m'apperçûs qu'elles ne lui déplûrent point : neanmoins croyant devoir faire la reservée, elle me repliqua de cette maniere: Quand je prendrois au pied de la lettre ce que vous me dites, apprenez que je ne suis pas d'un caractere à m'applaudir de l'infame honneur de voir ma Niece Maîtresse d'un Prince. Ma vertu se révolte contre l'idée . . . . . Que vous êtes bonne , interrompis-je, avec vôtre vertu! vous pensez comme une sotte Bourgeoise. Vous moquez vous de

confiderer ces chofes-là dans un point de
vûë moral ? c'eft leur ôter tout ce qu'elles
ont de beau ; il faut les regarder d'un œil
charmé ; envifagez l'heritier de la Monarchie aux pieds de l'heureufe Catalina : re-
prefentez-vous qu'il l'adore & la comble
de prefens ; & fongez qu'il naîtra d'elle
peut être un Heros qui rendra le nom de
fa mere immortel avec le fien.

Quoique la Tante ne demandât pas
mieux que d'accepter ce que je propofois,
elle feignit de ne fçavoir à quoi fe réfoudre ; & Catalina, qui auroit déja voulu
tenir le Prince d'Efpagne, affecta une
grande indifference ; ce qui fut caufe que
je me mis fur nouveaux frais à preffer la
place, jufqu'à ce qu'enfin la Señora Mencia me voyant rebuté & prêt à lever le
fiege, battit la chamade, & nous dreffâ-
mes une capitulation qui contenoit les
deux articles fuivans: *primò*, Que fi le Prince d'Efpagne, fur le rapport qu'on lui feroit des agrémens de Catalina, prenoit feu
& fe déterminoit à luy faire une vifite
nocturne, j'aurois foin d'en informer les
Dames, comme auffi de la nuit qui feroit
choifie pour cet effet. *Secundò*, Que le
Prince ne pourroit s'introduire chez lefdi-
tes Dames qu'en galand ordinaire, & ac-

compagné seulement de moi & de son
Mercure en chef.

Après cette convention, la Tante & la
Niece me firent toutes les amitiez du monde, elles prirent avec moi un air de fami-
liarité, à la faveur duquel je hazardai
quelques accolades qui ne furent pas trop
mal reçûës ; & lorsque nous nous séparâ-
mes, elles m'embrasserent d'elles-mêmes
en me faisant toutes les caresses imaginables. C'est une chose merveilleuse que la
facilité avec laquelle il se forme une liaison
entre les courtiers de galanterie & les
femmes qui ont besoin d'eux. On auroit dit
en me voyant sortir de-là si favorisé, que
j'eusse été plus heureux que je ne l'étois.

Le Comte de Lemos sentit une extrême
joye, quand je lui annonçai que j'avois fait
une découverte telle qu'il la pouvoit desirer. Je lui parlai de Catalina dans des termes qui lui donnerent envie de la voir ; je
le menai chez elle la nuit suivante, & il
m'avoüa que j'avois fort bien rencontré. Il
dit aux Dames qu'il ne doutoit nullement
que le Prince d'Espagne ne fût fort satisfait de la Maîtresse que je lui avois choisie,
& qu'elle de son côté auroit sujet d'être
contente d'un tel Amant : que ce jeune
Prince étoit genereux, plein de douceur &

de bonté ; enfin il les affûra que dans quelques jours il le leur ameneroit de la façon
qu'elles le fouhaitoient, c'eft-à-dire , fans
fuite & fans bruit. Ce Seigneur prit là-
deffus congé d'elles , & je me retirai avec
lui : nous rejoignimes fon équipage dans
lequel nous étions venus tous deux, & qui
nous attendoit au bout de la ruë. Enfuite
il me conduifit à mon Hôtel en me chargeant d'inftruire le lendemain fon Oncle
de cette avanture ébauchée , & de le prier
de fa part de luy envoyer un millier de
piftoles pour la mettre à fin.

Je ne manquai pas le jour fuivant d'aller
rendre au Duc de Lerme un compte exact
de tout ce qui s'étoit paffé; je ne lui cachai
qu'une chofe : je ne lui parlai point de Scipion ; je me donnai pour l'auteur de la découverte de Catalina; car on fe fait honneur de tout auprès des Grands.

Je m'attirai par - là des complimens.
Monfieur Gil Blas, me dit le Miniftre d'un
air railleur , je fuis ravi qu'avec tous vos
autres talens, vous ayez encore celui de déterrer les beautez obligeantes ; quand j'en
voudrai quelqu'une , vous trouverez bon
que je m'adreffe à vous. Monfeigneur, luy
repondis-je fur le même ton , je vous remercie de la préference ; mais vous me

permettrez de vous dire que je me ferois
un scrupule de procurer ces sortes de plaisirs à vôtre Excellence. Il y a si long-tems
que le Seigneur Don Rodrigue est en possession de cet emploi-là, qu'il y auroit de
l'injustice à l'en dépoüiller. Le Duc sourit
de ma réponse, puis changeant de discours,
il me demanda si son Neveu n'avoit pas
besoin d'argent pour cette équipée. Pardonnez moy, lui dis-je, il vous prie de
lui envoyer mille pistoles. He bien, reprit
le Ministre, tu n'as qu'à les lui porter; dis-
lui qu'il ne les ménage point, & qu'il ap-
plaudisse à toutes les dépenses que le Prince souhaitera de faire.

CHAPITRE. XI.

*De la visite secrete & des presens que le
Prince d'Espagne fit à Catalina.*

J'Allai porter à l'heure même cinq
cens double-pistoles au Comte de Lemos. Vous ne pouviez venir plus à propos
me dit ce Seigneur. J'ai parlé au Prince.
Il a mordu à la grappe. Il brûle d'impatience de voir Catalina ; dès la nuit prochaine il veut se dérober secretement de son

Palais pour se rendre chez elle. C'est une chose resoluë. Nos mesures sont déja prises pour cela. Avertissez-en les Dames, & leur donnez l'argent que vous m'apportez; il est bon de leur faire connoître que ce n'est point un Amant ordinaire qu'elles ont à recevoir ; d'ailleurs les bienfaits des Princes doivent devancer leurs galanteries. Comme vous l'accompagnerez avec moi , poursuivit-il , ayez soin de vous trouver ce soir à son coucher. Il faudra de plus que vôtre carrosse , car je juge à propos de nous en servir , nous attende à minuit aux environs du Palais.

Je me rendis aussitôt chez les Dames. Je ne vis point Catalina. On me dit qu'elle reposoit. Je ne parlai qu'à la Señora Mencia : Madame , lui dis-je , excusez-moi de grace , si je parois dans vôtre maison pendant le jour ; mais je ne puis faire autrement; il faut bien que je vous avertisse que le Prince d'Espagne viendra chez vous cette nuit ; & voici , ajoutai-je , en lui mettant entre les mains un sac où étoient les especes, voici une offrande qu'il envoïe au Temple de Cythere pour s'en rendre les Divinitez favorables. Je ne vous ai pas, comme vous voyez , engagée dans une mauvaise affaire. Je vous en suis redevable,

répondit-elle , mais apprenez-moy, Seigneur de Santillane , fi le Prince aime la
Mufique. Il l'aime , repris-je , à la folie.
Rien ne le divertit tant qu'une belle voix
accompagnée d'un luth touché délicate-
ment. Tant mieux , s'écria-t-elle , toute
tranſportée de joye ; vous me char-
mez en difant cela ; car ma Niéce a un
gozier de Roſſignol , & jouë du luth à ravir. Elle danſe même parfaitement. Vive-
Dieu , m'écriai-je à mon tour , voilà bien
des perfections , ma Tante ! il n'en faut
pas tant à une fille pour faire fortune ; un
ſeul de ces talens lui ſuffit pour cela.

Ayant ainſi préparé les voyes , j'attendis l'heure du coucher du Prince. Lorſqu'elle fut arrivée , je donnai mes ordres à
mon Cocher , & je rejoignis le Comte de
Lemos, qui me dit que le Prince pour ſe
défaire plûtôt de tout le monde , alloit
feindre une legere indiſpofition , & même
ſe mettre au lit pour mieux perſuader qu'il
étoit malade : mais qu'il ſe releveroit une
heure après , & gagneroit par une porte
ſecrete un eſcalier dérobé qui conduiſoit
dans les Courts.

Lorſqu'il m'eut inſtruit de ce qu'ils a-
voient concerté tous deux , il me poſta
dans un endroit par où il m'aſſûra qu'ils
                                    paſſeroient

paſſeroient. J'y gardai ſi long-tems le mulet , que je commençai à croire que nô-tre Galand avoit pris un autre chemin , ou perdu l'envie de voir Catalina , comme ſi les Princes perdoient ces ſortes de fantai-ſies avant que de les avoir ſatisfaites. En-fin je m'imaginois qu'on m'avoit oublié , quand il parut deux hommes qui m'abor-derent. Les ayant reconnus pour ceux que j'attendois, je les menai à mon carroſſe , dans lequel ils monterent l'un & l'autre ; pour moy , je me mis auprès du Cocher , pour lui ſervir de guide , & je le fis arrêter à cinquante pas de chez les Dames. Je donnai la main au Prince d'Eſpagne & à ſon Compagnon pour les aider à deſcen-dre , & nous marchames vers la maiſon où nous voulions nous introduire. La por-te s'ouvrit à nôtre approche, & ſe referma dès que nous fumes entrez.

Nous nous trouvames d'abord dans les mêmes tenebres où je m'étois trouvé la premiere fois , quoiqu'on eût pourtant par diſtinction attaché une petite lampe à un mur , la lumiere qu'elle répandoit étoit ſi ſombre , que nous l'appercevions ſeule-ment ſans en être éclairez. Tout cela ne ſervoit qu'à rendre l'avanture plus agréa-ble à ſon Heros , qui fut vivement frappé

Y

de la vûë des Dames, lorſqu'elles le reçu-
rent dans la ſalle, où la clarté d'un grand
nombre de bougies compenſoit l'obſcuri-
té qui regnoit dans la Cour. La Tante &
la Niece étoient dans un deshabiller galant
où il y avoit une intelligence de coquette-
rie qui ne les laiſſoit pas regarder impunément. Nôtre Prince ſe ſeroit fort bien con-
tenté de la Señora Mencia, s'il n'eût pas
eû à choiſir, mais les charmes de la jeune
Catalina, comme de raiſon, eurent la préference.

Hé bien, mon Prince, lui dit le Comte
de Lemos, pouvions nous vous procurer
le plaiſir de voir deux perſonnes plus jolies?
Je les trouve toutes deux raviſſantes, répondit le Prince, & je n'ay garde de rem-
porter d'icy mon cœur, puiſqu'il n'échap-
peroit point à la Tante, ſi la Niéce le pouvoit manquer.

Aprés un compliment ſi gracieux pour
une Tante, il dit mille choſes flatteuſes à
Catalina, qui luy répondit très-ſpirituelle-
ment. Comme il eſt permis aux honnêtes
gens qui font le perſonnage que je faiſois
dans cette occaſion, de ſe mêler à l'entretien des Amans, pourvû que ce ſoit pour
attiſer le feu, je dis au galand que ſa Nymphe chantoit & joüoit du luth à merveille.

Il fut ravi d'apprendre qu'elle eût ces talens. Il la pressa de lui en montrer un échantillon. Elle se rendit de bonne grace à ses instances, prit un luth tout accordé, joüa quelques airs tendres & chanta d'une maniere si touchante, que le Prince se laissa tomber à ses genoux, tout transporté d'amour & de plaisir. Mais finissons là ce tableau, & disons seulement que dans la douce yvresse où l'Heritier de la Monarchie Espagnole étoit plongé, les heures s'écoulerent comme des momens, & qu'il nous fallut l'arracher de cette dangereuse maison, à cause du jour qui s'approchoit. Messieurs les Entrepreneurs le remenerent promptement au Palais & le remirent dans son appartement. Ils se retirerent ensuite chez eux, aussi contens de l'avoir appareillé avec une avanturiere, que s'ils eussent fait son mariage avec une Princesse.

Je contai le lendemain matin cette avanture au Duc de Lerme, car il vouloit tout sçavoir. Dans le tems que je lui en achevois le recit, le Comte de Lemos arriva & nous dit : le Prince d'Espagne est si occupé de Catalina, il a pris tant de goût pour elle, qu'il se propose de la voir souvent & de s'y attacher. Il voudroit luy envoyer aujourd'huy pour deux mille piftoles de pierreries, mais il n'a pas le fou. Il s'eft a-drefsé à moi : mon cher Lemos, m'a-t-il dit, il faut que vous me trouviez tout à l'heure cette fomme là. Je fçais bien que je vous incommode, que je vous épuife ; aufsi mon cœur vous en tient-il un grand compte ; & fi jamais je me vois en état de reconnoître d'une autre maniere que par le fentiment, tout ce que vous avez fait pour moy, vous ne vous repentirez point de m'avoir obligé. Mon Prince, lui ai-je répondu en le quittant fur le champ, j'ay des amis & du credit, je vais vous chercher ce que vous fouhaittez.

Il n'eft pas difficile de le fatisfaire, dit alors le Duc à fon Neveu. Santillane va vous porter cet argent, ou bien fi vous voulez, il achetera lui-même les pierreries ; car il s'y connoît parfaitement, & furtout en rubis. N'eft-il pas vrai, Gil Blas, ajoûta-t-il, en me regardant d'un air malin ? Que vous êtes malicieux, Monfeigneur, luy répondis je ! Je vois bien que vous avez envie de faire rire Monfieur le Comte à mes dépens. Cela ne manqua d'arriver. Le Neveu demanda quel myftere il y avoit là-deffous. Ce n'eft rien répliqua l'Oncle en riant : c'eft qu'un jour San-

tillane s'avifa de troquer un diamant contre un rubis, & que ce troc ne tourna ni à
fon honneur ni à fon profit.

J'aurois été trop heureux, fi le Miniftre
n'en eût pas dit davantage ; mais il prit la
peine de conter le tour que Camille & D.
Raphaël m'avoient joüé dans un Hôtel
garni, & de s'étendre particulierement fur
les circonftances les plus défagréables pour
moi. Son Excellence après s'être bien é-
gayée, m'ordonna d'accompagner le Comte de Lemos, qui me mena chez un Joyaillier, où nous choifimes des pierreries que
nous allames montrer au Prince d'Efpagne.
Après quoi elles me furent confiées pour
être remifes à Catalina. J'allai enfuite
prendre chez moi deux mille piftoles de
l'argent du Duc, pour payer le Marchand.

On ne doit pas demander fi la nuit fuivante je fus gracieufement reçû des Dames,
lorfque j'exhibai les prefens de mon am-
baffade, lefquels confiftoient en une belle
bague deftinée pour la Tante, & en une
paire de boucles d'oreilles avec les pen-
dans pour la Niéce. Charmées l'une &
l'autre de ces marques de l'amour & de la
generofité du Prince, elles fe mirent à
jafer comme deux comeres, & à me remercier de leur avoir procuré une fi bonne

connoiſſance. Elles s'oublierent dans l'ex-
cez de leur joye. Il leur échappa quelques
paroles qui me firent ſoupçonner que je
n'avois produit qu'une fripone au fils de
nôtre grand Monarque. Pour ſçavoir pré-
ciſément ſi j'avois fait ce beau chef-d'œuvre, je me retirai dans le deſſein d'avoir
un éclairciſſement avec Scipion.

CHAPITRE XII.

*Qui étoit Catalina. Embarras de Gil Blas,
ſon inquiétude & quelle précaution il fut
obligé de prendre pour ſe mettre l'eſprit
en repos.*

EN rentrant chez moi, j'entendis un
grand bruit. J'en demandai la cauſe.
On me dit que c'étoit Scipion qui ce ſoir-là
donnoit à ſouper à une demi-douzaine
de ſes amis. Ils chantoient à gorge dé-
ployée & faiſoient de longs éclats de rire.
Ce repas n'étoit aſſûrément pas le banquet
des ſept Sages.

Le Maître du feſtin averti de mon arrivée, dit à ſa Compagnie : Meſſieurs, ce
n'eſt rien, c'eſt le patron qui revient. Que
cela ne vous gêne pas. Continuez de vous

rejoüir. Je vais lui dire deux mots. Je vous
rejoindrai dans un moment. A ces mots il
vint me trouver : Quel tintamare, lui dis-
je ? quelle sorte de personnes regalez vous
donc là bas ? Sont-ce des Poëtes ? non pas
s'il vous plaît, me répondit-il. Ce seroit
dommage de donner vôtre vin à boire à
ces gens là. J'en fais un meilleur usage.
Il y a parmi mes convives un jeune homme
très-riche, qui veut obtenir un emploi par
vôtre credit & pour son argent. C'est pour
lui que la feste se fait. A chaque coup qu'il
boit, j'augmente de dix pistoles le benefice
qui doit vous en revenir. Je veux le faire
boire jusqu'au jour. Sur ce pied là repris-
je, vas te remettre à table, & ne ménage
point le vin de ma cave.

Je ne jugeai point à propos de l'entretenir alors de Catalina ; mais le lendemain à
mon lever je lui parlai de cette sorte : Ami
Scipion, tu sçais de quelle maniere nous
vivons ensemble. Je te traite plûtôt en
camarade qu'en domestique. Tu aurois tort
par consequent de me tromper comme un
Maître. N'ayons donc point de secret l'un
pour l'autre : je vais t'apprendre une chose
qui te surprendra ; & toy de ton côté, tu
n e diras tout ce que tu penses des deux
femmes que tu m'as fait connoître. Entre

nous , je les foupçonne d'être deux matoi-
fes d'autant plus raffinées , qu'elles affec-
tent plus de fimplicité. Si je leur rends Juftice, le Prince d'Efpagne n'a pas grand fujet de fe loüer de moi, car je te l'avoüerai,
c'eft pour lui que je t'ai demandé une Maîtreffe. Je l'ai mené chez Catalina , & il en
eft devenu amoureux. Seigneur , me répondit Scipion , vous en ufez trop bien
avec moy pour que je manque de fincerité
avec vous. J'eus hier un tête à tête avec la
Suivante de ces deux Princeffes , elle m'a
conté leur Hiftoire qui m'a paru divertif-
fante. Je vais vous en faire fuccinctement
le recit.

Catalina , pourfuivit-il, eft fille d'un petit Gentil-homme Arragonnois. Se trouvant à quinze ans une orpheline auffi pauvre que jolie , elle écouta un vieux Commandeur, qui la conduifit à Tolede, où il
mourut au bout de fix mois , aprés lui avoir
plus fervi de pere que d'Epoux. Elle re-
cuëillit fa fucceffion, qui confiftoit en quelques nippes & en trois cens piftoles d'argent comptant ; puis elle fe joignit à la
Señora Mencia , qui étoit encore à la mo-
de , quoi qu'elle fut déja fur le retour. Ces
deux bonnes amies demeurerent enfemble
& commencerent à tenir une conduite dont

la

la Justice voulut prendre connoissance :
cela déplut aux Dames, qui de dépit aban-
donnerent brusquement Tolede, & vinrent s'établir à Madrid, où depuis environ
deux ans elles vivent sans fréquenter aucune Dame du voisinage. Mais écoutez le
meilleur : elles ont loüé deux petites mai-
sons séparées seulement par un mur. On
peut entrer de l'une dans l'autre par un escalier de communication qu'il y a dans les
caves. La Señora Mencia demeure avec
une jeune Soubrette dans l'une de ces mai-
sons, & la Doüairiere du Commandeur
occupe l'autre avec une vieille Duegne
qu'elle fait passer pour sa Grand'Mere. De
façon que nôtre Aragonnoise est tantôt
une Niéce élevée par sa Tante, & tantôt
une Pupille sous l'aîle de son Aïeule. Quand
elle fait la Niéce, elle s'appelle Catalina;
& lorsqu'elle fait la Petite-fille, elle se
nomme Sirena.

Au nom de Sirena, j'interrompis en pâ-
lissant Scipion. Que m'apprens-tu, lui
dis-je ? Helas, j'ai bien peur que cette
maudite Aragonnoise ne soit la Maîtresse
de Calderone. Hé vraiment, répondit il,
c'est elle-même. Je croyois vous réjoüir en
vous annonçant cette nouvelle. Tu n'y
penses pas, lui répliquai-je. Elle est plus

Tom. III. Z

propre à me caufer du chagrin que de la
joye ; n'en vois-tu pas bien les confequences ? Non , ma foi , repartit Scipion. Quel
malheur en peut-il arriver ? Il n'eft pas
fûr que Don Rodrigue découvre ce qui fe
paffe; Et fi vous craignez qu'il n'en foit inftruit , vous n'avez qu'à prévenir le Miniftre. Contez-lui la chofe tout naturellement. Il verra vôtre bonne foi ; & fi après
cela Calderone veut vous rendre de mauvais offices auprès de Son Excellence , elle
verra bien qu'il ne cherche à vous nuire
que par un efprit de vengeance.

Scipion m'ôta ma crainte par ce difcours.
Je fuivis fon confeil. J'avertis le Duc de
Lerme de cette fâcheufe découverte. J'affectai même de luy en faire le détail d'un
air trifte, pour lui perfuader que j'étois
mortifié d'avoir innocemment livré au
Prince la Maîtreffe de Don Rodrigue;mais
le Miniftre, loin de plaindre fon favori, en
fit des railleries. Enfuite , il me dit d'aller
toûjours mon train ; & qu'après tout , il é-
toit glorieux pour Calderone d'aimer la
même Dame que le Prince d'Efpagne , &
de n'en être pas plus maltraité que lui. Je
mis auffi au fait le Comte de Lemos, qui
m'affûra de fa protection, fi le premier Secretaire venoit à découvrir l'intrigue , &

entreprenoit de me perdre dans l'esprit du Duc.

Croïant avoir par cette manœuvre délivré le bateau de ma fortune du peril de s'ensabler, je ne craignis plus rien. J'accompagnai encore le Prince chez Catalina, autrement la belle Sirene, qui avoit l'art de trouver des défaites pour écarter de sa maison Don Rodrigue, & lui dérober les nuits qu'elle étoit obligée de donner à son illustre Rival.

CHAPITRE XIII.

Gil Blas continuë de faire le Seigneur. Il apprend des nouvelles de sa famille. Quelle impression elles font sur lui. Il se broüille avec Fabrice.

J'Ai déja dit que le matin il y avoit ordinairement dans mon Antichambre une foule de personnes qui venoient me faire des propositions; mais je ne voulois pas qu'on me les fit de vive voix; & suivant l'usage de la Cour ou plûtôt pour faire l'important, je disois à chaque Solliciteur: Donnez-moi un Memoire. Je m'étois si bien accoûtumé à cela, qu'un jour je ré-

pondis ces paroles au Proprietaire de mon
Hôtel, qui vint me faire souvenir que je
lui devois une année de loyer. Pour mon
Boucher & mon Boulanger, ils m'épargnoient la peine de leur demander des
memoires, tant ils étoient exacts à m'en
apporter tous les mois. Scipion, qui me
copioit si bien qu'on pouvoit dire que la
copie approchoit fort de l'original, n'en
usoit pas autrement avec les personnes qui
s'adressoient à lui pour le prier de m'engager à les servir.

J'avois encore un autre ridicule dont je
ne prétends point me faire grace : j'étois
assez fat pour parler des plus grands Seigneurs comme si j'eusse été un homme de
leur étoffe. Si j'avois, par exemple, à citer
le Duc d'Albe, le Duc d'Ossone, ou le Duc
de Medina Sidonia, je disois sans façon :
d'Albe, d'Ossone & Medina Sidonia. En
un mot, j'étois devenu si fier & si vain, que
je n'étois plus le fils de mon pere & de ma
mere. Helas, pauvre Duegne & pauvre
Écuyer, je ne m'imformois pas si vous vi-
viez heureux ou miserables dans les Asturies! Je ne songeois pas seulement à vous!
La Cour a la vertu du fleuve Lethé pour
nous faire oublier nos Parens & nos Amis,
quand ils sont dans une mauvaise situation.

Je ne me souvenois donc plus de ma famille, lorsqu'un matin il entra chez moi un
jeune homme qui me dit qu'il souhaitoit
de me parler un moment en particulier. Je
le fis passer dans mon cabinet , où sans lui
offrir une chaize, parce qu'il me paroissoit
un homme du commun, je lui demandai ce
qu'il me vouloit. Seigneur Gil Blas , me
dit-il , quoi, vous ne me remettez point ?
J'eus beau le considerer attentivement , je
fus obligé de lui repondre que ses traits
m'étoient tout-à-fait inconnus. Je suis , reprit-il , un de vos Compatriotes , natif
d'Oviedo même , & fils de Bertrand Mus-
cada l'épicier voisin de vôtre Oncle le
Chanoine. Je vous reconnois bien moi.
Nous avons joüé mille fois tous deux à la
* *Gallina-Ciega.*

Je n'ai, lui répondis-je qu'une idée très-
confuse des amusemens de mon enfance ;
les soins dont j'ai depuis été occupé m'en
ont fait perdre la mémoire. Je suis venu ,
dit-il , à Madrid pour compter avec le
Correspondant de mon Pere. J'ay entendu
parler de vous. On m'a dit que vous étiez
sur un bon pied à la Cour , & déja riche
comme un Juif. Je vous en fais mes com-

* *C'est le Jeu de Colin-Maillard.*

plimens ; & je vais à mon retour au Pays,
combler de joye vôtre famille en lui annonçant une ſi agréable nouvelle.

Je ne pouvois honnêtèment me diſpen-
ſer de lui demander dans quelle ſituation
il avoit laiſſé mon pere, ma mere & mon
Oncle ; mais je m'acquittai ſi froidement
de ce devoir, que je ne donnai pas ſujet à
mon Epicier d'admirer la force du ſang. Il
parut choqué de l'indifference que j'avois
pour des Perſonnes qui me devoient être ſi
cheres ; & comme c'étoit un Garçon franc
& groſſier : Je vous croïois, me dit il
crûment, plus de tendreſſe & de ſenſibili-
té pour vos proches. De quel air glacé
m'interrogez-vous ſur leur compte? apprenez que vôtre Pere & vôtre Mere ſont
toûjours dans le ſervice , & que le bon
Chanoine Gil Perès accablé de vieilleſſe &
d'infirmitez n'eſt pas éloigné de ſa fin. Il
faut avoir du naturel ; & puiſque vous êtes
en état de faire du bien à vos Parens , je
vous conſeille en ami de leur envoyer deux
cens piſtoles tous les ans. Par ce ſecours
vous leur procurerez une vie douce &
heureuſe , ſans vous incommoder.

Au lieu d'être touché de la peinture qu'il
me faiſoit de ma famille , je ne ſentis que
la liberté qu'il prenoit de me conſeiller

fans que je l'en priaffe. Avec plus d'adreffe peut-être m'auroit-il perfuadé ; mais il
ne fit que me revolter par fa franchife. Il
s'en apperçût bien au filence mécontent
que je gardai ; & continuant fon exhortation avec moins de charité que de malice,
il m'impatienta. Oh c'en eft trop, répondis-
je avec emportement ! Allez, Monfieur de
Mufcada, ne vous mêlez que de ce qui
vous regarde. Il vous convient bien de me
dicter mon devoir. Je fçais mieux que vous
ce que j'ai à faire dans cette occafion. En
achevant ces mots, je pouffai l'Epicier
hors de mon Cabinet, & le renvoyai à
Oviedo vendre du poivre & du Girofle.

Ce qu'il venoit de me dire ne laiffa pas
de s'offrir à mon efprit ; & me reprochant
moi-même que j'étois un fils dénaturé, je
m'attendris. Je rappellai les foins qu'on
avoit eus de mon enfance & de mon éducation. Je me reprefentai ce que je devois
à mes Parens ; & mes réfléxions furent ac-
compagnées de quelques tranfports de reconnoiffance, qui pourtant n'aboutirent à
rien. Mon ingratitude les étouffa bientôt
& leur fit fucceder un profond oubli. Il y
a bien des peres qui ont de pareils enfans.

L'avarice & l'ambition qui me poffe-
doient, changerent entierement mon hu-

meur. Je perdis toute ma gayeté. Je devins
diſtrait & rêveur: en un mot un ſot animal.
Fabrice me voyant tout occupé du ſoin de
ſacrifier à la Fortune & fort détaché de
lui, ne venoit plus chez moi que rarement.
Il ne put même s'empêcher de me dire un
jour : En verité, Gil Blas, je ne te reconnois plus. Avant qe tu fuſſes à la Cour,
tu avois toûjours l'eſprit tranquille. A pré-
ſent je te vois ſans ceſſe agité. Tu formes
projet ſur projet pour t'enrichir, & plus tu
amaſſes de bien, plus tu veux en amaſſer.
Outre cela, te le dirais-je ? Tu n'as plus
avec moi ces épanchemens de cœur, ces
manieres libres qui font le charme des liai-
ſons. Tout au contraire, tu t'enveloppes &
me caches le fonds de ton ame. Je remarque même de la contrainte dans les honnêtetez que tu me fais. Enfin, Gil Blas n'eſt
plus ce même Gil Blas que j'ai connu.

Tu plaiſantes ſans doute, lui répondis-
je d'un air aſſez froid. Je n'apperçois en
moi aucun changement. Ce n'eſt point à
tes yeux, repliqua-t-il, qu'on doit s'en
rapporter. Ils ſont faſcinez. Crois-moi, ta
metamorphoſe n'eſt que trop véritable.
En bonne foi, mon Ami, parle : Vivons-
nous enſemble comme autrefois ? Quand
j'allois le matin frapper à ta porte, tu ve-

nois m'ouvrir toy même, encore tout en-
dormi le plus souvent, & j'entrois dans ta
Chambre sans façon. Aujourd'huy, quelle
difference ! Tu as des Laquais. On me fait
attendre dans ton Antichambre, & il faut
qu'on m'annonce avant que je puisse te
parler. Après cela, comment me reçois-tu?
avec une politesse glacée, & en tranchant
du Seigneur. On diroit que mes visites
commencent à te peser. Penses-tu qu'une
pareille réception soit agréable à un homme qui t'a vû son camarade ? Non, Santillane, non. Elle ne me convient nullement. Adieu; séparons-nous à l'amiable.
Défaisons - nous tous deux; toi d'un Cen-
seur de tes actions, & moi, d'un nouveau
riche qui se méconnoît.

Je me sentis plus aigri que touché de
ses reproches, & je le laissai s'éloigner sans
faire le moindre effort pour le retenir.
Dans la situation où étoit mon esprit,
l'amitié d'un Poëte ne me paroissoit pas
une chose assez précieuse, pour devoir
m'affliger de sa perte. Je trouvois de quoi
m'en consoler dans le commerce de quelques petits Officiers du Roi, ausquels un
rapport d'humeur me lioit depuis peu é-
troitement. Ces nouvelles connoissances
étoient des hommes dont la plûpart ve-

noient de je ne fçais où & qu'une heureufe étoille avoit fait parvenir à leurs poftes.
Ils étoient déja tous à leur aife, & ces miferables n'attribuant qu'à leur merite les
bienfaits dont la bonté du Roy les avoit
comblez, s'oublioient de même que moi.
Nous nous imaginions être des perfonnages bien refpectables. O Fortune, voilà
comme tu difpenfes tes faveurs le plus fouvent. Le Stoïcien Epictete n'a pas tort de
te comparer à une fille de condition qui
s'abandonne à des valets.

Fin du huitiéme Livre.

HISTOIRE
DE
GIL BLAS
DE SANTILLANE
LIVRE NEUVIE'ME.

CHAPITRE I.

*Scipion veut marier Gil Blas, & lui propose
la Fille d'un riche & fameux Orfévre.
Des démarches qui se firent en consequence.*

N soir, après avoir renvoyé la
Compagnie qui étoit venu sou-
per chez moi, me voyant seul
avec Scipion, je lui demandai
ce qu'il avoit fait ce jour là. Un coup de

Maître, me répondit il. Je veux vous marier. Je vous ménage la fille unique d'un
Orfévre de ma connoissance.

La Fille d'un Orfévre, m'écriais-je d'un
air dédaigneux ! as tu perdu l'esprit ? peux
tu me propofer une Bourgeoise ? Quand on
a un certain mérite & qu'on est à la Cour
sur un certain pied, il me semble qu'on
doit avoir des vûës plus élevées. Eh, Monfieur, me repartit Scipion, ne le prenez
point sur ce ton-là. Songez que c'est le mâ-
le qui annoblit, & ne foyez pas plus délicat que mille Seigneurs que je pourrois
vous citer. Sçavez-vous bien que l'heritie-
re dont il s'agit est un parti de cent mille
ducats ? N'est-ce pas là un beau morceau
d'Orfévrerie ? Lorsque j'entendis parler
d'une fi groffe fomme, je devins plus trai-
table. Je me rends, dis-je à mon Secretaire, la dot me détermine. Quand veux-tu
me la faire toucher ? Doucement, Monfieur, me répondit il, un peu de patience.
Il faut auparavant que je communique la
chofe au Pere & que je la lui fasse agréer.
Bon, repris-je en éclatant de rire, tu en es
encore là ? voilà un Mariage bien avancé.
Beaucoup plus que vous ne penfez, repliqua-t-il. Je ne veux qu'une heure de converfation avec l'Orfévre, & je vous répons

de son consentement. Mais avant que nous allions plus loin, composons, s'il vous plaît. Supposé que je vous fasse donner cent mille ducats, combien m'en reviendra-t-il ? Vingt mille, luy repartis-je. Le Ciel en soit loüé, dit-il ! Je bornois vôtre reconnoissance à dix mille. Vous êtes une fois plus genereux que moi. Allons, j'entamerai dès demain cette négociation, & vous pouvez compter qu'elle réüssira, ou je ne suis qu'une bête.

Effectivement, deux jours après, il me dit : J'ai parlé au Seigneur Gabriel Salero, ainsi se nommoit mon Orfévre. Je lui ai tant vanté vôtre credit & vôtre mérite, qu'il a prêté l'oreille à la proposition que je lui ai faite de vous accepter pour Gendre. Vous aurez sa fille avec cent mille ducats, pourvû que vous lui fassiez voir clairement que vous possedez les bonnes graces du Ministre. Cela étant, dis-je alors à Scipion, je serai bientôt marié. Mais, à propos de la fille, l'as tu vuë ? Est-elle belle ? pas si belle que la dot, me répondit-il. Entre nous cette riche héritiere n'est pas une fort jolie personne. Par bonheur vous ne vous en souciez guere. Ma foi, non, lui repliquai-je, mon Enfant. Nous autres Gens de Cour, nous n'épousons que pour épouser seulement,

Nous ne cherchons la beauté que dans les femmes de nos Amis ; & si par hazard elle se trouve dans les nôtres , nous y faisons si peu d'attention , que c'est fort bien fait quand elles nous en punissent.

Ce n'est pas tout , reprit Scipion : le Seigneur Gabriel vous donne à souper ce soir. Nous sommes convenus que vous ne parlerez point de mariage. Il doit inviter plusieurs Marchands de ses Amis à ce repas, où vous vous trouverez comme un simple Convive,& demain il viendra souper chez vous de la même maniere. Vous voyez par-là que c'est un homme qui veut vous étudier avant que de passer outre. Il sera bon que vous vous observiez un peu devant lui. Oh parbleu , interrompis-je d'un air de confiance ; Qu'il m'examine tant qu'il lui plaira! Je ne puis que gagner à cet examen.

Cela s'executa de point en point. Je me fis conduire chez l'Orfévre , qui me reçut aussi familierement que si nous nous fussions deja vûs plusieurs fois. C'étoit un bon Bourgeois qui étoit comme nous disons, poli * *hasta porfiar*. Il me présenta la Señora Eugenia sa femme,& la jeune Gabrie-

* *Jusqu'à être fatiguant.*

la fa fille. Je leur fis force complimens,
fans contrevenir au traité. Je leur dis des
rien en fort beaux termes ; Des phrafes de
courtifan.

Gabriela, n'en déplaife à mon Secretaire, ne me parut pas defagréable, foit à
caufe qu'elle étoit extrêmement parée, foit
que je ne la regardaffe qu'au travers de la
dot. La bonne Maifon que celle du Seigneur Gabriel ! Il y a, je crois, moins
d'argent dans les mines du Perou, qu'il
n'y en avoit dans cette maifon là. Ce mé-
tal s'y offroit à la vûë de toutes parts fous
mille formes différentes. Chaque chambre, & particulierement celle où nous nous
mîmes à table, étoit un tréfor. Quel fpec-
tacle pour les yeux d'un Gendre ! Le Beau-
Pere, pour faire plus d'honneur à fon repas, avoit affemblé chez lui cinq ou fix
Marchands, tous perfonnages graves &
ennuyeux. Ils ne parlerent que de commerce, & l'on peut dire que leur converfation
fut plûtôt une conference de Négocians,
qu'un entretien d'Amis qui foupent enfemble.

Je régalai l'Orfévre à mon tour le lendemain au foir. Ne pouvant l'éblouïr par mon
argenterie, j'eus recours à une autre illu-
fion. J'invitai à fouper ceux de mes Amis

qui faisoient la plus belle figure à la Cour, & que je connoissois pour des Ambitieux, qui ne mettoient point de bornes à leurs desirs. Ces Gens-ci ne s'entretinrent que de grandeurs, que des postes brillans & lucratifs ausquels ils aspiroient. Ce qui fit son effet. Le Bourgeois Gabriel étourdi de leurs grandes idées, ne se sentoit, malgré tout son bien, qu'un petit mortel en comparaison de ces Messieurs. Pour moi, faisant l'homme moderé, je dis que je me contenterois d'une fortune médiocre, comme de vingt mille ducats de rente. Sur quoi ces affamez d'honneurs & de richesses s'écrierent que j'aurois tort, & qu'étant aimé autant que je l'étois du premier Ministre, je ne devois pas m'en tenir à si peu de chose. Le Beau-Pere ne perdit pas une de ces paroles, & je crus remarquer, quand il se retira, qu'il étoit fort satisfait.

Scipion ne manqua pas de l'aller voir le jour suivant dans la matinée, pour lui demander s'il étoit content de moi. J'en suis charmé, lui répondit le Bourgeois. Ce Garçon-là m'a gagné le cœur. Mais Seigneur Scipion, ajoûta-t-il, je vous conjure par nôtre ancienne connoissance de me parler sincerement. Nous avons tous nôtre foible, comme vous sçavez. Apprenez moi

nez-moi celui du Seigneur de Santillane.
Eſt-il Joüeur ? eſt-il galant? Quelle eſt ſon
inclination vicieuſe ? Ne me la cachez pas
je vous en prie. Vous m'offenſez, Seigneur Gabriel, en me faiſant cette queſtion, repartit l'Entremetteur. Je ſuis plus
dans vos interêts que dans ceux de mon
Maître. S'il avoit quelque mauvaiſe habitude qui fût capable de rendre vôtre fille
malheureuſe, eſt-ce que je vous l'aurois
propoſé pour gendre ? Non parbleu ! Je
ſuis trop vôtre ſerviteur. Mais entre nous,
je ne lui trouve point d'autre défaut que
celui de n'en avoir aucun. Il eſt trop ſage
pour un jeune homme. Tant mieux, reprit
l'Orfévre. Cela me fait plaiſir. Allez, mon
Ami ; vous pouvez l'aſſûrer qu'il aura ma
fille, & que je la lui donnerois, quand il
ne ſeroit pas cheri du Miniſtre.

Auſſitôt que mon Secretaire m'eut rap-
porté cet entretien, je courus chez Salero, pour le remercier de la diſpoſition favorable où il étoit pour moy. Il avoit déja
déclaré ſes volontez à ſa femme & à ſa fille, qui me firent connoître par la maniere
dont elles me reçûrent, qu'elles y étoient
ſoûmiſes ſans repugnance. Je menai le
Beau-Pere au Duc de Lerme, que j'avois
prévenu la veille, & je le luy préſentai.

A a

Son Excellence luy fit un accuëil des plus
gracieux , & lui témoigna de la joye de ce
qu'il avoit choifi pour Gendre un homme
qu'elle affectionnoit beaucoup , & prétendoit avancer. Elle s'étendit enfuite fur mes
bonnes qualitez, & dit enfin , tant de bien
de moi, que le bon Gabriel crut avoir rencontré dans maSeigneurie le meilleur parti
d'Efpagne pour fa fille. Il en étoit fi aife,
qu'il en avoit la larme à l'œil. Il me ferra
fortement entre fes bras lorfque nous nous
féparâmes,en me difant : mon fils, j'ay tant
d'impatience de vous voir l'Epoux de Ga-
briëla , que vous le ferez dans huit jours
tout au plus tard.

CHAPITRE II.

Par quel hazard Gil Blas fe reffouvint de
Don Alphonfe de Leyva , & du fervice
qu'il luy rendit par vanité.

L Aiffons-là mon mariage pour un moment. L'ordre de mon Hiftoire le demande , & veut que je raconte le fervice
que je rendis à Don Alphonfe mon ancien
Maîtrè. J'avois entierement oublié ce Cavalier , & voici à quelle occafion j'en rappellai le fouvenir.

Le Gouvernement de la Ville de Valence vint à vaquer dans ce tems là. En apprenant cette nouvelle je pensai à Don Alphonse de Leyva. Je fis reflexion que cet Emploi lui conviendroit à merveille, & moins par amitié, que par oftentation, je résolus de le demander pour lui. Je me representai que fi je l'obtenois, cela me feroit un honneur infini. Je m'adreffai donc au Duc de Lerme. Je lui dis que j'avois été Intendant de Don Cefar de Leyva & de fon fils, & qu'ayant tous les fujets du monde de me loüer d'eux, je prenois la liberté de le fupplier d'accorder à l'un ou à l'autre le Gouvernement de Valence. Le Miniftre me répondit : très-volontiers, Gil Blas. J'aime à te voir reconnoiffant & genereux. D'ailleurs, tu me parles pour une famille que j'eftime. Les Leyva font de bons ferviteurs du Roi ; ils méritent bien cette place. Tu peux en difpofer à ton gré. Je te la donne pour prefent de nôces.

Ravi d'avoir réüffi dans mon deffein, j'allai fans perdre de tems chez Calderone faire dreffer des Lettres patentes pour Don Alphonfe. Il y avoit là un grand nombre de perfonnes qui attendoient dans un filence refpectueux que Don Rodrigue vint leur donner Audience. Je traverfai la foule

& me prefentai à la porte du cabinet qu'on m'ouvrit. J'y trouvai je ne fçais combien de Chevaliers, de Commandeurs, & d'autres Gens de confequence que Calderone écoutoit tour à tour. c'étoit une chofe remarquable que la maniere differente dont il les recevoit. Il fe contentoit de faire à ceux ci une legere inclination de tête; il honoroit ceux-là d'une reverence, & les conduifoit jufqu'à la porte de fon cabinet. Il mettoit, pour ainfi dire, des nuances de confideration dans les civilitez qu'il faifoit. D'un autre côté, j'appercevois des Cavaliers qui choquez du peu d'attention qu'il avoit pour eux, maudiffoient dans leur ame la neceffité qui les obligeoit de ramper devant ce vifage. J'en voyois d'autres au contraire qui rioient en eux-mêmes de fon air fat & fuffifant. J'avois beau faire ces obfervations, je n'étois pas capable d'en profiter. J'en ufois chez moi comme lui, & je ne me fouciois guere qu'on approuvât ou qu'on blamât mes manieres orgueilleufes, pouvû qu'elles fuffent refpectées.

Don Rodrigue ayant par hazard jetté les yeux fur moi, quitta brufquement un Gentil-homme qui lui parloit, & vint m'embraffer avec des démonftrations d'amit'é qui me surprirent. Ah mon cher Confrere, s'écria-t-il, quelle affaire me procure le plaisir de vous voir icy? Qu'y a-t-il pour vôtre service? Je lui appris le sujet qui m'amenoit, & là-dessus, il m'assûra dans les termes les plus obligeans que le lendemain à pareille heure ce que je demandois seroit expedié. Il ne borna point là sa politesse, il me conduisit jusqu'à la porte de son Antichambre, où il ne conduisoit jamais que de grands Seigneurs, & là il m'embrassa de nouveau.

Que signifient toutes ces honnêtez, disois je en m'en allant? Que me présagent-elles? Calderone méditeroit-il ma perte? ou bien auroit-il envie de gagner mon amitié? ou pressentant que sa faveur est sur son declin, me ménageroit-il dans la vûë de me prier d'interceder pour luy auprès de nôtre Patron? Je ne sçavois à laquelle de ces conjectures je devois m'arrêter. Le jour suivant, lorsque je retournai chez lui, il me traita de la même façon. il m'accabla de caresses & de civilitez. Il est vrai qu'il les rabattit sur la reception qu'il fit aux autres personnes qui se présenterent pour lui parler. Il brusqua les uns, battit froid aux autres; il mécontenta presque tout le monde. Mais ils furent tous assez vengez par une avanture qui arriva , & que je ne dois point paſſer ſous ſilence. Ce ſera un avis au Lecteur pour les Commis & les Secretaires qui la liront.

Un homme vêtu fort ſimplement , & qui ne paroiſſoit pas ce qu'il étoit , s'approcha de Calderone , & lui parla d'un certain memoire qu'il diſoit avoir preſenté au Duc de Lerme. Don Rodrigue ne regarda pas ſeulement le Cavalier , & lui dit d'un ton bruſque : comment vous appelle-t'on , mon Ami ? On m'appelloit Francillo dans mon enfance , lui répondit de ſang froid le Cavalier ; on m'a depuis nommé Don Franciſco de Zuniga , & je me nomme aujourd'hui le Comte de Pedroſa. Calderone étonné de ces paroles , & voyant qu'il avoit affaire à un homme de la premiere qualité, voulut s'excuſer : Seigneur, dit-il au Comte , je vous demande pardon , ſi ne vous connoiſſant pas . . . . . Je ne veux point de tes excuſes , interrompit avec hauteur Francillo. Je les mépriſe autant que tes malhonnêtetez. Apprens qu'un Secretaire de Miniſtre doit recevoir honnêtement toutes ſortes de perſonnes. Sois, ſi tu veux aſſez vain pour te regarder comme le ſubſtitut de ton Maître ; mais n'oublie pas que tu n'es que ſon valet.

Le superbe Don Rodrigue fut fort mortifié de cet incident. Il n'en devint toutefois pas plus raisonnable. Pour moi, je marquai cette chasse là. Je résolus de prendre garde à qui je parlerois dans mes Audiences, & de n'être insolent qu'avec des muets. Comme les Patentes de Don Alphonse se trouverent expediées, je les emportai & les envoyai par un Courier extraordinaire à ce jeûne Seigneur avec une Lettre du Duc de Lerme, par laquelle Son Excellence lui donnoit avis que le Roy venoit de le nommer au Gouvernement de Valence. Je ne lui mandai point la part que j'avois à cette nomination. Je ne voulus pas même lui écrire, me faisant un plaisir de la lui apprendre de bouche, & de lui causer une agréable surprise, lorsqu'il viendroit à la Cour prêter serment pour son emploi.

CHAPITRE III.

Des préparatifs qui se firent pour le Ma-
riage de Gil Blas , & du grand éve-
nement qui les rendit inutiles.

REvenons à ma belle Gabrielle. Je
devois donc l'épouser dans huit
jours. Nous nous préparâmes de part &
d'autre à cette ceremonie. Salero fit faire
de riches habits pour la Mariée , & j'arrêtai pour elle une Femme de Chambre, un
Laquais & un vieil Écuyer. Tout cela choisi par Scipion , qui attendoit avec encore
plus d'impatience que moi le jour qu'on
me devoit compter la dot.

La veille de ce jour si desiré , je soupai
chez le Beau-pere avec des Oncles & des
Tantes , des Cousins & des Cousines. Je
joüai parfaitement bien le personnage d'un
Gendre hypocrite. J'eus mille complaisan-
ces pour l'Orfévre & pour sa femme. Je
contrefis le passionné auprés de Gabriela
Je gracieusai toute la famille dont j'écoutai
sans m'impatienter les plats discours & les
raisonnemens bourgeois. Aussi pour prix
de ma patience , j'eus le bonheur de plaire

à

à tous les Parens. Il n'y en eut pas un qui
ne parût s'applaudir de mon alliance.

Le repas fini, la Compagnie paſſa dans
une grande ſalle où on la régala d'un concert de voix & d'inſtrumens, qui ne fut
pas mal executé, quoiqu'on n'eût pas choi-
ſi les meilleurs Sujets de Madrid. Pluſieurs
airs gais dont nos oreilles furent agréablement frappées, nous mirent de ſi belle
humeur, que nous commençâmes à former
des danſes. Dieu ſçait de quelle façon
nous nous en acquitâmes, puiſqu'on me
prit pour un Eleve de Terpſicore, moi, qui
n'avois d'autres principes de cet Art que
deux ou trois leçons que j'avois reçûës
chez la Marquiſe de Chaves d'un petit
Maître à danſer qui venoit montrer aux
Pages. Après nous être bien divertis, il
fallut ſonger à ſe retirer chacun chez ſoi.
Je prodiguai les reverences & les accolades. Adieu, mon Gendre, me dit Salero
en m'embraſſant, j'irai chez vous demain
matin porter la dote belles eſpeces d'or.
Vous y ſerez le bienvenu, lui répondis-je,
mon cher Beaupere. Enſuite donnant le bon
ſoir à la famille, je gagnai mon équipage
qui m'attendoit à la porte, & je pris le
chemin de mon Hôtel.

J'étois à peine à deux cens pas de la mai-
Tom. III.   B b

ſon du Seigneur Gabriel , que quinze ou
vingt hommes les uns à pied les autres à
cheval, tous armez d'épées & de carabines,
entourerent mon carroſſe & l'arrêterent,
en criant ; *De par le Roy.* Ils m'en firent
deſcendre bruſquement pour me jetter
dans une chaiſe roulante , où le principal
de ces Cavaliers étant monté avec moi,
dit au Cocher de toucher vers Segovie. Je
jugeai bien que c'étoit un honnête Alguaſil
que j'avois à mon côté; je voulus le queſ-
tionner pour ſçavoir le ſujet de mon em-
priſonnement. Mais il me répondit ſur le
ton de ces Meſſieurs-là, je veux dire brutalement , qu'il n'avoit point de compte à
me rendre. Je lui dis que peut-être il ſe
méprenoit. Non , non , repartit-il , je ſuis
ſûr de mon fait. Vous êtes le Seigneur de
Santillane. C'eſt vous que j'ay ordre de
conduire où je vous mene. N'ayant rien à
répliquer à ces paroles ; je pris le parti de
me taire. Nous roulames le reſte de la nuit
le long du Mançanarez dans un profond ſilence. Nous changeames de chevaux à
Colmenar , & nous arrivâmes ſur le ſoir à
Segovie où l'on m'enferma dans la Tour.

CHAPITRE. IV.

*Comment Gil Blas fut traité dans la Tour
de Segovie, & de quelle maniere il apprit
la cause de sa prison.*

ON commença par me mettre dans
un cachot, où l'on me laissa sur la
paille comme un criminel digne du dernier
supplice. Je passai la nuit, non pas à me désoler, car je ne sentois pas encore tout mon
mal, mais à chercher dans mon esprit ce
qui pouvoit avoir causé mon malheur. Je
ne doutois pas que ce ne fût l'ouvrage de
Calderone. Cependant, j'avois beau le
soupçonner d'avoir tout découvert, je ne
concevois pas comme il avoit pû porter le
Duc de Lerme à me traiter si cruellement.
Tantôt je m'imaginois que c'étoit à l'insçu
de Son Excellence que j'avois été arrêté ;
& tantôt je pensois que c'étoit elle-même
qui pour quelque raison politique m'avoit
fait emprisonner. Ainsi que les Ministres
en usent quelque fois avec leurs favoris.

J'étois vivement agité de mes diverses
conjectures, quand la clarté du jour per-
çant au travers d'une petite fenêtre grillée

Bb ij

vint offrir à ma vûë toute l'horreur du lieu
où je me trouvois. Je m'affligeai alors sans
moderation, & mes yeux devinrent deux
sources de larmes que le souvenir de ma
prosperité rendoit intarissables. Pendant
que je m'abandonnnois à ma douleur, il
vint dans mon cachot un Guichetier qui
m'apportoit un pain & une cruche d'eau
pour ma journée. Il me regarda, & remarquant que j'avois le visage baigné de
pleurs, tout Guichetier qu'il étoit, il sentit un mouvement de pitié : Seigneur Prisonnier, me dit-il, ne vous desesperez
point. Il ne faut pas être si sensible aux
traverses de la vie. Vous êtes jeune. Après
ce tems-ci vous en verrez un autre. En
attendant, mangez de bonne grace le pain
du Roy.

Mon consolateur sortit en achevant ces
paroles, ausquelles je ne répondis que par
des plaintes & des gemissemens ; & j'em-
ploïai tout le jour à maudire mon étoile,
sans songer à faire honneur à mes provisions, qui dans l'état où j'étois me sem-
bloient moins un present de la bonté du
Roi qu'un effet de sa colere, puisqu'elles
servoient plûtôt à prolonger qu'à soulager
les peines des malheureux.

La nuit vint pendant ce tems-là; & bientôt un grand bruit de clefs attira mon attention. La porte de mon cachot s'ouvrit, & un moment après , il entra un homme qui portoit une bougie. Il s'approcha de moi, & me dit : Seigneur Gil Blas , vous voyez un de vos anciens amis. Je suis ce Don André de Tordesillas , qui demeuroit avec vous à Grenade, & qui étoit Gentilhomme de l'Archevêque dans le tems que vous possediez les bonnes graces de ce Prelat. Vous le priâtes , s'il vous en souvient, d'emploïer son credit pour moi, & il me fit nommer pour aller remplir un Emploi au Mexique; mais au lieu de m'embarquer pour les Indes , je m'arrêtai dans la Ville d'Alicante. J'y épousai la fille du Capitaine du Château , & par une suite d'avantures dont je vous ferai tantôt le recit, je suis devenu le Châtelain de la Tour de Ségovie. Il m'est expressément ordonné de ne vous laisser parler à personne , de vous faire coucher sur la paille , & de ne vous donner pour toute nourriture que du pain & de l'eau. Mais outre que j'ai trop d'humanité pour ne pas compatir à vos maux vous m'avez rendu service, & ma reconnoissance l'emporte sur les ordres que j'ay receus. Loin de servir d'instrument à la cruauté qu'on veut exercer sur vous, je pré-

B b iij

tens adoucir la rigueur de vôtre prison.
Levez-vous & venez avec moi.

Quoique le Seigneur Châtelain méritât
bien quelques remercimens , mes esprits
étoient si troublez , que je ne pus lui répondre un seul mot. Je ne laissai pas de
le suivre. Il me fit traverser une Court , &
monter par un escalier fort étroit à une
petite chambre qui étoit tout au haut de
la Tour. Je ne fus pas peu surpris en entrant dans cette chambre de voir sur une
table deux chandelles qui brûloient dans
des flambeaux de cuivre , & deux couverts
assez propres : dans un moment , me dit
Tordesillas, on va nous apporter à manger.
Nous allons souper ici tous deux. C'est ce
réduit que je vous ai destiné pour logement. Vous y serez mieux que dans vôtre
cachot. Vous verrez de vôtre fenêtre les
bords fleuris de l'Erêma , & la vallée délicieuse , qui du pied des montagnes qui sé-
parent les deux Castilles, s'étend jusqu'à
Coca. Je sçais bien que vous serez d'abord
peu sensible à une si belle vûë; mais quand
le tems aura fait succeder une douce mélancolie à la vivacité de vôtre douleur, vous
prendrez plaisir à promener vos regards
sur des objets si agréables. Outre cela ,
comptez que le linge & les autres choses

qui font neceſſaires à un homme qui aime
la propreté, ne vous manqueront pas. De
plus, vous ſerez bien couché, bien nourri
& je vous fournirai des livres tant que
vous en voudrez. En un mot, vous aurez
tous les agrémens qu'un Priſonnier peut
avoir.

A des offres ſi obligeantes, je me ſentis
un peu ſoûlagé. Je pris courage, & rendis
mille graces à mon Geolier. Je lui dis qu'il
me rappelloit à la vie par ſon procedé genereux, & que je ſouhaittois de me retrouver en état de luy en témoigner ma
reconnoiſſance. Hé pourquoi ne vous y re-
trouveriez-vous pas, me répondit-il?
Croyez-vous avoir perdu pour jamais la
liberté? vous êtes dans l'erreur; & j'oſe
vous aſſûrer que vous en ſerez quitte pour
quelques mois de priſon. Que dites-vous,
Seigneur Don André, m'écriai-je? il ſemble que vous ſçachiez le ſujet de mon infortune. Je vous avoüerai, me repartit-il,
que je ne l'ignore pas. L'Alguaſil qui vous
a conduit ici m'a confié ce ſecret que je puis
vous reveler. Il m'a dit que le Roi informé
que vous aviez la nuit, le Comte de Lemos
& vous, mené le Prince d'Eſpagne chez
une Dame ſuſpecte, venoit, pour vous en
punir, d'exiler le Comte, & vous envoïoit

vous, à la Tour de Ségovie, pour y être traité avec toute la rigueur que vous avez éprouvée depuis que vous y êtes. Et comment, lui dis-je, cela eſt il venu à la connoiſſance du Roi ? C'eſt particulierement de cette circonſtance que je voudrois être inſtruit. Et c'eſt, répondit-il, ce que l'Alguaſil ne m'a point appris, & ce qu'apparemment il ne ſçait pas lui-même.

Dans cet endroit de nôtre converſation pluſieurs valets qui apportoient le ſouper, entrerent. Ils mirent ſur la table du pain, deux taſſes, deux bouteilles, & trois grands plats, dans l'un deſquels il y avoit un civé de Liévre avec beaucoup d'oignon, d'huile & de ſaffran ; dans l'autre une * *Olla podrida* ; & dans le troiſiéme un Dindonneau ſur une marmelade de * *Berengena*. Lorſque Tordeſillas vit que nous avions tout ce qu'il nous falloit, il renvoïa ſes domeſtiques, ne voulant pas qu'ils entendiſſent nôtre entretien. Il ferma la porte & nous nous aſſimes tous deux à table vis à-vis l'un de l'autre. Commençons, me dit-

---

* *Olla podrida* eſt un compoſé de toutes ſortes de viandes.

* *Berengena*, petite Citroüille appellée Pomme d'amour.

il, par le plus preſſé. Vous devez avoir
bon appetit après deux jours de diette. En
parlant de cette ſorte, il chargea mon aſ-
ſiete de viande. Il s'imaginoit ſervir un
affamé, & il avoit effectivement ſujet de
penſer que j'allois m'empiffrer de ſes ra-
goûts. Neanmoins, je trompai ſon attente. Quelque beſoin que j'euſſe de manger,
les morceaux me reſtoient dans la bouche,
tant j'avois le cœur ſerré de ma condition
preſente. Pour écarter de mon eſprit les
images cruelles qui venoient ſans ceſſe l'affliger, mon Châtelain avoit beau m'exciter à boire & vanter l'Excellence de ſon
vin, m'eût-il donné du Nectar, je l'aurois
alors bû ſans plaiſir. Il s'en apperçut, & s'y
prenant d'une autre façon, il ſe mit à me
conter d'un ſtyle égayé l'hiſtoire de ſon
Mariage. Il y réüſſit encore moins par là.
J'écoutai ſon recit avec tant de diſtraction,
que je n'aurois pû dire, lorſqu'il leut fini,
ce qu'il venoit de me raconter. Il jugea
bien qu'il entreprenoit trop de vouloir ce
ſoir-là faire quelque diverſion à mes chagrins. Il ſe leva de table après avoir achevé
de ſouper, & me dit : Seigneur de Santillane, je vais vous laiſſer repoſer ou plûtôt
rêver en liberté à vôtre malheur. Mais je
vous le répete, il ne ſera pas de longue du-

rée. Le Roi eſt bon naturellement. Quand ſa colere ſera paſſée & qu'il ſe repreſentera la ſituation déplorable où il croit que vous êtes, vous lui paroîtrez aſſez puni. A ces mots, le Seigneur Châtelain deſcendit & fit monter ſes valets pour deſſervir. Ils emporterent juſqu'aux flambeaux, & je me couchai à la ſombre clarté d'une lampe qui étoit attachée au mur.

CHAPITRE V.

Des reflexions qu'il fit cette nuit avant que de s'endormir; Et du bruit qui le réveilla.

JE paſſai deux heures pour le moins à reflechir ſur ce que Tordeſillas m'avoit appris. Je ſuis donc ici, diſois-je, pour avoir contribué aux plaiſirs de l'heritier de la Couronne. Quelle imprudence auſſi d'avoir rendu de pareils ſervices à un Prince ſi jeune! Car c'eſt ſa grande jeuneſſe qui fait tout mon crime; s'il étoit dans un âge plus avancé, le Roi peut-être n'auroit fait que rire de ce qui l'a ſi fort irrité. Mais qui peut avoir donné un ſemblable avis à ce Monarque, ſans appréhender le reſſen-

timent du Prince ni celui du Duc de Lerme? Ce Miniſtre voudra venger ſans doute
le Comte de Lemos ſon Neveu. Comment
le Roi a-t-il découvert cela? C'eſt ce que
je ne comprens point.

J'en revenois toûjours-là. L'idée pourtant la plus affligeante pour moi: celle qui
me deſeſperoit, & dont mon eſprit ne
pouvoit ſe détacher, c'étoit le pillage au-
quel je m'imaginois bien que tous mes effets avoient été abandonnez Mon coffre-
fort, m'écriois-je, mes cheres richeſſes,
qu'êtes vous devenuës? Dans quelles mains
êtes-vous tombées? Helas, je vous ai per-
duës en moins de tems encore que je ne
vous avois gagnées ! Je me peignois le dé-
ſordre qui devoit regner dans ma Maiſon,
& je faiſois ſur cela des reflexions toutes
plus triſtes les unes que les autres. La con-
fuſion de tant de penſées differentes me
jetta dans un accablement qui me devint
favorable; le ſommeil qui m'avoit fui la
nuit précedente, vint répendre ſur moi ſes
pavôts. La bonté du lit, la fatigue que j'a-
vois ſoufferte, ainſi que les vapeurs
des viandes & du vin y contribuerent auſſi. Je m'endormis profondément,
& ſelon toutes les apparences, le jour
m'auroit ſurpris dans cet état, ſi je n'euſſe

été reveillé tout à coup par un bruit assez extraordinaire dans les prisons. J'entendis le son d'une guitarre & la voix d'un homme en même-tems. J'écoute avec attention. Je n'entends plus rien. Je crois que c'est un songe. Mais un instant après, mon oreille fut frappée du son du même Instrument & de la même voix qui chanta les Vers suivans.

* *Ay de mi! un Año felice*

Parece un soplo ligero;

Però sin dicha un instante

Es un siglo de tormento.

Ce Couplet qui paroissoit avoir été fait exprès pour moi irrita mes ennuis. Je n'éprouve que trop, disois-je, la verité de ces paroles. Il me semble que le tems de mon bonheur s'est écoulé bien vîte, & qu'il y a déja un siecle que je suis en prison. Je me replongeai dans une affreuse rêverie, & recommençai à me désoler, comme si j'y eusse pris plaisir. Mes lamentations pourtant finirent avec la nuit; & les pre-

---

* Hé'las! une année de plaisir passe comme un vent leger; mais un moment de malheur est un siecle de tourment.

miers rayons du Soleil dont ma Chambre
fut éclairée , calmerent un peu mes inquié-
tudes. Je me levai pour aller ouvrir ma
fenêtre, & donner de l'air à ma Chambre.
Je regardai dans la Campagne, dont je
me souvins que le Seigneur Châtelain m'a-
voit fait une belle description. Je ne trouvai pas de quoi justifier ce qu'il m'en avoit
dit. L'Erêma que je croyois du moins égal
au Tage , ne me parut qu'un ruisseau.
L'Ortye seule & le Chardon paroient ses
bords fleuris & la prétenduë *Vallée déli-*
sieuse n'offrit à ma vûë que des terres dont
la plûpart étoient incultes. Apparemment
que je n'en étois pas encore à cette douce
mélancolie qui devoit me faire voir les
choses autrement que je ne les voïois alors.

Je commençai à m'habiller , & déja j'é-
tois à demi vêtu, quand Tordesillas arriva suivi d'une vieille servante qui m'apportoit des chemises & des serviettes. Seigneur Gil Blas , me dit-il , voici du linge,
Ne le ménagez pas. J'aurai soin que vous
en ayez toûjours de reste. Hé bien, ajoûta-
t'il , comment avez-vous passé la nuit ? Le
sommeil a-t-il suspendu vos peines pour
quelques momens ? Je dormirois peut-être
encore , lui répondis je , si je n'eusse été reveillé par une voix accompagnée d'une

guitarre. Le Cavalier qui a troublé vôtre repos, reprit-il, est un Prisonnier d'Etat qui a sa Chambre à côté de la vôtre. Il est Chevalier de l'Ordre Militaire de Cala. trave, & il a une figure toute aimable. Il s'appelle Don Gaston de Cogollos. Vous pourrez vous voir tous deux, & manger ensemble. Vous trouverez une consolation mutuelle dans vos entretiens. Vous vous ferez l'un à l'autre d'un grand agrement.

Je témoignai à Don André, que j'étois très sensible à la permission qu'il me donnoit d'unir ma douleur avec celle de ce Cavalier ; & comme je marquai quelque impatience de connoître ce Compagnon de malheur, nôtre obligeant Châtelain me procura cette satisfaction dès ce jour-là même. Il me fit dîner avec Don Gaston, qui me surprit par sa bonne mine & par sa beauté. Jugez quel il devoit être pour faire une impression si forte sur des yeux accoûtumez à voir la plus brillante jeunesse de la Cour. Imaginez-vous un homme fait à plaisir. Un de ces Heros de Romans qui n'avoïent qu'à se montrer pour causer des insomnies aux Princesses. Ajoûtons à cela que la nature, qui mêle ordinairement ses dons, avoit doüé Cogollos de beaucoup d'esprit & de valeur. C'étoit un Cavalier parfait.

Si ce Chevalier me charma, j'eus de mon côté le bonheur de ne lui pas déplaire. il ne chanta plus la nuit, de peur de m'incommoder, quelques prieres que je lui fiſſe de ne ſe pas contraindre pour moi. Une liaiſon eſt bientôt formée entre deux perſonnes qu'un mauvais ſort opprime. Une tendre amitié ſuivit de près nôtre connoiſſance, & devint plus forte de jour en jour. La liberté que nous avions de de nous parler quand il nous plaiſoit nous fut très-utile, puiſque par nos converſations nous nous aidames reciproquement tous deux à prendre nôtre mal en patience.

Une après-dînée, j'entrai dans ſa chambre, comme il ſe diſpoſoit à joüer de la guitarre. Pour l'écouter plus commodément, je m'aſſis ſur une ſellette qu'il y avoit là pour tout ſiege; & lui s'étant mis ſur le pied de ſon lit, il joüa un air fort touchant, & chanta' deſſus des paroles qui exprimoient le deſeſpoir où la cruauté d'une Dame réduiſoit un Amant. Lorſqu'il les eût chantées, je lui dis en ſoûriant : Seigneur Chevalier, voilà des vers que vous ne ſerez jamais obligé d'emploïer dans vos galanteries. Vous n'êtes pas fait pour trouver des femmes cruelles. Vous avez trop bonne opinion de moi , me répondit-il. J'ai composé pour mon compte les vers que vous venez d'entendre : pour amollir un cœur que je croïois de Diamant : pour attendrir une Dame qui me traitoit avec une extrême rigueur. Il faut que je vous fasse le recit de cette Histoire ; vous apprendrez en même-tems celle de mes malheurs.

CHAPITRE VI.

Histoire de Don Gaston de Cogollos , & de Doña Helena de Galisteo.

IL y aura bientôt quatre ans que je partis de Madrid pour aller à Coria voir Doña Eleonor de Laxarilla ma Tante , qui est une des plus riches Doüairieres de la Castille vieille , & qui n'a point d'autre heritier que moi. Je fus à peine arrivé chez elle, que l'Amour y vint troubler mon repos. Elle me donna un appartement dont les fenestres faisoient face aux jaloufies d'une Dame qui demeuroit vis à-vis , & que je pouvois facilement remarquer, tant fes grilles étoient peu ferrées & la ruë étroite. Je ne négligeai pas cette possibilité ; & je trouvai ma voisine si belle , que j'en fus d'abord enchanté. Je le lui marquai

quai auſſitôt par des œillades ſi vives, qu'il
n'y avoit pas à s'y méprendre. Elle s'en
apperçut bien ; mais elle n'étoit pas fille à
faire trophée d'une pareille obſervation, &
encor moins à répondre à mes minauderies.

Je voulus ſçavoir le nom de cette dan-
gereuſe perſonne qui troubloit ſi promptement les cœurs. J'appris qu'on la nommoit
Doña Helena : qu'elle étoit fille unique
de Don George de Galiſteo, qui poſſedoit
à quelques lieuës de Coria un fief domi-
nant d'un revenu conſiderable : qu'il ſe
préſentoit ſouvent des partis pour elle ,
mais que ſon pere les rejettoit tous , parce
qu'il étoit dans le deſſein de la marier à
Don Auguſtin de Olighera ſon Neveu, qui
en attendant ce mariage , avoit la liberté
de voir & d'entretenir tous les jours ſa
Couſine. Cela ne me découragea point.
Au contraire , j'en devins plus amoureux,
& l'orgueilleux plaiſir de ſupplanter un
Rival aimé m'excita peut-être encore plus
que mon amour à pouſſer ma pointe. Je
continuai donc de lancer à mon Helene
des regards enflammez. J'en adreſſai auſſi
de ſupplians à Felicia ſa Suivante , comme
pour implorer ſon ſecours. Je fis même parler mes doigts. Mais ces galanteries furent
inutiles. Je ne tirai pas plus de raiſon de

la Soubrette que de la Maîtresse. Elles firent toutes deux les cruelles & les inaccessibles.

Puisqu'elles refusoient de répondre au langage de mes yeux, j'eus recours à d'autres interpretes. Je mis des gens en campagne, pour déterrer les connoissances que Felicia pouvoit avoir dans la Ville. Ils découvrirent qu'une vieille Dame appellée Theodora étoit sa meilleure amie, & qu'elles se voyoient fort souvent. Ravi de cette découverte, j'allai moi-même trouver Theodora, que j'engageai par des presens à me servir. Elle prit parti pour moi, promit de me ménager chez elle un entretien secret avec son Amie, & tint sa promesse dès le lendemain.

Je cesse d'être malheureux, dis-je à Felicia, puisque mes peines ont excité vôtre pitié. Que ne dois-je point à vôtre Amie de vous avoir disposée à m'accorder la satisfaction de vous entretenir! Seigneur me répondit elle, Theodora peut tout sur moi. Elle m'a mise dans vos interêts; & si je pouvois faire vôtre bonheur, vous seriez bientôt au comble de vos vœux; mais avec toute ma bonne volonté, je ne sçais si je vous serai d'un grand secours. Il ne faut point vous flatter : Vous n'avez jamais

formé d'entreprise plus difficile. Vous aimez une Dame prévenuë pour un autre
Cavalier , & quelle Dame encore !
Une Dame si fiere & si dissimulée ,
que si par vôtre constance & par vos soins
vous parvenez à lui arracher des soupirs,
ne pensez pas que sa fierté vous donne le
plaisir de les entendre. Ah , ma chere Felicia , m'écriai je avec douleur ! Pourquoi
me faites vous connoître tous les obstacles
que j'ai à surmonter ! Ce détail m'assassine.
Trompez-moi plûtôt que de me desespe-
rer. A ces mots , je pris une de ses mains,
je la pressai entre les miennes & lui mis au
doigt un diamant de trois cens pistoles, en
lui disant des choses si touchantes que je la
fis pleurer.

Elle étoit trop émuë de mes discours,
& trop contente de mes manieres , pour
me laisser sans consolation. Elle applanit
un peu les difficultez : Seigneur me dit-
elle, ce que je viens de vous représenter
ne doit pas vous ôter toute esperance. Vôtre Rival , il est vrai , n'est pas haï. Il
vient au logis voir librement sa Cousine.
Il lui parle quand il lui plaît ; & c'est ce
qui vous est favorable. L'habitude où ils
sont tous deux d'être ensemble tous les
ours rend leur commerce un peu languis-

ſant. Ils me paroiſſent ſe quitter ſans peine
& ſe revoir ſans plaiſir. On diroit qu'ils
ſont déja mariez. en un mot, je ne vois
point que ma Maîtreſſe ait une paſſion violente pour Don Auguſtin. D'ailleurs il y a
entre vous & lui, pour les qualitez perſon-
nelles, une difference qni ne doit pas être
inutilement remarquée par une fille auſſi
délicate que DoñaHelena. Ne perdez donc
pas courage. Continuez vos galanteries. Je
vous ſeconderai. Je ne laiſſerai pas échapper une occaſion de faire valoir à ma Maîtreſſe tout ce que vous ferés pour lui plaire.
Elle aura beau ſe déguiſer; à travers ſa diſſi-
mulation, je démêlerai bien ſes ſentimens.

Nous nous ſéparames Felicia & moi fort
ſatisfaits l'un de l'autre après cette converſation. Je m'appreſtai ſur nouveaux frais à
lorgner la fille de Don George, je la regalai d'une ſerenade dans laquelle je fis chanter par une belle voix les vers que vous venez d'entendre. Après le concert, la Suivante, pour ſonder ſa Maîtreſſe, lui demanda ſi elle s'étoit divertie. La voix, dit Doña Helena, m'a fait plaiſir. Et les paroles
qu'elle a chantées, repliqua la Soubrette,
ne ſont elles pas fort touchantes? C'eſt à
quoi, repartit la Dame, je n'ai fait aucune
attention. Je ne me ſuis attachée qu'au

chant. Je n'ai nullement pris garde aux
vers, ni ne me foucie guere de fçavoir qui
m'a donné cette férenade. Sur ce pied-là,
s'écria la Suivante, le pauvre Don Gaston
de Cogollos eft très-éloigné de fon compte, & bien fou de paffer fon tems à regarder nos jaloufies. Ce n'eft peut-être pas lui
dit la Maîtreffe d'un air froid, c'eft quelque autre Cavalier qui vient par ce concert de me déclarer fa paffion. Pardonnezmoi, répondit Felicia. C'eft Don Gaston
lui même, à telles enfeignes qu'il m'a ce
matin abordée dans la ruë & priée de vous
dire de fa part qu'il vous adore, malgré les
rigueurs dont vous payez fon amour; &
qu'enfin, il s'eftimeroit le plus heureux de
tous les hommes, fi vous lui permettiez
de vous marquer fa tendreffe par fes foins
& par des feftes galantes. Ces difcours,
pourfuivit-elle, vous prouvent affez que
je ne me trompe pas.

La fille de Don George changea tout à
coup de vifage, & regardant fa Suivante
d'un air fevere: vous auriez bien pû lui dit-
elle, vous paffer de me rapporter cet impertinent entretien. Qu'il ne vous arrive
plus, s'il vous plaift, de me venir faire
de pareils rapports. Et fi ce jeune témerai-
re ofe encore vous parler, dites-lui qu'il

s'adreſſe à une perſonne qui faſſe plus de
cas que moi de ſes galanteries ; & qu'il
choiſiſſe un plus honnête paſſe-tems que
celui d'être toute la journée à ſes fenêtres
à obſerver ce que je fais dans mon appartement.

Tout cela me fut fidellement détaillé
dans une ſeconde entrevûë par Felicia,
qui prétendant qu'il ne falloit pas prendre
au pied de la lettre les paroles de ſa Maîtreſſe, vouloit me perſuader que mes affaires alloient le mieux du monde. Pour moi
qui n'y entendois pas fineſſe , & qui ne
croyois pas qu'on pût expliquer le texte en
ma faveur , je me défiois des commentaires qu'elle me faiſoit. Elle ſe mocqua de
ma défiance , demanda du papier & de
l'encre à ſon Amie , & me dit : Seigneur
Chevalier , écrivez tout-à-l'heure à Doña
Helena en Amant deſeſperé. Peignez-lui
vivement vos ſouffrances , & ſurtout plai-
gnez-vous de la deffenſe qu'elle vous fait
de paroître à vos feneſtres. Promettez d'o-
beïr ; mais aſſurez qu'il vous en coûtera la
vie. Tournez-moi cela , comme vous le
ſçavez ſi bien faire vous autres Cavaliers ;
& je me charge du reſte. J'eſpere que l'é-
venement fera plus d'honneur que vous
n'en faites à ma pénetration.

J'aurois été le premier Amant, qui trouvant une si belle occasion d'écrire à sa
Maîtresse, n'en eût pas profité. Je composai une lettre des plus pathetiques. Avant
que de la plier, je la montrai à Felicia, qui
soûrit aprés l'avoir luë, & me dit que si les
femmes sçavoient l'art d'entêter les hommes, en recompense, les hommes n'igno-
roient pas celui d'engeoler les femmes. La
Soubrette prit mon billet ; puis m'ayant
recommandé d'avoir soin que mes fenêtres
fussent fermées pendant quelques jours, elle
retourna chez Don George.

Madame, dit-elle en arrivant à Doña
Helena, j'ai rencontré Don Gaston. Il n'a
pas manqué de venir à moi & de vouloir
me tenir des discours flatteurs. Il m'a demandé d'une voix tremblante & comme
un coupable qui attend son Arrest, si je
vous avois parlé de sa part. Alors prompte
& fidelle à executer vos ordres, je lui ai
coupé brusquement la parole. Je me suis
déchaînée contre lui. Je l'ai chargé d'injures & laissé dans la ruë tout étourdi de ma
pétulence. Je suis ravie, répondit Doña Helena, que vous m'ayez débarrassée de cet
importun. Mais il n'étoit pas nécessaire de
lui parler brutalement. Il faut toûjours qu'
une fille ait de la douceur. Madame repliqua

la Suivante, on ne se défait pas d'un Amant passionné par des paroles prononcées d'un air doux. On n'en vient pas même à bout par des fureurs & des emportemens. Don Gaston, par exemple, ne s'est pas rebuté. Après l'avoir accablé d'injures , comme je vous l'ai dit , j'ai été chez vôtre Parente où vous m'avez envoyée. Cette Dame, par malheur, m'a retenuë trop long-tems. Je dis trop long-tems, puisqu'en revenant j'ai retrouvé mon homme. Je ne m'attendois plus à le revoir. Sa vûë m'a troublée, mais si troublée que ma langue qui ne me manque jamais dans l'occasion, n'a pû me fournir une syllabe. Pendant ce tems là qu'a-t'il fait ? il m'a glissé dans la main un papier que j'ai gardé sans sçavoir ce que je faisois & il a disparu dans le moment.

En parlant ainsi, elle tira de son sein ma Lettre, qu'elle remit tout en badinant à sa Maîtresse , qui l'ayant prise comme pour s'en divertir , la lut à bon compte, & fit ensuite la reservée. En verité, Felicia , dit-elle d'un air serieux à sa Suivante, vous êtes une étourdie, une folle d'avoir receu ce billet. Que peut penser de cela Don Gaston:& qu'en dois je croire moi-même ? Vous me donnez lieu par vôtre conduite de me défier de vôtre

fidelité,

fidelité , & à lui de me ſoupçonner d'ê-
tre ſenſible à ſa paſſion. Helas , peut-être
s'imagine-t-il en cet inſtant que je lis &
relis avec plaiſir les caracteres qu'il a
tracez ! Voyez à quelle honte vous ex-
poſez ma fierté. Oh que non, Madame ,
lui répondit la Soubrette , il ne ſçauroit
avoir cette penſée : & ſuppoſez qu'il
l'eût , il ne l'aura pas long-temps. Je lui
dirai, à la premiere veûë , que je vous
ai montré ſa Lettre : que vous l'avez re-
gardée d'un air glacé, & qu'enfin, ſans
la lire, vous l'avez déchirée avec un mépris froid. Vous pourrez hardiment reprit Doña Helena , lui jurer que je ne
l'ai point lûë. Je ſerois bien embarraſ-
ſée , s'il me falloit ſeulement en dire
deux paroles. La fille de Don George ne
ſe contenta pas de parler de cette ſorte,
elle déchira mon billet & deffendit à ſa
Suivante de l'entretenir jamais de moi.

Comme j'avois promis de ne plus faire le galant à mes fenêtres puiſque ma
veûë déplaiſoit, je les tins fermées pluſieurs jours pour rendre mon obeïſſance
plus toûchante. Mais au défaut des mines qui m'étoient interdites, je me pré-
parai à donner de nouvelles ſerenades à
ma cruelle Helene. Je me rendis une

Tom. III.   D d

nuit fous fon balcon avec des Muficiens,
& déja les guitarres fe faifoient entendre, lorfqu'un Cavalier l'épée à la main
vint troubler le concert, en frappant à
droite & à gauche fur les concertans, qui
prirent auffi-tôt la fuite. La fureur qui
animoit cet audacieux excita la mienne,
Je m'avance pour le punir & nous commençons un rude combat. Doña He'ena
& fa fuivante entendent le bruit des
épées. Elles regardent aux travers de
leurs jaloufies & voyent deux hommes
qui font aux mains. Elles pouffent de
grands cris, qui obligent Don George &
fes valets à fe lever. Ils accourent, de
même que plufieurs voifins, pour sé-
parer les Combattans. Mais ils arriverent trop tard. Ils ne trouverent fur le
champ de bataille qu'un Cavalier noyé
dans fon fang & prefque fans vie ; &
ils reconnurent que j'étois ce Cavalier
infortuné. On m'emporta chez ma Tante,
où les plus habiles Chirurgiens de la Ville
furent appellez.

Tout le monde me plaignit, & parti-
culièrement Doña Helena, qui laiffa voir
alors le fonds de fon cœur. Sa diffimu-
lation ceda au fentiment. Le croirez-
vous ? Ce n'étoit plus cette fille qui fe
faifoit un point d'honneur de paroître

infenfible à mes galanteries. C'étoit une
tendre amante qui s'abandonnoit fans re-
ferve à fa douleur. Elle paffa le refte de
la nuit à pleurer avec fa Suivante, & à
maudire fon Coufin Don Auguftin de
Olighera, qu'elles jugeoient devoir être
l'auteur de leurs larmes ; comme en effet c'étoit lui qui avoit fi defagreable-
ment interrompu la ferenade. Auffi dif-
fimulé que fa Coufine, il s'étoit apper-
ceu de mes intentions, fans en rien témoigner, & s'imaginant qu'elle y re-
pondoit, il avoit fait cette action vi-
goureufe, pour montrer qu'il étoit
moins endurant qu'on ne le croyoit.
Neanmoins ce trifte accident fut peu de
temps après fuivi d'une joye qui le fit
oublier. Tout dangereufement bleffé que
j'étois, l'habileté des Chirurgiens me
tira bientôt d'affaire. Je gardois encore
la chambre, quand Doña Eleonor ma
Tante alla trouver D. George, & lui
demanda pour moi Dõna Helena. Il
confentit d'autant plus volontiers à ce
mariage, qu'il regardoit alors Don Auguftin comme un homme qu'il ne re-
verroit peut-être jamais. Le bon vieillard
apprehendoit que fa fille n'eût de la repugnance à fe donner à moi, à caufe

que le Cousin Olighera avoit eu la liberté de la voir & tout le loisir de s'en faire aimer, mais elle parut si disposé à obéïr en cela à son pere, qu'on peut conclure de-là qu'en Espagne, ainsi qu'ailleurs, c'est un awantage d'être un nouveau venu auprès des femmes.

Sitôt que je pus avoir une conversation particuliere avec Felicia, j'appris jusqu'à quel point sa maîtresse avoit été sensible au malheureux succès de mon combat. Si bien que ne pouvant plus douter que je me fusse le Pâris de mon Helene, je benissois ma blessure, puisqu'elle avoit de si heureuses suites pour mon amour. J'obtins du Seigneur Don George la permission de parler à sa fille en presence de la Suivante. Que cet entretien fut doux pour moi! Je priai, je pressai tellement la Dame de me dire si son pere en la livrant à ma tendresse, ne faisoit aucune violence à ses sentimens, qu'elle m'avoüa que je ne la devois point à sa seule obéïssance. Depuis cet aveu plein de charmes, je ne m'occupai que du soin de plaire & d'imaginer des Fêtes galantes en attendant le our de nos nopces, qui devoit être celebré par une magnifique cavalcade où toute la Noblesse de Coria & des envisons se préparoit à briller.

Je donnai un grand repas à une superbe maison de plaisance que ma Tante
avoit aux portes de la Ville, du côté de
Manroi. Don George & sa fille avec
tous leurs Parens & leurs Amis en étoient.
On y avoit préparé par mon ordre un
Concert de voix & d'instrumens, & fait
venir une Troupe de Comediens de
Campagne, pour y représenter une Comedie. Au milieu du Festin, on me vint
dire à l'oreille qu'il y avoit dans une Salle
un homme qui demandoit à me parler.
Je me levai de table pour aller voir qui
c'étoit. Je trouvai un inconnu qui avoit
l'air d'un valet de chambre. Il me présenta un billet que j'ouvris, & qui contenoit ces paroles: *Si l'honneur vous est*
cher, comme il le doit être à tout Che-
valier de votre Ordre, vous ne manque-
rez pas demain matin de vous rendre dans
la plaine de Manroi. Vous y trouverez
un Cavalier qui veut vous faire raison
de l'offense que vous avez reçuë de lui, &
vous mettre, s'il le peut, hors d'état d'é-
pouser Dona Heléna.

    Don Augustin de Oligherat

Si l'amour à beaucoup d'empire sur
les Espagnols, la vengeance en a enco-

re bien davantage. Je ne lûs pas ce
billet d'un cœur tranquille. Au seul nom
de Don Augustin , il s'alluma dans mes
veines un feu qui me fit presque oublier
les devoirs indispensables que j'avois à
remplir ce jour là. Je fus tenté de me
dérober à la Compagnie, pour aller chercher sur le champ mon ennemi. Je me
contraignis pourtant , de peur de troubler la Fête , & dis à l'homme qui m'a-
voit remis la Lettre : mon ami, vous pouvez dire au Cavalier qui vous envoye
que j'ai trop d'envie de me revoir aux
prises avec lui , pour n'être pas demain ,
avant le lever du soleil , dans l'endroit
qu'il me marque.

Aprés avoir rénvoyé le Messager avec
cette reponse , je rejoignis mes convives & repris ma place à table , où je
composai si bien mon visage , que personne n'eut aucun soupçon de ce qui se
passoit en moi. Je parus pendant le reste
de la journée occupé comme les autres
des plaisirs de la Fête , qui finit , enfin ,
au milieu de la nuit. L'assemblée se sé-
para & chacun rentra dans la Ville de
la même maniere qu'il en étoit sorti. Pour
moi , je demeurai dans la maison de plaisance , sous prétexte d'y vouloir prendre
l'air le lendemain matin , mais ce n'é-

toit que pour me trouver plûtôt au rendez-vous. Au lieu de me coucher, j'attendis avec impatience la pointe du jour.
Sitôt que je l'apperçeus, je montai sur
mon meilleur cheval, & je partis tout
seul comme pour me promener dans la
Campagne. Je m'avance vers Manroi. Je
découvre dans la plaine un homme à
cheval qui vient de mon côté à bride
abattuë. Je vole à sa rencontre, pour
lui épargner la moitié du chemin. Nous
nous joignons bientôt. C'étoit mon Rival: Chevalier, me dit-il insolemment,
c'est à regret que j'en viens aux mains
une seconde fois avec vous. Mais c'est
votre faute. Après l'avanture de la se-
renade, vous auriez dû renoncer de bonne
grace à la fille de Don George, ou bien
vous tenir pour dit que vous n'en seriez
pas quitte pour cela, si vous persistiez
dans le dessein de lui plaire. Vous êtes
trop fier, lui répondis je, d'un avantage que vous devez peut-être moins à
vôtre adresse qu'à l'obscurité de la nuit.
Vous ne songez pas que les armes sont
journalieres. Elles ne le sont pas pour moi,
repliqua-t'il d'un air arrogant; & je vais
vous faire voir que le jour comme la nuit je
sçais punir les Chevaliers audacieux qui
vont sur mes brisées.   D d iiij

Je ne repartis à cet orgueilleux difcours
qu'en mettant promptement pied à terre.
Don Auguſtin fit la même choſe. Nous
attachâmes nos chevaux à un arbre , &
nous commençâmes à nous battre avec
une égale vigueur. J'avoüierai de bonne
foi que j'avois affaire à un ennemi qui
ſçavoit mieux faire des armes que moi ,
bien que j'euſſe deux années de Salle. Il
étoit conſommé dans l'eſcrime. Je ne
pouvois expoſer ma vie à un plus grand
peril. Neanmoins comme il arrive aſſez
ſouvent que le plus fort eſt vaincu par
le plus foible , mon Rival , malgré toute ſon habileté , reçeut un coup d'épé
dans le cœur & tomba roide mort un moment après.

Je retournai auſſitôt à la maiſon de
plaiſance , où j'appris ce qui venoit de
ſe paſſer à mon Valet de chambre , dont
la fidelité m'étoit connuë. Enſuite , je
lui dis : mon cher Ramire , avant que la
Juſtice puiſſe avoir connoiſſance de cet
évenement , prens un bon cheval , & va
informer ma Tante de cette avanture.
Demande lui de ma part de l'or & des
pierreries , & viens me joindre à Plazencia. Tu me trouveras dans la premiere
Hôtelerie en entrant dans la Ville.

Ramire s'acquitta de ſa commiſſion

avec tant de diligence , qu'il arriva trois
heures après moi à Plazencia. Il me dit
que Doña Eleonor avoit été plus rejoüie
qu'affligée d'un combat qui réparoit l'affront que j'avois reçeu au premier , &
qu'elle m'envoyoit tout son or & toutes
ses pierreries pour me faire voyager
agreablement dans les Pays étrangers ,
en attendant qu'elle eût accommodé mon
affaire.

Pour supprimer les circonstances su-
perfluës , je vous dirai que je traversai
la Castille nouvelle pour aller dans le
Royaume de Valence m'embarquer à
Denia. Je passai en Italie , où je me mis
en état de parcourir les Cours & d'y paroître avec agrement.

Tandis que loin de mon Helene , je me
disposois à tromper , autant qu'il me seroit possible , mon amour & mes ennuis ,
cette Dame à Coria pleuroit en secret
mon absence. Au lieu d'applaudir aux
poursuites que sa famille faisoit contre
moi au sujet de la mort d'Olighera , elle
souhaittoit qu'un prompt accommode-
ment les fît cesser & hatât mon retour.
Six mois s'étoient déja écoulez depuis
qu'elle m'avoit perdu , & je crois que sa
constance auroit toujours triomphé du
temps , si elle n'eût eu que le temps à

combattre ; mais elle eut des ennemis encore plus puissans. Don Blas de Combados Gentilhomme de la côte Occidentale de Galice , vint à Coria recueillir une riche succession qui lui avoit été vainement disputée par Don Miguel de Caprara son Cousin , & il s'établit dans ce Pays-là, le trouvant plus agreable que le sien. Combados étoit bienfait. Il paroissoit doux & poli , & il avoit l'esprit du monde le plus insinuant. Il eut bien-tôt fait connoissance avec les honnêtes Gens de la Ville & sçeu toutes les affaires des uns & des autres.

Il n'ignora pas long-temps que Don George avoit une fille dont la beauté dangereuse sembloit n'enflammer les hommes que pour leur malheur. Cela piqua sa curiosité. Il eut envie de voir une Dame si redoutable. Il rechercha pour cet effet l'amitié de son pere & la gagna si bien que le Vieillard le regardant déja comme un gendre , lui donna l'entrée de sa Maison & la liberté de parler en sa presence à Doña Helena. Le Galicien ne tarda guere à devenir amoureux d'elle. C'étoit un sort inévitable. Il ouvrit son cœur à Don George , qui lui dit qu'il agréoit sa recherche ; mais que ne voulant pas contraindre sa fille , il la lais-

soit maîtresse de sa main. Là-dessus Don
Blas mit en usage toutes les galanteries
dont il put s'aviser pour plaire à cette
Dame, qui n'y fut aucunement sensible,
tant elle étoit occupée de moi. Felicia
étoit pourtant dans les interêts du Cavalier, qui l'avoit engagée par des presens à servir son amour. Elle y employoit
toute son adresse. D'un autre côté, le
Pere secondoit la Suivante par des re-
montrances, & neanmoins ils ne firent
tous deux pendant une année entiere que
tourmenter Dóna Helena, sans pouvoir
me la rendre infidelle.

Combados voyant que Don George &
Felicia s'interessoient en vain pour lui,
leur proposa un expedient pour vaincre
l'opiniatreté d'une Amante si prevenuë.
Voici leur dit il, ce que j'ai imaginé:
Nous supposerons qu'un Marchand de
Coria vient de recevoir une Lettre d'un
Negociant Italien, dans laquelle, après
un détail de choses qui concerneront le
commerce, on lira les paroles suivantes:
Il est arrivé depuis peu à la Cour de Par-
me un Cavalier Espagnol nommé Don
Gaston de Cogollos. Il se dit Neveu & uni-
que heritier d'une riche veuve qui demeure
à Coria sous le nom de Doña Eleonor de

Laxarilla. Il recherche la Fille d'un puissant Seigneur, mais on ne veut pas la lui accorder qu'on ne soit informé de la verité. Je suis chargé de m'adresser à vous pour cela. Mandez-moi donc, je vous prie, si vous connoißez ce Don Gaston & en quoi consistent les biens de sa Tante. Votre réponse décidera de ce mariage. A Parme ce , &c.

Cette fourberie ne parut au vieillard qu'un jeu d'esprit, qu'une ruse pardonnable aux Amans, & la Soubrette encore moins scrupuleuse que le bon homme l'approuva fort. L'invention leur sembla d'autant meilleure, qu'ils connoissoient Helene pour une fille fiere & capable de prendre son parti sur le champ, pourvéu qu'elle n'eût aucun soupçon de la supercherie. D. George se chargea de lui annoncer lui-même mon changement, & pour rendre la chose encore plus naturelle, de lui faire parler au Marchant qui auroit reçu de Parme la pretendüe Lettre. Ils executerent ce projet comme ils l'avoient formé. Le Pere avec une émotion où il y avoit en apparence de la colere & du dépit, dit à Dóna Helena : Ma fille, je ne vous dirai plus que

mes parens me prient tous les jours de
ne permettre jamais que le meurtrier de
Don Augustin entre dans notre Famille,
j'ai aujourd'hui une raison plus forte à
vous dire pour vous détacher de Don
Gaston. Mourrez de honte de lui être si
fidelle. C'est un volage, un perfide. Voici
une preuve certaine de son infidelité. Lisez vous-même cette Lettre qu'un Marchand de Coria vient de recevoir d'I-
talie. La tremblante Helene prend ce papier supposé, en fait des yeux la lecture, en pese tous les termes & demeure accablée de la nouvelle de mon in-
constance. Un sentiment de tendresse lui
fit ensuite repandre quelques larmes ;
mais bientôt rappellant toute sa fierté,
elle essuya ses pleurs, & dit d'un ton
ferme à son pere: Seigneur, vous venez
d'étre témoin de ma foiblesse ; soyez-le
aussi de la victoire que je remporte sur
moi. C'en est fait, je n'ai plus que du
mépris pour Don Gaston. Je ne vois en
lui que le dernier des hommes N'en parlons plus. Allons. Je suis prête à suivre Don
Blas à l'Autel. Que mon hymen précede
celui du perfide qui a si mal répondu à
mon amour. Don George transporté de
joye, à ces paroles, embrassa sa fille,

loüa la vigoureuse résolution qu'elle prenoit, & s'applaudissant de l'heureux succès du Stratagême, il se hâta de combler les vœux de mon Rival.

Doña Helena me fut ainsi ravie. Elle se livra brusquement à Combados, sans vouloir entendre l'amour qui lui parloit pour moi au fond de son cœur, sans douter même un instant d'une nouvelle qui auroit dû trouver dans une Amante moins de credulité. L'orgueilleuse n'écouta que sa presomption. Le ressentiment de l'injure qu'elle s'imaginoit que j'avois faite à sa beauté, l'emporta sur l'interêt de sa tendresse. Elle eut pourtant, peu de jours après son mariage, quelques remords de l'avoir précipité : il lui vint dans l'esprit que la Lettre du Marchand pouvoit avoir été supposée, & ce soupçon lui causa de l'inquietude. Mais l'amoureux Don Blas ne laissoit point à sa femme le temps de nourrir des pensées contraires à son repos. Il ne songeoit qu'à l'amuser, & il y réüssissoit par une succession continuelle de plaisirs differens qu'il avoit l'art d'inventer.

Elle paroissoit très-contente d'un Epoux si galant, & ils vivoient tous deux dans une parfaite union, lorsque ma Tante accommoda mon affaire avec les parens de Don Augustin. Elle m'écrivit aussitôt en Italie pour m'en donner avis. J'étois alors à Regio dans la Calabre ulterieure. Je passai en Sicile ; de-là en Espagne, & je me rendis enfin, à Coria sur les aîles de l'Amour. Dona Eleonor qui ne m'avoit pas mandé le mariage de la fille de Don George, me l'apprit à mon arrivée, & remarquant qu'il m'affligeoit : Vous avez tort, me dit-elle món Neveu, de vous montrer sensible à la perte d'une Dame qui n'a pû vous demeurer fidelle. Croyez moi : bannissez de votre memoire une personne qui n'est pas digne de l'occuper.

Comme ma Tante ignoroit qu'on eût trompé Dóna Helena, elle avoit raison de me parler ainsi ; & elle ne pouvoit me donner un conseil plus sage. Aussi je me promis bien de le suivre, ou du moins d'affecter un air d'indifference, si je n'étois pas capable de vaincre ma passion. Je ne pus toutefois resister à la curiosité de sçavoir de quelle maniere ce mariage avoit été fait. Pour en être instruit, je résolus de m'adresser à l'amie de Felicia, c'est-à-dire à la Dame Theodora dont je vous ai déja parlé. J'allai chez elle, J'y trou-

vai par hazard Felicia, qui ne s'attendant
à rien moins qu'à ma vûë en fut troublée, & voulut fortir pour éviter l'éclair-
ciffement qu'elle jugea bien que je lui
demanderois. Je l'arrêtai : pourquoi me
fuyez-vous, lui dis-je ? La parjure Helene n'eft-elle pas contente de m'avoir
facrifié ? Vous a-t elle deffendu d'écouter mes plaintes ? Ou cherchez-vous feulement à m'échapper pour vous faire un
merite auprès de l'Ingrate d'avoir refufé
de les entendre ?

Seigneur, me répondit la Suivante, je
vous avoüe ingenûment que votre préfence me rend confufe. Je ne puis vous
revoir fans me fentir déchirée de mille
remords. On a féduit ma Maitreffe, &
j'ai eu le malheur d'être complice de la
féduction. O Ciel, repliquai-je avec furprife, que m'ofez-vous dire ? expliquez-
vous plus clairement. Alors la Soubrette
me fit le détail du ftratagême dont s'étoit
fervi Combados pour m'enlever Dóna Helena ; & s'appercevant que fon recit me
perçoit le cœur, elle s'efforça de me confoler. Elle m'offrit fes bons offices auprès
de fa Maitreffe, me promit de la défa-
bufer, de lui peindre mon defef-
poir, en un mot, de ne rien épargner
pour

pour adoucir la rigueur de ma deſtinée; enfin, elle me donna des eſperances qui ſou-
lagerent un peu mes peines.

Je paſſe les contradictions infinies
qu'elle eut à eſſuyer de la part de Dô-
na Helena pour la faire conſentir à me
voir. Elle en vint pourtant à bout. Il fut
réſolu entre elles qu'on me feroit entrer
ſecrettement chez Don Blas, la premiere fois qu'il iroit à une Terre où il alloit
de temps en temps chaſſer & où il demeuroit ordinairement un jour ou deux.
Ce deſſein s'executa bientôt : le Mari partit pour la Campagne. On eut ſoin de
m'en avertir & de m'introduire une nuit
dans l'apartement de ſa femme.

Je voulus commencer la converſation
par des reproches. On me ferma la bouche : Il eſt inutile de rappeller le paſſé,
me dit la Dame. Il ne s'agit point ici de
nous attendrir l'un l'autre, & vous
êtes dans l'erreur, ſi vous me croyez
diſpoſée à flater vos ſentimens. Je vous
le déclare, Don Gaſton : Je n'ai prêté
mon conſentement à cette ſecrette en-
treveuë : je n'ai cedé aux inſtances qu'on
m'en a faites, que pour vous dire de vive voix que vous ne devez ſonger déſormais qu'à m'oublier. Peut-être ſerois-je

E e

plus satisfaite de mon sort, s'il étoit lié au vôtre, mais puisque le Ciel en a ordonné autrement, je veux obéïr à ses Arrets.

Eh quoi, Madame, lui répondis-je, ce n'est pas assez de vous avoir perduë? Ce n'est pas assez de voir l'heureux Don Blas posseder tranquillement la seule Personne que je puisse aimer : il faut encore que je vous bannisse de ma pensée ! Vous voulez m'arracher mon amour, m'enlever l'unique bien qui me reste ! Ah, cruelle, pensez-vous qu'il soit possible à un homme que vous avez une fois charmé de reprendre son cœur ? connoissez-vous mieux que vous ne faites, & cessez de m'exhorter vainement à vous ôter de mon souvenir. Hé bien, repliqua-t-elle avec précipitation, cessez donc aussi d'esperer que je paye votre passion de quelque reconnoissance. Je n'ai qu'un mot à vous dire : l'Epouse de Don Blas ne sera point l'Amante de Don Gaston. Prenez sur cela votre parti. Fuyez. Finissons promptement un entretien que je me reproche malgré la pureté de mes intentions, & que je me ferois un crime de prolonger.

A ces paroles, qui m'otoient toute es-

perance, je tombai aux genoux de la Dame. Je lui tins des discours touchans.
J'employai jusqu'aux larmes pour l'attendrir. Mais tout cela ne servit qu'à
exciter peut-être quelques sentimens de
pitié qu'on se garda bien de laisser paroître & qui furent sacrifiez au devoir.
Après avoir infructueusement épuisé les
expressions tendres, les prieres & les
pleurs, ma tendresse se changea tout à
coup en fureur. Je tirai mon épée pour
m'en percer aux yeux de l'inexorable Helene, qui ne s'apperçeut pas plûtôt de
mon action, qu'elle se jetta sur moi pour
en prevenir les suites. Arrêtez, Cogollos,
me dit elle. Est-ce ainsi que vous mena-
gez ma réputation? en vous ôtant ainsi la
vie, vous allez me deshonorer & faire
passer mon mari pour un assassin.

Dans le désespoir qui me possedoit,
bien loin de donner à ces mots l'attention qu'ils méritoient, je ne songeois
qu'à tromper les efforts que faisoient la
Maitresse & la Suivante pour me sauver
de ma funeste main. Et je n'y aurois
sans doute réüssi que trop tôt, si Don
Blas qui avoit été averti de nôtre entre-
veuë & qui, au lieu d'aller à la Campagne, s'etoit caché derriere une Tapisserie

pour entendre notre entretien, ne fut vîte
venu se joindre à elles. Don Gaston, s'é-
cria-t il en me retenant le bras, rap-
pellez votre raison égarée & ne cedez
point lâchement au transport furieux qui
vous agite.

J'interrompis Combados. Est-ce à vous,
lui dis-je, à me détourner de ma résolution ? Vous devriez plûtôt me plonger
vous-même un poignard dans le sein. Mon
amour, tout malheureux qu'il est, vous
offense. N'est-ce pas assez que vous me
surpreniez la nuit dans l'appartement de
votre femme ? En faut-il davantage pour
vous exciter à la vengeance ? Percez-moi
pour vous défaire d'un homme qui ne
peut cesser d'adorer Dõna Helena qu'en
cessant de vivre. C'est en vain me répondit Don Blas, que vous tachez d'interesser mon honneur à vous donner la
mort. Vous êtes assez puni de vôtre te-
merité, & je sçais si bon gré à mon
Epouse de ses sentimens vertueux ; que
je lui pardonne l'occasion où elle les a
fait éclater. Croyez-moi, Cogollos,
ajouta-t-il, ne vous désesperez pas comme un foible Amant. Soumettez-vous avec
courage à la nécessité.

Le prudent Galicien par de semblables

difcours calma peu à peu ma fureur , & reveilla ma vertu. Je me retirai dans le deffein de m'éloigner d'Helene & des lieux qu'elle habitoit, & deux jours après, je retournai à Madrid. Là, ne voulant plus m'occuper que du foin de ma fortune , je commençai à paroître à la Cour & à m'y faire des Amis. Mais j'ai eu le mal-heur de m'attacher particulierement au Marquis de Villareal Grand Seigneur Portugais , qui pour avoir été foupçon-né de fonger à délivrer le Portugal de la domination des Efpagnols , eft prefente-ment au Château d'Alicante. Comme le Duc de Lerme a fçeu que j'avois été dans une étroite liaifon avec ce Seigneur , il m'a fait auffi arrêter & conduire ici. Ce Miniftre croit que je puis être complice d'un pareil projet : Il ne fcauroit faire un outrage plus fenfible à un homme qui eft Noble & Caftillan.

Don Gafton ceffa de parler en cet endroit. Après quoi, je lui dis pour le confoler : Seigneur Chevalier, vôtre hon-neur ne peut recevoir aucune atteinte de cette difgrace, qui tournera fans doute dans la fuite à votre profit. Quand le Duc de Lerme fera inftruit de votre in-nocence , il ne manquera pas de vous donner un emploi confiderable pour rétablir la réputation d'un Gentilhomme injuste- ment accufé de trahifon.

CHAPITRE VII.

Scipion vient trouver Gil Blas à la Tour de Segovie, & lui apprend bien des nouvelles.

NOtre converfation fut interrompuë par Tordefillas qui entra dans la Chambre & m'adreffa la parole dans ces termes : Seigneur Gil Blas, je viens de parler à un jeune homme qui s'eft pre- fenté à la porte de cette prifon. Il m'a demandé fi vous n'étiez pas prifonnier, & fur le refus que j'ai fait de contenter fa curiofité, il m'a paru fort mortifié : Noble Chatelain, m'a-t-il dit les larmes aux yeux, ne rejettez pas la très-hum- ble priere que je vous fais de m'appren- dre fi le Seigneur de Santillane eft ici. Je fuis fon premier Domeftique & vous ferez une action charitable, fi vous me permettez de le voir. Vous paffez dans Segovie pour un Gentilhomme plein d'hu- manité ; j'efpere que vous ne me refufe-

rez pas la grace d'entretenir un instant
mon cher Maître, qui est plus malheureux que coupable. Enfin continua Don
André, ce Garçon m'a témoigné tant
d'envie de vous parler, que j'ai promis
de lui donner ce soir cette satisfaction.

J'assurai Tordesillas qu'il ne pouvoit me faire un plus grand plaisir que
de m'amener ce jeune homme, qui probablement avoit à me dire des choses
qu'il m'importoit fort de sçavoir. J'attendis avec impatience le moment qui
devoit offrir à mes yeux mon fidelle Scipion, car je ne doutois pas que ce ne
fût lui & je ne me trompois point. On le fit
entrer sur le soir dans la Tour, & sa joye,
que la mienne seule pouvoit égaler, écla-
ta par des transports extraordinaires
lorsqu'il m'apperceut. De mon côté, dans
le ravissement où je me sentis à sa venë,
je lui tendis les bras, & il me serra sans
façon entre les siens. Le Maître & le
Secretaire se confondirent dans cette em-
brassade, tant ils étoient aises de se
revoir.

Quand nous nous fûmes un peu dé-
mêlez tous deux, j'interrogeai Scipion
sur l'état où il avoit laissé mon Hôtel:
Vous n'avez plus d'Hôtel, me répondit-

il ; & pour vous épargner la peine de me faire question sur question, je vais vous dire en deux mots ce qui s'est passé chez vous. Vos effets ont été pillez tant par des Archers que par vos propres Domestiques, qui vous regardant déja comme un homme entierement perdu, ont pris à compte sur leurs gages tout ce qu'ils ont pû emporter. Par bonheur pour vous, j'ai eu l'adresse de sauver de leurs griffes deux grands sacs de double-pistoles que j'ai tirez de votre coffre fort & qui sont en seureté. Salero, que j'en ai fait dépositaire, vous les remettra quand vous serez sorti de cette Tour, où je ne vous crois pas pour long-temps pensionnaire de Sa Majesté, puisque vous avez été arrêté sans la participation du Duc de Lerme.

Je demandai à Scipion comment il sçavoit que son Excellence n'avoit point de part à ma disgrace : Oh vrayement me répondit-il, c'est une chose dont je suis bien instruit. Un de mes amis, qui a la confiance du Duc d'Uzede, m'a conté toutes les circonstances de vôtre emprisonnement: Calderone, m'a-t-il dit, ayant découvert par le ministere d'un Valet

que

que la Señora Sirena recevoit sous un
autre nom le Prince d'Espagne pendant
la nuit, & que c'étoit le Comte de Lemos qui conduisoit cette intrigue par
l'entremise du Seigneur de Santillane,
resolut de se venger d'eux & de sa Maîtresse. Pour y réüssir, il va trouver secretement le Duc d'Uzede & lui découvre tout. Ce Duc ravi d'avoir en main
une si belle occasion de perdre son ennemi, ne manque pas d'en profiter. Il
informe le Roy de ce qu'on vient de lui
apprendre, & lui represente vivement les
perils ausquels le Prince a été exposé.
Cette nouvelle excite la colere de Sa
Majesté, qui fait enfermer sur le champ
Sirena dans la maison des *Repenties*, é-
xile le Comte de Lemos & condamne
Gil Blas à une prison perpetuelle.

Voilà, poursuivit Scipion ce que m'a
dit mon amy. Vous voyez par là que
vôtre malheur est l'ouvrage du Duc d'U-
zede, ou pour mieux dire de Calderone.

Je jugeai par ce discours que mes affaires pourroient se rétablir avec le tems:
Que le Duc de Lerme piqué de l'éxil
de son neveu, mettroit tout en œuvre
pour faire revenir ce Seigneur à la Cour;
& je me flatai que son Excellence ne

m'oublitoit point. La belle chofe que l'efperance ! Elle me confola tout à coup de
la perte de mes effets volez, & me rendit auffi gay que fi j'euffe eu fujet de
l'être. Loin de regarder ma prifon comme
une demeure malheureufe où je finirois
peut-être mes jours, elle me parut plûtôt un moyen dont la Fortune vouloit fe
fervir pour m'élever à quelque grand
pofte. Car voici de quelle maniere je rai-
fonnois en moi-même : le premier Miniftre a pour Partifans Don Fernand Bor-
gia, le Pere Jerome de Florence, & furtout le Frere Louis d'Aliaga, qui lui eft
redevable de la place qu'il occupe auprés
du Roi. Avec le fecours de ces amis
puiffans, fon Excellence coulera tous fes
ennemis à fonds, ou bien l'Etat pourra
bientôt changer de face : Sa Majefté eft
fort valetudinaire. Dès qu'elle ne fera
plus, le Prince fon fils, commencera par
rappeller le Comte de Lemos, qui me
tirera auffi-tôt d'ici, pour me prefenter
au nouveau Monarque, qui m'accablera
de bienfaits. Ainfi déja plein des plaifirs
de l'avenir, je ne fentois prefque plus
les maux prefens. Je crois bien que les
deux facs de doublons que mon Secretaire difoit avoir mis en dépôt chez l'Or-

févre , contribuerent autant que l'eſperance au changement ſubit qui ſe fit en
moi.

J'étois trop content du zele & de l'integrité de Scipion, pour ne le lui pas témoigner. Je lui offris la moitié de l'argent qu'il avoit préſervé du pillage. Ce
qu'il refuſa. J'attends de vous , me dit-il ,
une autre marque de reconnoiſſance. Auſſi
étonné de ſon diſcours que de ſes refus ,
je lui demandai ce que je pouvois faire
pour lui. Ne nous ſéparons point , me répondit-il. Souffrez que j'attache ma fortune à la vôtre. Je me ſens pour vous une
amitié que je n'ai jamais euë pour aucun
Maître. Et moi , lui dis-je mon enfant,
je puis t'aſſurer que tu n'aimes pas un
ingrat. Du premier moment que tu vins
t'offrir à mon ſervice , tu me plus. Il faut
que nous ſoyons nez l'un & l'autre ſous
la Balance ou ſous les Jumeaux, qui ſont
à ce qu'on dit , les deux conſtellations
qui uniſſent les hommes. J'accepte volontiers la ſocieté que tu me propoſes , &
pour la commencer , je vais prier le Seigneur Châtelain de t'enfermer avec moi
dans cette Tour. Cela me fera plaiſir ,
s'écria-t-il. Vous me prévenez. J'allois
vous conjurer de lui demander cette gra-

F f ij

ce. Vôtre compagnie m'est plus chere que
la liberté. Je sortirai seulement quelquefois pour aller prendre à Madrid l'air du
Bureau, & voir s'il ne sera point arrivé
à la Cour quelque changement qui puisse
vous être favorable. De sorte que vous
aurez en moi tout ensemble un confident,
un courier & un espion.

Ces avantages étoient trop considera-
bles pour m'en priver. Je retins donc
auprès de moi un homme si utile avec
la permission de l'obligeant Châtelain,
qui ne voulut pas me refuser une si douce
consolation.

CHAPITRE VIII.

*Du premier voyage que Scipion fit à Ma-
drid : Quels en furent le motif & le
succès. Gil Blas tombe malade. Suites
de sa maladie.*

SI nous disons ordinairement que nous
n'avons pas de plus grands ennemis
que nos Domestiques, nous devons dire
aussi que ce sont nos meilleurs amis,
quand ils sont fidelles & bien affection-
nez. Après le zele que Scipion avoit fait

paroître, je ne pouvois plus voir en lui qu'un autre moi-même. Ainsi plus de subordination entre Gil Blas & son Secretaire. Plus de façons entr'eux. Ils chambrerent ensemble & n'eurent qu'un lit & qu'une table.

Il y avoit dans l'entretien de Scipion beaucoup de gayeté. On auroit pu le surnommer à juste titre le Garçon de bonne humeur. Outre cela, il étoit homme de Tête, & je me trouvois bien de ses conseils : mon amy, lui dis-je un jour, il me semble que je ne ferois point mal d'écrire au Duc de Lerme. Cela ne sçauroit produire un mauvais effet. Quelle est là-dessus ta pensée ? Eh mais, répondit-il, les Grands sont si differens d'eux-mêmes d'un moment à un autre, que je ne sçais pas trop bien comment vôtre lettre sera reçuë. Cependant je suis d'avis que vous écriviez toûjours à bon compte. Quoique le Ministre vous aime, il ne faut pas vous reposer sur son amitié du soin de le faire souvenir de vous. Ces sortes de Protecteurs oublient aisément les personnes dont ils n'entendent plus parler.

Quoique cela ne soit que trop vrai, lui répliquai-je, juge mieux de mon Pa-

tron. Sa bonté m'eft connuë. Je fuis perfuadé qu'il compâtit à mes peines, &
qu'elles fe préfentent fans ceffe à fon efprit. Il attend apparemment pour me
faire fortir de prifon que la colere du Roi
foit paffée. A la bonne heure, reprit-il ;
Je fouhaite que vous jugiez fainement
de fon Excellence. Implorez donc fon fecours par une lettre fort touchante. Je la
lui porterai, & je vous promets de la lui
remettre en main propre. Je demandai
auffi-tôt du papier & de l'encre. Je com-
pofai un morceau d'éloquence, que Scipion trouva pathetique, & que Tordefillas mit au deffus des Homelies mêmes
de l'Archevêque de Grenade.

Je me flatois que le Duc de Lerme
feroit ému de compaffion, en lifant le
trifte détail que je lui faifois d'un état
miferable où je n'étois point ; & dans
cette confiance, je fis partir mon Courier, qui ne fut pas fi tôt à Madrid, qu'il
alla chez ce Miniftre, où il rencontra un
Valet de Chambre de mes amis, qui lui
menagea l'occafion de parler au Duc :
Monfeigneur, dit Scipion à fon Excellence en lui prefentant le paquet dont il
étoit chargé, un de vos plus fidelles Serviteurs, qui eft couché fur la paille dans

tin sombre cachot de la Tour de Segovie, vous supplie très-humblement de lire
cette lettre, qu'un Guichetier par pitié
lui a donné le moyen d'écrire. Le Ministre ouvrit la lettre, & la parcourut des
yeux. Mais quoiqu'il y vît un tableau capable d'attendrir l'ame la plus dure, bien
loin d'en paroître touché, il éleva la voix
& dit d'un air furieux au Courier devant
quelques personnes qui pouvoient l'entendre : Ami, dites à Santillane que je
le trouve bien hardi d'oser s'addresser à
moi, après l'indigne action qu'il a faite,
& pour laquelle il est si justement châtié.
C'est un malheureux qui ne doit plus
compter sur mon appui, & que j'abandonne au ressentiment du Roi.

Scipion, tout effronté qu'il étoit, fut
troublé de ce discours. Il ne laissa pourtant pas, malgré son trouble, de vouloir
interceder pour moi : Monseigneur repliqua-t-il, ce pauvre prisonnier mourra de
douleur quand il apprendra la réponse de
vôtre Excellence. Le Duc ne répartit à
mon Intercesseur qu'en le regardant de
travers & lui tournant le dos. C'est ainsi
que ce Ministre me traitoit, pour mieux
cacher la part qu'il avoit euë à l'amou-
reuse intrigue du Prince d'Espagne ; &

F f iiij

c'est à quoi doivent s'attendre tous les petits Agens dont les Grands Seigneurs se servent dans leurs secretes & perilleuses négociations.

Lorsque mon Secretaire fut de retour à Segovie, & qu'il m'eut appris le succès de sa commission, me voilà replongé dans l'abîme affreux où je m'étois trouvé le premier jour de ma prison. Je me crus même encore plus malheureux, puisque je n'avois plus la protection du Duc de Lerme. Mon courage s'abattit & quelque chose qu'on me put dire pour le relever, je redevins la proye des plus vifs chagrins, qui me causerent insensiblement une maladie aiguë.

Le Seigneur Châtelain qui s'interessoit à ma conservation, s'imaginant ne pouvoir mieux faire que d'appeller des Medecins à mon secours, m'en amena deux qui avoient tout l'air d'être de grands serviteurs de la Déesse * Libitine. Seigneur Gil Blas, dit-il en me les presentant : voici deux Hippocrates qui viennent vous voir, & qui vous remettront sur pied en peu de tems. J'étois si prévenu contre tous les Docteurs en Medecine, que j'au-

* C'étoit la Déesse qui présidoit aux funerailles.

rois certainement fort mal reçu ceux-là,
pour peu que j'euſſe été attaché à la vie,
mais je me ſentois alors ſi las de vivre,
que je ſçus bon gré à Tordeſillas de me
vouloir mettre entre leurs mains.

Seigneur Cavalier, me dit un de ces
Medecins ; il faut, avant toute choſe,
que vous ayez de la confiance en nous.
J'en ai une parfaite, lui répondis-je ; a-
vec vôtre aſſiſtance, je ſuis ſeur que je
ſerai dans peu de jours gueri de tous mes
maux. Oüi, Dieu aidant, reprit-il, vous
le ſerez. Nous ferons du moins ce qu'il
faudra faire pour cela. Effectivement ces
Meſſieurs s'y prirent à merveille, & me
menerent ſi bon train, que je m'en allois
dans l'autre monde à veuë d'œil. Déja
Don André deſeſperant de ma gueriſon,
avoit fait venir un Religieux de Saint
François, pour me diſpoſer à bien mourir : Déja ce bon Pere, après s'être ac-
quitté de cet emploi, s'étoit retiré : Et
moi même croyant que je touchois à ma
derniere heure, je fis ſigne à Scipion de
s'approcher de mon lit : mon cher ami,
lui dis-je d'une voix preſque éteinte, tant
les Medecines & les Saignées m'avoient
affoibli, je te laiſſe un des ſacs qui ſont
chez Gabriël, & te conjure de porter

l'autre dans les Aſturies à mon pere & à
ma mere, qui doivent en avoir beſoin,
s'ils ſont encore vivans. Mais, helas, je
crains bien qu'ils n'ayent pu tenir contre
mon ingratitude ! Le rapport que Muſ-
cada leur aura fait ſans doute de ma du-
reté, leur a peut-être cauſé la mort. Si
le Ciel les a conſervez malgré l'indifference dont j'ai payé leur tendreſſe ; tu
leur donneras le ſac de doublons, en les
priant de ma part de me pardonner ſi
je n'en ai pas mieux uſé avec eux ; &
s'ils ne reſpirent plus, je te charge d'employer cet argent à faire prier le Ciel
pour le repos de leurs ames & de la mienne. En diſant cela, je lui tendis une
main qu'il moüilla de ſes larmes, ſans
pouvoir me répondre un mot, tant le pauvre garçon étoit affligé de ma perte. Ce
qui prouve que les pleurs d'un heritier
ne ſont pas toûjours des ris cachez ſous
un Maſque.

Je m'attendois donc à paſſer le pas ;
néanmoins mon attente fut trompée. Mes
Docteurs m'ayant abandonné, & laiſſé
le champ libre à la nature, me ſauverent
par ce moyen. La fiévre qui ſelon leur
pronoſtic devoit m'emporter, me quitta,
comme pour leur en donner le dementi.

Je me rétablis peu à peu, & par le plus
grand bonheur du monde, une parfaite
tranquillité d'esprit devint le fruit de ma
maladie. Je n'eus point alors besoin d'être
confolé. Je gardai pour les richeffes &
pour les honneurs tout le mépris que l'o-
pinion d'une mort prochaine m'en avoit
fait concevoir, & rendu à moi-même,
je benis mon malheur. J'en remerciai le
Ciel comme d'une grace particuliere qu'il
m'avoit faite, & je pris une ferme réfolution de ne plus retourner à la Cour,
quand le Duc de Lerme voudroit m'y
rappeller. Je me propofai plûtôt, fi jamais je fortois de prifon, d'acheter une
chaumiere & d'y aller vivre en Philofo-
phe.

Mon confident applaudit à mon deffein,
& me dit que pour en hâter l'execution,
il prétendoit retourner à Madrid pour y
folliciter mon élagiffement. Il me vient
une idée, ajoûta t-il. Je connois une
perfonne qui pourra vous fervir. C'eft
la Suivante favorite de la Nourrice du
Prince; une fille d'efprit. Je veux la
faire agir pour vous auprès de fa Maîtreffe. Je vais tout tenter pour vous tirer
de cette Tour, qui n'eft toûjours qu'une
prifon, quelque bon traitement qu'on

vous y fasse. Tu as raison, lui répondis-je.
Va, mon amy, sans perdre de tems, commencer cette négociation. Plût au Ciel
que nous fussions déja dans nôtre retraite.

CHAPITRE. IX.

Scipion retourne à Madrid. Comment &
à quelles conditions il fit mettre Gil Blas
en liberté. Où ils allerent tous deux en
sortant de la Tour de Segovie, & quelle
conversation ils eurent ensemble.

Scipion partit donc encore pour Madrid; & moi, en attendant son retour, je m'attachai à la lecture. Tordesillas
me fournissoit plus de livres que je n'en
voulois. Il les empruntoit d'un vieux Commandeur qui ne sçavoit pas lire, & qui
ne laissoit pas d'avoir une belle bibliotheque, pour se donner un air de sçavant.
J'aimois surtout les bons ouvrages de morale, parce que j'y trouvois à tout moment des passages qui flâtoient mon a-
version pour la Cour, & mon goût pour
la solitude.

Je passai trois semaines sans entendre
parler de mon Négociateur, qui revint,

enfin, & me dit d'un air gay : Pour le
coup, Seigneur de Santillane, je vous
apporte de bonnes nouvelles. Madame la
Nourrice s'intereſſe pour vous. Sa Suivante à ma priere & pour une centaine
de piſtoles que j'ai conſignées, a eu la
bonté de l'engager à prier le Prince d'Eſpagne de vous faire relâcher ; & ce Prince, qui comme je vous l'ai dit ſouvent,
ne peut rien lui refuſer, a promis de
demander au Roi ſon pere vôtre élargiſ-
ſement. Je ſuis venu au plus vîte vous
en avertir, & je vais retourner ſur mes
pas pour mettre la derniere main à mon
ouvrage. A ces mots, il me quitta pour
aller reprendre le chemin de la Cour.

Son troiſiéme voyage ne fut pas long.
Au bout de huit jours, je vis revenir
mon homme, qui m'apprit que le Prince
avoit, non ſans peine, obtenu du Roi
ma liberté. Ce qui me fut confirmé dès
le même jour par le Seigneur Châtelain,
qui vint me dire en m'embraſſant : mon
cher Gil Blas, grace au Ciel, vous êtes
libre. Les portes de cette priſon vous ſont
ouvertes, mais c'eſt à deux conditions qui
vous feront peut-être beaucoup de peine,
& que je me vois à regret obligé de vous
faire ſçavoir. Sa Majeſté vous deffend de

vous montrer à la Cour, & vous ordonne
de fortir des deux Caftilles dans un mois.
Je fuis très-mortifié qu'on vous interdife
la Cour. Et moi j'en fuis ravi, lui répondis-je. Dieu fçait ce que j'en penfe,
Je n'attendois du Roi qu'une grace, il
m'en fait deux.

Etant donc affuré que je n'étois plus
prifonnier, je fis loüer deux Mules, fur
lefquelles nous montâmes le lendemain
mon Confident & moi, aprés que j'eus
dit adieu à Cogollos & remercié mille
fois Tordefillas de tous les témoignages
d'amitié que j'avois receus de lui. Nous
prîmes guayement la route de Madrid,
pour aller retirer des mains du Seigneur
Gabriel nos deux facs, où il y avoit dans
chacun cinq cens doublons. Chemin faifant, mon Affocié me dit : Si nous ne
fommes pas affez riches pour acheter une
Terre magnifique, nous pourrons en a-
voir du moins une raifonnable. Quand
nous n'aurions qu'une cabane, lui répondis-je, j'y ferois fatisfait de mon fort.
Quoique je fois à peine au milieu de ma
carriere, je me fens revenu du monde,
& je ne prétends plus vivre que pour moi.
Outre cela, je te dirai que je me fuis
formé des agrémens de la vie champêtre

une idée qui m'enchante & qui m'en fait
joüir par avance. Il me semble déja que
je vois l'émail des Prairies : que j'entends
chanter les Rossignols & murmurer les
Ruisseaux ; Tantôt je crois prendre le
divertissement de la Chasse , & tantôt
celui de la Pesche. Imagine toi , mon ami ,
tous les differens plaisirs qui nous atten-
dent dans la solitude & tu en seras charmé comme moi. A l'égard de nôtre nourriture , la plus simple sera la meilleure. Un
morceau de pain pourra nous contenter ,
quand nous serons pressez de la faim. Nous
le mangerons avec un appetit qui nous le
fera trouver excellent. La volupté n'est
point dans la bonté des alimens exquis,elle
est toute en nous ; & cela est si vrai que
mes repas les plus delicieux ne sont pas
ceux où je vois regner la délicatesse &
l'abondance. La frugalité est une source de délices & merveilleuse pour la
santé.

Avec vôtre permission , Seigneur Gil
Blas , interrompit mon Secretaire , je ne
suis pas tout-à fait de vôtre sentiment
sur la prétenduë frugalité dont vous voulez me faire fête. Pourquoi nous nourrir
comme des Diogenes ? Quand nous ne
ferons pas si mauvaise chere , nous ne nous

en porterons pas plus mal. Croyez-moi,
puisque nous avons, Dieu merci, de quoi
rendre nôtre retraite agréable, n'en faisons pas le sejour de la Famine & de la Pauvreté. Si-tôt que nous aurons une Terre,
il faudra la munir de bons vins & de toutes
les autres provisions convenables à des
gens d'esprit qui ne quittent pas le commerce des hommes pour renoncer aux
commoditez de la vie, mais plûtôt pour
en joüir avec plus de tranquillité. *Ce qu'on*
a dans sa maison, dit Hesiode, *ne nuit*
pas ; au lieu que ce qu'on n'y a point peut
nuire. Il vaut mieux, ajoute-t-il, posse-
der chez soi toutes les choses necessaires,
que de souhaitter de les avoir.

Comment diable, Monsieur Scipion,
interrompis-je à mon tour, vous connoissez les Poëtes Grecs ! Eh où avez-
vous fait connoissance avec Hesiode? Chez
un Sçavant, me répondit-il. J'ai servi
quelque tems à Salamanque un Pedant,
qui étoit un grand Commentateur. Il vous
faisoit en moins de rien un gros volume.
Il le composoit de passages hebreux,
grecs & latins, qu'il tiroit des livres de
sa bibliotheque & traduisoit en Castillan.
Comme j'étois son Copiste, j'ai retenu
je ne sçais combien de Sentences aussi re-
marquables

marquables que celle que je viens de citer. Cela étant lui répliquai-je , vous a-vez la memoire bien ornée. Mais pour revenir à nôtre projet. Dans quel Royau-me d'Espagne jugez-vous à propos que nous allions établir nôtre residence Phi-losophique ? J'opine pour l'Arragon , re-partit mon Confident. Nous y trouverons des endroits charmans , où nous pourrons mener une vie délicieuse. Hé-bien , lui dis-je , soit ; arrêtons-nous à l'Arragon. J'y consens. Puissions-nous y déterrer un séjour qui me fournisse tous les plaisirs dont se repaist mon imagination.

CHAPITRE X.

Ce qu'ils firent en arrivant à Madrid. Quel homme Gil Blas rencontra dans la rue , & de quel événement cette rencon-tre fut suivie.

LOrsquenous fûmes arrivez à Madrid, nous allâmes descendre à un petit Hôtel garni , où Scipion avoit logé dans ses voyages ; & la premiere chose que nous fîmes , fut de nous rendre chez Sa-lero , pour retirer de ses mains nos doublons. Il nous reçut parfaitement bien, & me témoigna beaucoup de joye de me voir en liberté. Je vous protefte ajoûta- t-il, que j'ai été fi fenfible à vôtre dif- grace, qu'elle m'a dégoûté de l'alliance des Gens de Cour. Leurs fortunes font trop en l'air. J'ay marié ma fille Gabriel à un riche Négociant. Vous avez fort bien fait, lui répondis-je ; outre que cela eft plus folide, c'eft qu'un Bourgeois qui devient beau-pere d'un homme de qua- lité, n'eft pas toûjours content de Mon- fieur fon gendre.

Puis changeant de difcours, & venant au fait : Seigneur Gabriel, pourfuivis-je, ayez s'il vous plaît, la bonté de nous re- mettre les deux mille piftoles que .... votre argent eft tout prêt, interrompit l'Orfévre, qui nous ayant fait paffer dans fon cabinet, nous montra deux facs, où ces mots étoient écrits fur des étiquettes : *Ces facs de doublons appartiennent au Sei- gneur Gil Blas de Santillane.* Voilà, me dit-il, le dépôt, tel qu'il m'a été confié.

Je rendis graces à Salero du plaifir qu'il m'avoit fait, & fort confolé d'avoir perdu fa fille, nous emportâmes les facs à nôtre Hôtel où nous nous mîmes à vifiter nos double-piftoles. Le Compte s'y

trouva , à cinquante près , qui avoient été
employées aux frais de mon élargissement.
Nous ne songeames plus qu'à nous mettre
en état de partir pour l'Arragon. Mon
Secretaire se chargea du soin d'acheter
une Chaise roulante & deux Mules. De
mon côté , je fis provision de linge &
d'habits. Pendant que j'allois & venois
dans les ruës en faisant mes emplettes ,
je rencontrai le Baron de Steinbach , cet
Officier de la Garde Allemande chez lequel Don Alphonse avoit été élevé.

Je saluai ce Cavalier Allemand , qui
m'ayant aussi reconnu , vint à moi &
m'embrassa : Ma joye est extrême , lui
dis-je de revoir vôtre Seigneurie dans
la meilleure santé du monde , & de trouver en même tems l'occasion d'apprendre
des nouvelles des Seigneurs Don Cesar
& Don Alphonse de Leyva. Je puis vous
en dire de certaines , me répondit-il ,
puisqu'ils sont tous deux actuellement à
Madrid , & de plus , logez dans ma maison. Il y a près de trois mois qu'ils sont
venus dans cette Ville , pour remercier
le Roi d'un bienfait que Don Alphonse
a receu en reconnoissance des services que
ses ayeux ont rendus à l'Etat. Il a été
fait Gouverneur de la Ville de Valence ,

fans qu'il ait demandé ce pofte, ni prié
perfonne de le folliciter pour lui. Rien
n'eft plus gracieux ; & cela fait voir que
nôtre Monarque aime à récompenfer la
valeur.

Quoique je fçeuffe mieux que Steinbach ce qu'il en falloit penfer, je ne
fis pas femblant d'avoir la moindre connoiffance de ce qu'il me contoit. Je lui
témoignai une fi vive impatience de faluer mes anciens Maîtres, que pour la
fatisfaire, il me mena chez lui fur le
champ. J'étois curieux d'éprouver Don
Alphonfe, & de juger par la reception
qu'il me feroit s'il lui reftoit encore quelque affection pour moi. Je le trouvai
dans une Salle où il joüoit aux Echecs
avec la Baronne de Steinbach. Il quitta
le jeu & fe leva dès qu'il m'apperçut.
Il s'avança vers moi avec tranfport, &
me preffant la tête entre fes bras : Santillane me dit il d'un air qui marquoit
une veritable joye, vous m'êtes donc,
enfin, rendu J'en fuis charmé. Il n'a pas
tenu à moi que nous n'ayons toujours été
enfemble. Je vous avois prié, s'il vous
en fouvient, de ne vous pas retirer du
Château de Leyva. Vous n'avez point
eu d'égard à ma priere. Je ne vous en

fais pourtant pas un crime. Je vous fçais
même bon gré du motif de vôtre retraite.
Mais depuis ce tems-là vous auriez dû
me donner de vos nouvelles, & m'épargner la peine de vous faire chercher inutilement à Grenade, où Don Fernand
mon beau-frere m'avoit mandé que vous
étiez.

Après ce petit reproche, continua-t-il,
apprenez-moi ce que vous faites à Madrid. Vous y avez apparemment quelque
emploi. Soyez perfuadé que je prens plus
de part que jamais à ce qui vous regarde.
Seigneur, lui répondis je, il n'y a pas
quatre mois que j'occupois à la Cour un
pofte affez confiderable. J'avois l'honneur d'être Secretaire & Confident du
Duc de Lerme. Seroit-il poffible, s'écria
Don Alphonfe avec un extrême étonnement ! Quoi, vous auriez été dans la
confidence de ce premier Miniftre ? J'ai
gagné fa faveur, repris je, & je l'ai perduë de la maniere que je vais vous le
dire. Alors je luy racontai toute cette
hiftoire, & je finis mon recit par la refolution que j'avois prife d'acheter du peu
de bien qui me reftoit de ma profpérité
paffée une Chaumiere pour y aller mener une vie retirée.

Le fils de Don Cesar, après m'avoir
écouté avec beaucoup d'attention, me repliqua : mon cher Gil Blas, vous sçavez
que je vous ai toûjours aimé. Vous ne
ferez plus le joüet de la Fortune. Je veux
vous affranchir de son pouvoir en vous
rendant Maître d'un bien qu'elle ne pourra vous ôter : puisque vous êtes dans le
dessein de vivre à la Campagne, je vous
donne une petite Terre que nous avons
auprès de Llirias à quatre lieuës de Valence. Vous la connoissez. C'est un present que nous sommes en état de vous
faire sans nous incommoder. j'ose vous
répondre que mon pere ne me desavoura
point, & que cela fera un vrai plaisir à
Seraphine.

Je me jettai aux genoux de Don Alphonse qui me releva dans le moment.
Je lui baisai la main, & plus charmé de
son bon cœur que de son bienfait : Seigneur, lui dis-je, vos manieres m'enchan-
tent. Le don que vous me faites m'est
d'autant plus agréable, qu'il précede la
connoissance d'un service que je vous ai
rendu ; & j'aime mieux le devoir à vôtre
generosité qu'à vôtre reconnoissance. Mon
Gouverneur fut un peu surpris de ce discours, & ne manqua pas de me deman-

der ce que c'étoit que ce prétendu ſervice. Je le lui appris, & lui fis un détail qui redoubla ſon étonnement. Il é-
toit bien éloigné de penſer, auſſi bien
que le Baron de Steinbach, que le Gouvernement de la Ville de Valence lui
eût été donné par mon credit. Neanmoins
n'en pouvant plus douter ; Gil Blas, me
dit-il, puiſque c'eſt à vous que je dois
mon poſte, je ne prétends point m'en tenir à la petite Terre de Lirias. Je vous
offre avec cela deux mille ducats de penſion.

Halte-là, Seigneur Don Alphonſe,
interrompis-je en cét endroit. Ne reveil-
lez pas mon avarice. Les biens ne ſont propres qu'à corrompre mes mœurs. Je ne l'ai
que trop éprouvé. J'accepte volontiers vôtre Terre de Llirias. J'y vivrai commodément avec le bien que j'ai d'ailleurs. Mais
cela me ſuffit, & loin d'en deſirer davantage, je conſentirois plûtôt de perdre ce qu'il
y a de ſuperflu dans ce que je poſſede. Les
richeſſes ſont un fardeau dans une retraite
où l'on ne cherche que la tranquillité.

Pendant que nous nous entretenions
de cette ſorte, Don Ceſar arriva. Il ne
fit gueres moins paroître de joye que
ſon fils en me voyant, & lorſqu'il fut

informé de l'obligation que sa famille m'avoit, il me pressa d'accepter la pension. Ce que je refusai de nouveau. Enfin, le Pere & le fils me menerent sur le champ chez un Notaire, où ils firent dresser la donation, qu'ils signerent tous deux avec plus de plaisir qu'ils n'auroient signé un acte à leur profit. Quand le contract fut expedié, ils me le remirent entre les mains, en me disant que la Terre de Llirias n'étoit plus à eux, & que j'en pourrois aller prendre possession quand il me plairoit. Ils s'en retournerent ensuite chez le Baron de Steinbach, & moi je volai vers nôtre Hôtel, où je ravis d'admiration mon Secretaire, lorsque je lui annonçai que nous avions une Terre dans le Royaume de Valence, & que je lui contai de quelle maniere je venois de faire cette acquisition. Combien peut valoir ce petit domaine, me dit-il ? Cinq cens ducats de rente, lui répondis-je, & je puis t'assurer que c'est une aimable solitude. Je la connois, pour y avoir été plusieurs fois en qualité d'Intendant des Seigneurs de Leyva. C'est une petite maison sur les bords du Guadalaviar dans un hameau de cinq ou six feux & dans un pays charmant.

Ce

Ce qui m'en plaît davantage, s'écria Scipion, c'est que nous aurons là de bon gibier avec du vin de Benicarlo & d'excellent Muscat. Allons, mon Patron ; hâtons-nous de quitter le monde, & de gagner nôtre hermitage. Je n'aï pas moins d'envie d'y être que toi, lui répartis-je ; mais il faut auparavant que je faſſe un tour aux Asturies. Mon pere & ma mere n'y ſont pas dans une heureuſe ſituation. Je prétends les aller chercher, pour les conduire à Llirias, où ils paſſeront en repos leurs derniers jours. Le Ciel ne m'a peut être fait trouver cet aſile que pour les y recevoir ; & il me puniroit ſi j'y manquois. Scipion loüa fort mon deſſein. Il m'excita même à l'executer : Ne perdons point de tems, me dit-il ; je me ſuis aſſuré déja d'une chaiſe roulante. Achettons vîte des Mules, & prenons le chemin d'Oviedo. Oüi, mon ami, lui répondis-je, partons le plûtôt qu'il nous ſera poſſible. Je me fais un devoir indiſpenſable de partager les douceurs de ma retraite avec les ~~doux auteurs~~ ~~auteurs~~ de ma naiſſance. Nôtre voyage ne ſera pas long. Nous nous verrons bientôt dans nôtre hameau ; Et je veux en y arrivant écrire ſur la porte de ma maifon ces deux Vers latins en lettres d'or.

Inveni portum. Spes & Fortuna valete.
Sat me lufiftis, ludite nunc alios.

Fin du neuviéme Livre.

E R R A T A.

| Vous sçavez *lisez* vous sçaurez pag. 99. lig. 1.
ne se le font *lisez* ne se le font pas, p. 107.
l. 21. plein de volonté *lisez* de bonne volonté,
p. 111. l. 26. Saltibanque *lisez* Saltinbanque,
p. 231 l. 2.

www.ingramcontent.com/pod-product-compliance
Lightning Source LLC
Chambersburg PA
CBHW050311030726
47505CB00003B/663